Mai con un donnaiolo

Jules Barnard

Prefazione

Se non avete letto *Mai con un amico di tuo fratello*, primo volume nella serie "Never Date", ignorate questo messaggio. Va tutto bene, perché *Mai con un donnaiolo* è autoconclusivo.

COMUNQUE, se avete letto *Mai con un amico di tuo fratello*, dal punto di vista temporale alcune scene in *Mai con un donnaiolo* si sovrappongono con il primo volume, ma sono scritte dal punto di vista di Gen.

Non potevo scrivere la storia di Gen e Lewis senza tornare al momento in cui si sono conosciuti, perché, siamo sinceri, è il momento in cui comincia la storia. Quindi, senza ulteriori perdite di tempo, venite a conoscere due degli eroi ed eroine nella serie "Never Date".

~ Jules

Capitolo Uno

Tiro verso l'alto il bustier che mostra più tette di quante ne abbia mai mostrate in vita mia. «Questa uniforme fa schifo.»

La mia miglior amica, Cali, mi guarda con fare innocente dall'altra parte del corridoio nello spogliatoio del Blue Casinò. «Stai bene in quell'uniforme. Dovresti ringraziarmi.»

Il piano, dopo il college, è di lavorare al Blue Casinò e risparmiare il più possibile prima di cominciare la laurea specialistica in autunno. Cali dice che non sapeva come fossero le uniformi, ma sta mentendo.

Cali è cresciuta vicino ai casinò del Lago Tahoe. Avrebbe potuto avvertirmi e avrei scelto un ruolo diverso, che ne so, mazziere. Invece sono diventata una cameriera di sala, convinta che avrei attirato meno attenzione.

Visto che i miei capezzoli sono a due centimetri dal salutare il mondo, penso di non essere così invisibile.

Cali sta tentando di farmi ricominciare a essere aperta a nuove possibilità da quando ho rotto con quel viscido traditore del mio ex. Penso che intendesse emotivamente, ma, Gesù, questo è veramente *apertamente* in mostra.

Le cameriere e i mazzieri donna invadono lo spogliatoio, spogliandosi e indossando le divise pulite che il casinò fornisce all'inizio di ogni turno. Alcune si preparano a salire nelle sale, altre hanno finito il turno e si vestono per andare a casa.

La donna accanto a me si infila in un abito aderente di lamé dorato e scarpe con il tacco a spillo.

Chiaramente alcune hanno programmi più emozionanti di me questa sera. Mi infilo i jeans e le ballerine nere.

«Prendi» dice Cali.

La fitness band, che tiene traccia delle distanze percorse, vola per aria.

Questa settimana Cali ha deciso che doveva fare esercizio fisico. La decisione è durata due secondi. Ha corso cinquecento metri e ha deciso di rinunciare. A quando pare, ha deciso che quello era il momento buono per usare le sue inesistenti capacità atletiche per restituirmi il mio braccialetto, che vola a più di un metro sulla destra. Mi lancio e mi appiattisco sulla panca, riuscendo ad afferrarlo con la punta delle dita prima che si schianti a terra.

Alzo gli occhi, esasperata. «Gesù, sei a mezzo metro di distanza. Ma stavi lanciandolo a me, almeno?»

«Che c'è? Mi stavo solo assicurando che i tuoi riflessi funzionassero.» Chiude il suo armadietto e si mette la borsa sulla spalla. «Com'è andata la serata?»

Prendo un paio di altre cose e chiudo anch'io il mio armadietto. «Hanno cominciato a chiamarmi Biancaneve.»

Non serve dire chi. Mentre Cali fa la bella vita imparando a fare il mazziere, io sto lavorando come una schiava, portando pesanti vassoi con tacchi da otto centimetri e cercando di stare al passo con le cameriere veterane. Per qualche motivo hanno deciso di bullizzare me, tra la dozzina di nuove cameriere stagionali.

Cali alza gli occhi, storcendo le labbra come se stesse veramente prendendo in considerazione il nomignolo.

Abbasso la voce mentre superiamo alcune colleghe, uscendo dal sotterraneo del casinò: «Io *non* assomiglio a una principessa».

Lei avvicina l'indice e il pollice. «Un pochino, ma con le tette grandi.»

Apro la porta che dà sul salone del casinò e alzo la voce per farmi sentire sopra il fragore dei campanelli e il ronzio delle slot. A quest'ora della sera il suono è appena sotto il livello assordante. «Non sono così grosse. Sono sportiva. Le sportive non possono avere le tette grosse.»

Lei mi guarda scettica. «Devi essere fiera di quelle bambine. Come me.» Sorride e fa sporgere il seno valorizzato da Victoria's Secret.

C'è la possibilità che abbia ereditato il mio davanzale, come lo chiama di solito Cali, da mia madre, che ha delle tette impressionanti. Potrei anche aver ereditato il suo aspetto; i suoi capelli sono di un paio di tonalità più chiari dei miei quasi neri e ha gli occhi decisamente verdi. I miei sono nocciola, meno appariscenti. Mi piacciono i miei occhi.

Sono sicura che il nomignolo Biancaneve ha a che vedere con i capelli scuri e il colorito pallido. Sono altrettanto sicura che le cameriere veterane pensano che sia giovane e ingenua e non abbastanza dura.

Consegno dieci drink mentre loro ne consegnano venti perché, accidenti, non riesco a trovare i miei clienti. Quegli idioti si spostano come se fossero api che stanno impollinando le slot machine. Io uso riferimenti spaziali, se la gente non è dove l'ho lasciata non riesco a trovarla. Quindi sì, un po' di nonnismo è giustificato. Ma se le altre cameriere pensano che sia ingenua, non mi conoscono molto bene.

Nessuno che sia stato allevato da Chantelle Dubois può restare innocente. Per l'amor del cielo, quella donna ha cambiato il nome scegliendone uno che richiama un bordello francese. Mi chiamo Geneviève, o Gen come mi chiamano i miei amici, ma nonostante il culto di mia madre per qualunque cosa ricordi la Francia, io ho mantenuto il suo cognome da nubile, Tierney, cento per cento irlandese.

Ciò che non ho detto a Cali, perché sembra una bastardata da dire a qualcuno che ha problemi di soldi, è che mia madre si è offerta di pagarmi l'università. Tecnicamente non ho bisogno di questo lavoro. Tranne che mi rifiuto di accettare altro denaro da mia madre.

Mia madre non lavora, né abbiamo parenti ricchi. Presumo che se la cavi con l'aiuto degli uomini ricchi che hanno fatto provvisoriamente parte delle nostre vite da quando riesco a ricordare. È il motivo per cui sono decisa a pagarmi l'università e a creare una salutare distanza da tutto quello che la concerne.

Cali mi dà un'occhiata. «Non è giusto che ti diano un soprannome, anche se in effetti assomigli a Biancaneve.» Faccio una smorfia, che lei ignora. «Di' loro di piantarla. Meglio ancora, lo farò io per te.» Allunga il collo e si guarda intorno. «Qual è la cameriera che ha cominciato?»

Oh, merda, che ho fatto?

«Cali, *non* dire niente.» Lei lo farebbe, è un'amica. Ma a volte la sua voglia di aiutarmi mi mette nei guai. «La persona che ha cominciato è il mio supervisore. Peggioreresti le cose.»

Lei fa spallucce. «Come vuoi.»

Superiamo l'ultima fila di slot machine prima del bar

dello sport e una cameriera con cui ho chiacchierato per tutto il mio turno mi vede e sorride, il sorriso radioso che ho cominciato ad associare a lei.

Nessa è piccola, arriva al metro e sessanta solo grazie agli otto centimetri di tacco delle decolleté nere che fanno parte della nostra uniforme da cameriere di sala: hot pants di satin blu notte e bustier blu elettrico con le paillettes. Al suo confronto io sono un'amazzone, con il mio metro e ottanta, cui si devono aggiungere gli otto centimetri di tacco.

La saluto con la mano quando la superiamo.

«Chi è?» chiede Cali.

«Nessa. Ci ha invitato a cena stasera. Tacos. Buoni!»

Non mi sento completamente a mio agio con gli sconosciuti, ma sarebbe carino avere un'altra amica in città.

Cali scuote la testa. «Non posso venire, ricordi? Ho un appuntamento su Skype con Eric. Ma tu dovresti andare. Ti farebbe bene uscire un po'.»

Oddio, avevo dimenticato la chiamata via Skype. Cali ha ragione che dovrei andare, ma non per il motivo che crede lei.

Il cottage che abbiamo preso in affitto per l'estate ha le pareti sottili. Preferirei non essere intorno per il sesso via Skype. E il ragazzo di Cali è sulla mia lista nera. Ci ha provato con me un paio di settimane fa, cosa che lo ha fatto passare dalla categoria del boyfriend distratto e irritante della mia migliore amica a una viscida serpe.

Se vado a questo ricevimento con Nessa, prenderò due piccioni con una fava. Cali penserà che stia cominciando a riprendermi dopo la storia con il mio ex, soprannominato Lo Stronzo, e non dovrò mettermi i tappi nelle orecchie per non sentire i gemiti che vibrano attraverso le pareti. Meglio così per entrambe.

E non c'è motivo di temere che gli uomini mi assillino

come fanno quando sono al lavoro nella mia ridottissima uniforme. È una festicciola tra amici, per non dire poi che ho i paraocchi nei confronti del sesso maschile. Va tutto bene.

* * *

Quando parcheggio la mia berlina malandata nel quartiere di Al Tahoe, guardo le case con le falde del tetto arrotondate e gli scuri con gli intagli a forma di pini.

Look da finti chalet svizzeri, decido. La casa dell'amico di Nessa ha perfino un portico con il tetto spiovente che arriva fino a terra, che aumenta l'effetto da chalet svizzero.

Vado all'ingresso e alzo la mano per bussare, sentendomi claustrofobica per il tetto a pochi centimetri dalla mia faccia, quando si spalanca la porta.

L'odore di peperoncino e unto mi sbatte in faccia e davanti a me c'è Nessa, sorridente, con i capelli neri diritti drappeggiati su una spalla. «Ti ho vista arrivare.»

Esplodono delle urla dietro di lei e sbircio sopra la sua testa; è piccola e per me è facile. Il mio sguardo cade su un ragazzo con il cappellino da baseball indossato al contrario che batte un pugno sul tavolo.

Nessa mi fa entrare, prende la mia borsa e la giacca e va in un corridoio. Resto lì, un po' agitata, e fisso il corridoio dove è sparita, dando brevi occhiate alle due persone dall'altra parte della stanza.

Nessa torna un minuto dopo. «Che cosa ti porto da bere?» dice. «Zach ha le Corona in frigo e io ho preparato dei margarita» aggiunge agitando le sopracciglia.

I margarita sembrano favolosi, ma devo guidare. «Va benissimo l'acqua.»

Entriamo in cucina e Nessa mi riempie un bicchiere dal

rubinetto che c'è accanto al cibo che sobbolle sul fornello il cui profumo mi fa venire l'acquolina in bocca. Mi porge il bicchiere e torniamo dagli altri.

Il tizio con il berretto da baseball alza le mani, esasperato, mentre parla con la bruna attraente seduta accanto a lui. «La chiami una sorsata? Dai Mira. Quello è un sorso da uccellino. Piantala di fare la ragazzina e bevi come un uomo.»

Sul tavolo ci sono alcune monete e al centro un bicchiere basso e largo.

Sento un fremito di gioia. Si gioca con i quarti di dollari, il mio gioco alcolico preferito.

Bevo da quando avevo dodici anni. Mia madre pensava che sarei stata più sofisticata, bevendo vino con la cena, una cosa che aveva a che fare con il suo culto per qualunque cosa ricordasse la Francia. Il risultato è che la mia tolleranza per l'alcol è alta. Aggiungetevi una buona coordinazione mano-occhio, che *non* viene da mia madre, la cui precisione assomiglia a quella di Cali ed è quindi praticamente inesistente, e sono la regina quando si tratta di giocare con i quarti di dollaro.

«Zach» dice Nessa. Il ragazzo con il cappello da baseball alza gli occhi e le sorride. Wow, un sorriso adorante se lo leggo correttamente, anche se Nessa non ha mai parlato di un boyfriend. «Questa è l'amica di cui ti ho parlato. Gen farà la cameriera di sala al Blue per quest'estate.»

Riconosco Zach, è uno dei mazzieri di blackjack. «Il cibo ha un profumo meraviglioso» gli dico.

Lui sorride. «Sono contento che sia potuta venire. Questa è Mira.»

La ragazza accanto a lui mi rivolge un mezzo sorriso e beve un sorso del suo drink.

«Sono *Washoe*» aggiunge Nessa dandomi una gomitata.

«Mira e Zach sono vecchi amici. Le loro famiglie si conoscono da, non so, un centinaio di generazioni.»

Zach si sistema il berretto e si gratta la fronte. I suoi folti capelli castani spuntano dal foro del berretto. «Perché informi tutti che siamo *Washoe*?»

«È interessante.» Nessa gli dà amichevolmente uno spintone e torna in cucina.

Lui scuote la testa fissando con uno sguardo di apprezzamento la figuretta che si allontana.

Zach svuota il bicchiere dai quarti di dollaro. «Unisciti a noi Gen. Hai mai giocato prima?»

«Sì, ma devo guidare. Ti dispiace se non bevo?»

«Assolutamente no» risponde Zach. «Puoi aiutarmi a far ubriacare Mira. Non diventa gentile finché non ha bevuto un paio di bicchieri.»

Il suo commento suscita la reazione di Mira, che gli dà un'occhiataccia che assomiglia a un broncio da passerella perché il volto della ragazza è incredibile. I capelli del colore del cioccolato fondente le arrivano a metà schiena e incorniciano un volto che non è proprio a forma di cuore e nemmeno perfettamente ovale. È simmetrico e interessante e sono francamente gelosa dei suoi zigomi alti e definiti.

Mi siedo su una delle sedie di legno vecchio stile intorno al tavolo e Zach mi avvicina un quarto di dollaro. Tenendolo tra il pollice e l'indice, do un'occhiata al bicchiere in mezzo al tavolo. Allineo il colpo e sbatto il lato del palmo della mano sulla lucida superficie di legno.

Il quarto rimbalza sul tavolo e finisce nel bicchiere.

«Bello!» Zach sogghigna guardando Mira. «Abbiamo una concorrente!»

Al college usavamo una coppa dal bordo largo per captare più quarti possibili e quindi far sbronzare la gente più in fretta. Il piccolo bicchiere rispettabile al centro del tavolo di Zach è così sofisticato. Mi sento molto adulta.

Lui mi passa un altro quarto e io preparo il colpo. «Allora, *Washoe*? Siete nativi americani?» Anche quel quarto finisce nel bicchiere e indico a Mira di bere.

Lei mi dà un'occhiata che mi brucia le cornee. Per essere una ragazza così carina, dà delle occhiate veramente diaboliche. Spero che Zach abbia ragione dicendo che il suo atteggiamento migliora con l'alcol.

Zach annuisce. «Siamo in parte *Washoe*, la tribù locale, incluso Lewis, che è in ritardo. Mira è l'unica purosangue. Entrambi i suoi genitori vengono dalla riserva Dresslerville. Anche se sono sicuro che nei secoli qualcuno degli antenati di Mira ha fatto sesso con un outsider.» Le fa l'occhiolino e lei sbuffa.

«Già» dice Mira. «Ti piacerebbe essere un purosangue.»

Zach mi guarda e scuote la tesa come per dire: *Vedi che cosa mi tocca sopportare?*

Guarda sconsolato il bicchiere pieno di margarita in mano a Mira. «Se Gen riuscirà a far entrare il quarto di dollaro nel bicchiere per le prossime tre volte, dovrai svuotare il bicchiere.»

Mira lo guarda stringendo gli occhi. «Facciamo le cinque prossime volte.»

Cinque volte. Un gioco da ragazzi.

Mira è stupendamente bella. Gli uomini non noterebbero le altre ragazze con Mira nella stanza. Alle feste sarebbe un perfetto cuscinetto e dato che, dopo l'ultimo boyfriend, ho intenzione di nascondermi al sesso opposto, mi sembra una soluzione eccellente. Ma, cavolo, questa ragazza dovrebbe sorridere un po'.

Mira sospira sbuffando. «Lewis è un tale stakanovista.»

Il primo dei quarti di dollaro finisce nel bicchiere. *Sì!* «Non riesco a credere che non sia ancora arrivato» dice.

Zach dà un'occhiata al suo orologio. «Arriverà.» *Ping.* Entra anche il secondo quarto. Ne mancano tre. «Non esce mai dall'ufficio prima di quest'ora.»

Il mio record finora è di diciassette quarti e quella sera ero mezza ubriaca. Sbatto il pugno sul tavolo e la terza moneta finisce nel bicchiere. Mi sto solo scaldando.

Mira guarda Zach, irritata. «Non è divertente. Ha detto che sarebbe venuto.»

Sta facendo il broncio? Lewis dev'essere il suo ragazzo, e la quarta moneta finisce nel bicchiere.

«Sarà contento suo padre.» Zach mi guarda e io mi fermo prima del prossimo tiro. «Lewis lavora per la ditta di costruzioni di suo padre. Praticamente la gestisce lui ora che è tornato in città.»

Alzo la mano per il tiro finale ma il suono della porta d'ingresso che cigola attira la mia attenzione. Entra un tizio alto quasi come lo stipite.

«Quando si parla del diavolo» dice Zach. «Gen, questo è Lewis.»

Per un secondo netto, la mia mente si svuota.

Lewis chiude la porta, la camicia a quadri tira sulle spalle ampie, ha le maniche arrotolate fin sopra i gomiti. Da un lato, il lembo della camicia sbuca dai pantaloni, come se l'avesse infilata in fretta e furia. Ha gli zigomi alti, la mandibola squadrata e i capelli castano scuri che sembra aver pettinato all'indietro con le dita.

Non è solo bello. È straordinario. Cioè, tanto da lasciarmi stordita e muta.

Aggrotto le sopracciglia e faccio una smorfia. Che cosa sto facendo? Ho smesso mesi fa di notare gli uomini, quando avevo deciso che era meglio evitarli.

Mira sorride radiosa quando Lewis entra nella stanza e io mi do mentalmente una scossa. Afferro l'ultimo quarto e lo sbatto sul tavolo, guardandolo volare verso il bersaglio.

La moneta sbatte contro il bordo del bicchiere e ricade sul tavolo.

La fisso incredula. *Merda.*

Quando alzo gli occhi, Lewis mi sta osservando, con le sopracciglia appena aggrottate. Abbassa lo sguardo e mi manca il fiato. Sono seduta, quindi non può vedere molto, visto che indosso una camicia bianca aperta al collo, ma il mio battito accelera.

Ed è strano. Il mio istinto normalmente è di curvare le spalle e nascondermi quando la gente mi osserva.

Lewis torna a guardarmi negli occhi e i suoi sono scuri, neri, profondi come il lago per cui è conosciuta questa zona. Sento le guance che si scaldano e le farfalle nello stomaco.

Che diavolo? Evito gli uomini da settimane. Questo è attraente, ma lo sono un mucchio di uomini.

«Ehi, Lewis» dice Zach. «Giochiamo ai quarti. Gen sta facendo faville. Ha quasi obbligato la tua ragazza a scolarsi il bicchiere.»

Lo sguardo di Lewis va per un attimo a Mira, poi torna su di me.

Zach si è riferito a Mira come la ragazza di Lewis. Ovviamente sono insieme. Di sicuro non mi avvicinerò a Lewis, anche se ci pensassi, e non è così.

Faccio rotolare un altro quarto di dollaro tra le dita, passo il pollice su un graffio sul tavolo, do un'occhiata a Nessa in cucina, cerco di fissare l'attenzione su qualunque cosa tranne Lewis che si sta avvicinando. E sto anche facendo un buon lavoro, finché lui non alza le braccia e si passa le dita tra i capelli.

Il mio sguardo cade sul rilievo dei muscoli in mostra sotto le maniche arrotolate della camicia.

Sbatto gli occhi. Adesso sto ammirando le braccia di un uomo?

Devo aver guardato troppo a lungo perché quando alzo gli occhi lo trovo che mi fissa.

Sento il cuore che batte nelle orecchie, cancellando ogni altro suono, ho le guance in fiamme. Tossisco nel gomito per nascondere la faccia.

Calda, sulle spine; non mi piace questa sensazione, come se la pelle volesse staccarsi, o andare verso qualcosa. Dovrei andarmene. Non mi sento bene. Ma non posso, è troppo presto. Non abbiamo ancora nemmeno mangiato.

Mira balza in piedi e gli mette le braccia intorno alla vita prima che Lewis arrivi al tavolo. Lo stringe e lui ricambia con un solo braccio continuando a fissarmi.

Ha la sua ragazza tra le braccia. Perché sta guardando me? Maledetti uomini.

«Zach,» dice Nessa spostando una pentola sul fornello della cucina, «non so che cosa fare con questo pollo.»

«Il seguito alla prossima puntata.» Zach sorride raccogliendo i quarti di dollaro. Va in cucina e prende il posto di Nessa.

Il sorriso di Zach è amichevole. Non sexy, o lascivo, solo semplice, gentile. Non che lo sguardo di Lewis fosse lascivo. Era... Incuriosito.

Non mi piace la curiosità. La curiosità porta all'interesse, che a sua volta porta a cose da cui voglio stare lontana.

È allarmante che quest'uomo sia sul mio radar. Ha una *ragazza* e, sfortunatamente, sembra essere il solo tipo di uomo che attraggo.

Il fatto che avesse una relazione a casa, cosa che non aveva mai menzionato, non aveva impedito al mio ex di cercarmi, o al ragazzo di Cali di provarci con me, né a nessuno degli uomini che mia madre portava a casa di flirtare e lasciar vagare le mani quando mi abbracciavano.

«Gente, liberate il tavolo, la cena è pronta» dice Nessa.

Serve tortillas fatte in casa insieme a una grossa ciotola di pollo speziato a fettine.

Zach va a prendere una birra dal frigorifero e Lewis lo segue. Dà una manata sulla schiena a Zach e mi guarda come se aspettasse qualcosa.

Zach mi guarda poi prende un apribottiglie. «Gen è una collega di Nessa» lo sento dire mentre toglie il tappo alla sua Corona.

Lewis mi studia il volto come se stesse cercando qualcosa.

Che problema ha? Non può fissarmi in quel modo. C'è la sua ragazza nella stanza.

Ok, gli ho fissato le braccia. Erano lì da guardare. Ed erano piuttosto sexy. *Fatemi causa.* Non ricordo di aver mai guardato il corpo di un uomo in quel modo prima d'ora, a quanto pare i pensieri lascivi possono arrivare anche più tardi nella vita. Ma le donne ammirano sempre gli uomini e, visto il suo aspetto, Lewis dovrebbe esserci abituato.

«Siediti vicino a me, Gen.» Nessa appoggia una ciotola di riso alla messicana sul tavolo ed estrae una sedia al suo fianco.

Seguo il suo esempio e porto in tavola una ciotola di insalata, poi mi siedo accanto a lei.

«Il cibo sembra appetitoso» dice Lewis.

La sua voce, come una lama di seta, annulla il mio buonsenso e cattura la mia attenzione. Si sta infilando in bocca mezzo taco per dimostrare il suo apprezzamento per il cibo, o forse perché mangia come un cavallo. Seguo il flettersi delle sue mascelle, i forti muscoli della gola che improvvisamente si fermano.

Alzo gli occhi. Mi sta osservando mentre lo fisso e il suo sguardo sembra intenso.

Che cosa sto facendo? Sto peggiorando le cose.

Mira mi dà un'occhiata e la sua espressione non è solo furiosa. Deglutisce e giurerei che ci sia ansia nei suoi occhi.

Mangio un piccolo boccone di riso, cercando di immettere un po' di saliva nella mia bocca secca. Non ho mai voluto tanto fuggire da una situazione quanto vorrei scappare da questa cena. Il mio battito è irregolare e la mia faccia non vuole scendere sotto i mille gradi. Le dita, che non mi hanno mai deluso né in abilità né in coordinazione, non riescono a tenere lo stupido riso sulla forchetta.

«Quindi sarai qui per tutta l'estate?» mi chiede Zach con la sua gamba muscolosa che sfiora il mio polpaccio mentre ammucchia cibo sul suo piatto. Il tavolo stretto, in linea con il divano di velluto di seconda mano e il tavolino che risale agli anni Ottanta, rende la cena involontariamente intima.

Bevo un sorso d'acqua e mi schiarisco la voce. «Tornerò a Dawson in autunno per la laurea magistrale in Psicologia.»

Mira arriccia le labbra rivolta a Zach, come la irritasse che osi attirare l'attenzione su di me. Visto che vorrei nascondermi, sono d'accordo con lei.

Mira, che non ha ancora toccato il suo cibo, si china verso Lewis mentre lui sta cominciando a mangiare il suo secondo taco. Giusto per fare il contrario rispetto a lei do un grosso morso al mio taco. Mangiare come un coniglio per restare ridicolmente magri è una sciocchezza e comunque io mangio più della media delle ragazze, quindi mi sta solo facendo fare brutta figura. «Come sta tua madre in questi giorni?» chiede Mira a Zach.

La mano di Zach si ferma sopra l'insalata, il suo petto sembra sgonfiarsi. «Bene.» Il suo tono è piatto, privo di emozione.

Mi sposto in avanti sulla sedia. Mira deve avere toccato un punto dolente. Zach sembra essere un così bravo ragazzo. Che cosa sta facendo Mira?

Lei sorseggia il suo drink e gli occhi color caramello sono freddi. «Che cosa ha in ballo?»

L'espressione di Zach diventa sfuggente. «È ancora in casa di cura e tu lo sai.» Guarda il cibo intatto sul proprio piatto e sposta un taco con la nocca.

Perché Mira l'ha tirata in ballo? Sta cercando di ferirlo... perché ha chiesto che programmi aveva?

Nessa stringe la forchetta fissando Zach, con la preoccupazione negli occhi.

Lewis guarda Mira con un'espressione corrucciata. A Zach dice: «Hai già inaugurato la nuova paddleboard?».

«Sì» risponde Zach più rilassato.

«Il lavoro sta andando a rilento. Ti dispiace se qualche volta mi unisco a te?»

«Certo. Quando vuoi.»

E così, in un momento, la tensione sparisce.

Per mantenere l'atmosfera tranquilla per il resto della cena, colgo l'occasione per tempestare Nessa e Zach di domande sui vari sentieri escursionistici. Mira non fa incavolare nessun altro a tavola, più che altro perché è troppo occupata a seccare Lewis in un'accesa conversazione che il resto di noi finge di ignorare. Io sento quasi tutto e immagino che sia così anche per gli altri. Cose come *che cosa stai facendo* e *privato* e *quella ragazza* si sentono sopra la discussione sui percorsi escursionistici di Tahoe.

Dopo la cena, aiuto Nessa a sparecchiare e pulire. «Dovrei andare» le dico quando abbiamo finito.

«Davvero? Così presto?»

«Non mi sono ancora abituata a lavorare fino a tardi.»

«Sì, ci vuole un po'. Che cosa farai domani? Zach e io faremo un barbecue a Zephyr Cove. Tu e la tua coinquilina dovreste veramente venire.»

Mira e Lewis stanno parlando a bassa voce in un angolo mentre vado nella stanza lungo il corridoio a prendere la borsa e la giacca. Mi sembra di filarmela di nascosto, ma, davvero, non voglio mettermi in mezzo.

Prendo le mie cose ed esco dalla porta della camera, con la testa bassa, cercando le chiavi nel pozzo senza fondo che è la mia borsa, e rimbalzo contro un muro.

Sto per cadere, e non in modo aggraziato. Il mio corpo si inclina di lato, con la testa a uno strano angolo, le braccia impigliate nella borsa. Finirò per rompermi il collo.

Mani forti mi risollevano e mi sforzo di rimettere le gambe in verticale.

Calore e profumo di sapone e legno appena tagliato. Pelle leggermente abbronzata su un collo muscoloso. Alla base, direttamente in linea con i miei occhi, c'è una pulsazione, poi più su lo sguardo intenso ed enigmatico di Lewis.

Il mio battito passa dal galoppo, dovuto allo spavento, al disastro che era stato quando Lewis era entrato in casa.

Lewis mi studia il volto, all'inizio preoccupato, poi l'espressione si addolcisce e si rilassa. Il suo sguardo scende lentamente, come se stesse cogliendo l'opportunità di guardarmi senza la censura di Mira o degli altri. Fissa i miei capelli, la fronte, poi il lato del viso e il mento, poi torna alla mia bocca, dove si ferma.

Il suo respiro diventa irregolare. Ciò che mi aveva lasciata perplessa per tutta la sera diventa chiaro. Quando mi guarda non è con curiosità, anche se in parte potrebbe esserlo, ma qualcosa di completamente diverso. Una cosa che non posso dire di aver visto a questo livello ma che riconosco, o almeno lo fa il mio corpo, perché mi sento stringere il petto, il cuore continua a battere follemente e sento il calore che scende lungo la spina dorsale, mandando brividi in tutti i posti sbagliati.

La sua testa si abbassa di qualche centimetro verso di me.

Che diavolo...? Non vorrà...?

«È stato bello conoscerti» dico in fretta, nel panico, e mi stacco dalle sue braccia, rendendomi conto che le sto ancora tenendo. Ma arrivo solo fino a lì. Per qualche stupido motivo, non riesco a convincere i miei piedi a muoversi.

La mano che mi teneva s'infila nella tasca dei pantaloni. A parte quello, Lewis non si muove. Il suo sguardo si abbassa di nuovo sulla mia bocca.

Mi manca il fiato, mi lecco le labbra e di colpo sembra un invito. *Che cosa sto facendo?*

Invece di reagire nel modo giusto e distogliere lo sguardo, i miei occhi si fissano sulla *sua* bocca, come se ci fosse il pilota automatico, senza ascoltare le istruzioni dettagliate che ordinano a tutte le parti del corpo di *tagliare la corda.*

Una cicatrice diagonale rovina l'angolo del suo labbro inferiore dalla forma perfetta, un'imperfezione in un paesaggio altrimenti perfetto. Non riesco a distogliere gli occhi da quella cicatrice che da un lato finisce in un piccolo uncino. Come se l'è fatta? Gli ha fatto male? Sentirei la cicatrice se premessi la mia bocca sulla sua?

Le sue labbra si aprono sotto il mio sguardo e lui si sposta, annullando lo spazio che avevo messo tra di noi.

Il mio cuore pompa così forte che vedo puntini neri al margine del mio campo visivo. *Ha una ragazza.*

Supero Lewis incespicando e sbattendo la spalla contro

la parete mentre percorro il corridoio, anni di atleticità scomparsi in un battito di cuore.

Guardo indietro una volta prima di aprire la porta d'ingresso. Lewis mi sta fissando, stupefatto.

Chiude gli occhi e si volta.

Mi tremano le mani mentre chiudo la porta alle mie spalle. Che cos'era? Non era attrazione, solo una follia.

Folle attrazione.

Capitolo Due

«Geneviève, il tuo patrigno e io stiamo organizzando la nostra visita. Mi pare che avresti potuto darmi un colpo di telefono.»

Si potrebbe pensare che mia madre sappia che io sto dormendo alle nove del mattino. Anche in condizioni normali e anche se non lavorassi nei turni serali, a quest'ora non sono esattamente al meglio.

«Mamma» gracchio al telefono. «Possiamo parlarne più tardi? E io non ho un patrigno.»

Mia madre chiama patrigno il suo ultimo compagno, anche se non sono sposati. È strano.

«Lo diventerà, tesoro. Fred deve concludere un contratto nell'Asia Orientale, poi lo renderemo ufficiale. È *quello giusto*, tesoro.»

Sbuffo, ma devo ammettere che Fred è diverso dalle passate conquiste di mia madre. Sta con lui da due anni. Per Chantelle è l'equivalente dell'anniversario delle nozze d'argento.

«Dove starete esattamente a Tahoe?»

«Fred ha prenotato una suite al Timber Lodge. Giocheremo a golf, faremo shopping e ovviamente visiteremo il casinò per vederti con l'uniforme.» Lancia un urletto e devo allontanare il telefono dall'orecchio.

Ovvio che voglia vedere la mia uniforme. Ho cercato di convincere mia madre a moderare le scollature e le minigonne, mentre lei ha sempre cercato di convincermi a mostrare le mie curve... Da quando avevo dodici anni.

«Non vedo l'ora» rispondo impassibile.

Ripensandoci, mi chiedo, dodici anni è stata veramente l'età in cui mia madre ha cominciato seriamente la mia corruzione? No, quello era stato solo il momento in cui non mi aveva più visto come una bambina. Nella sua testa, avevo il seno e il ciclo, quindi ero una donna che desiderava l'attenzione degli uomini. Solo che io odiavo il tipo di attenzione che attraeva mia madre. Evito quella merda.

«Il Timber Lodge è un bel posto, mamma.» Reprimo uno sbadiglio. «Chiamami quando sarete in città.»

«Geneviève, sembri una rana. Vai a bere un po' di caffè, tesoro. Non hai un uomo accanto, vero?»

«Mamma!»

«No? Peccato. Sono passati mesi dall'ultimo. Immaginavo che oramai avresti voltato pagina. Quel ragazzo non ti meritava. Era... Qual è l'espressione che si usa quando qualcuno è rigido?»

«Anale?»

«Ecco! Non aveva sex appeal. Camminava come se avesse una scopa nel...»

«Mamma!»

«Era gay?»

«Cosa? *No*. Lui... Lui aveva un'altra ragazza. A casa.» Mi manca la voce. Avrei voluto riservare quella notizia agli amici stretti. Mia madre non è tra quelli con cui mi confido.

C'è silenzio in linea per un paio di secondi prima di

sentirla sospirare. «Io posso solo condurre il cavallo all'abbeveratoio, ma non posso obbligarlo a bere.»

Che caz...? «Di che cosa stai parlando?»

«Ho tentato, lo sa Dio, ho tentato di fare in modo che tu mostrassi la tua bellezza interiore.»

«Indossando vestiti da sgualdrina?»

«Ma mi hai ascoltato?»

«Gesù, mamma. Alcuni lo considererebbero abuso su minore. Ascolta, avevo scelto un ragazzo intelligente di aspetto medio che non andava alle feste. Pensavo fosse sicuro. Poi ho scoperto che non era così. Fine della storia. Tutti fanno scelte sbagliate ogni tanto.»

Avevo aspettato tre mesi per fare sesso con il mio ex; volevo essere assolutamente sicura che fosse un bravo ragazzo prima di passare al livello successivo. Avevo imparato alle superiori a non buttarmi in una relazione. A sedici anni, il primo ragazzo con cui ero andata a letto se n'era vantato con tutta la squadra di nuoto. L'esperienza successiva non era stata molto migliore. Poi era arrivato Lo Stronzo. Vedo il sesso come una spirale discendente: è peggiorato ogni volta.

Forse sono troppo dura con me stessa; forse è sbagliato il modo in cui scelgo gli uomini. Qualunque sia il problema, l'ho superato. Adesso non posso pensare agli uomini.

Mi passa nella mente l'immagine della bocca di Lewis segnata dalla cicatrice e dei suoi occhi scuri.

Stringo gli occhi e sbuffo. «Mamma, il sex appeal è sopravvalutato.»

«Oh, tesoro. Fingerò di credere che queste parole non siano venute dalla carne della mia carne.»

«Smettila di parlare di carne e sesso. C'era qualcos'altro che volevi, oppure posso tornare a dormire?»

«Continui a essere scorbutica al mattino. Vai a letto. Ti chiamerò più tardi.»

* * *

Ore dopo giro ossessivamente la testa come una pazzoide, guardando dalla spiaggia di Zephyr Cove verso i tavoli da picnic accanto al parcheggio per vedere se Nessa, o, cosa più importante, Lewis sono arrivati.

Cali è sdraiata sullo stomaco, con le braccia incrociate sotto la testa. «Ti avevo detto che non avremmo dovuto venire» dice con gli occhi chiusi.

Tornata dalla cena ieri sera, le avevo spiegato che cos'era successo con Lewis. Il saggio consiglio di Cali era stato di stargli alla larga. Il suo ragazzo le aveva dato buca al loro appuntamento su Skype, quindi non era proprio sul pezzo in quanto a consigli.

«Avevo già detto di sì a Nessa. Quella roba con Lewis è successa mentre stavo uscendo. Sarebbe stato imbarazzante cancellare all'ultimo minuto. Non volevo passare come una persona volubile. E c'è la possibilità che Lewis non venga, oggi. Nessa ha detto che lei e Zach avrebbero fatto il barbecue. Non ha menzionato gli altri.»

Cali sbadiglia. «Vero. Potrebbe non farsi vivo.»

Do un'altra occhiata, di colpo meno fiduciosa di un secondo fa. Anche se arriverà, non ho intenzione di evitare Nessa per evitare il suo amico Lewis. Sarebbe da sfigati.

Mi costringo a guardare il lago davanti a me. In parte, ciò che è successo ieri sera è colpa mia. Ho fissato quell'uomo; ovvio che lui guardasse me. Probabilmente la mia reazione è esagerata.

Togliendomi la sabbia ruvida di Tahoe dai polpacci, mi faccio un predicozzo mentale. Non è una cosa importante. Non è successo niente. Lui non ha detto che voleva fare sesso con me. Cioè, il tizio alto e atletico avrebbe potuto perdere l'equilibrio e barcollare... Verso le mie labbra.

Merda.

Non aveva detto niente a parole, ma tra di noi era successo qualcosa che non aveva niente a che fare col linguaggio parlato e tutto con il linguaggio del corpo e feromoni sessuali. Di solito, devo autoconvincermi che va bene fare sesso dopo aver accuratamente scelto un uomo. Questa volta non ho scelto Lewis, esattamente l'opposto. Il mio corpo aveva detto sì mentre mentalmente agitavo la bandierina con la scritta *uomo sbagliato.*

Cali alza la testa e blocca il sole con una mano, torcendo le labbra. Accidenti, pensavo stesse dormendo. «Non escludere Jaeger e Mason. Sono entrambi terribilmente sexy... *E disponibili.* È quello il fattore essenziale.»

Maison è un barista al casinò che ha flirtato un po' con me. Un paio di volte Cali e io abbiamo passato un po' di tempo con lui e il suo amico Jaeger Lang, scoprendo che Jaeger era un vecchio amico del fratello di Cali. All'inizio, Cali non l'aveva riconosciuto perché aveva messo su una trentina di chili di muscoli dopo le superiori.

Seriamente però, Cali deve piantarla con questa mania di accoppiarmi. Ero depressa durante il nostro ultimo mese di college e, okay, non ero uscita dal nostro appartamento per un'intera settimana, ma ho superato il tradimento dello Stronzo. Quasi. Non ho bisogno di un uomo per essere completa.

E perché Cali sta spingendo Jaeger verso di me? È lei quella che flirta con lui quando siamo tutti insieme. Penso che abbia una piccola cotta per lui. Cali dovrebbe sostituire il suo merdoso ragazzo con...

Lo sguardo di Cali cade sul mi libro «*Il mio travagliato vampiro?* Gesù, Gen, che cos'è quella robaccia?»

Scuoto via un po' di sabbia dalle pagine (è il motivo per cui non ho portato il Kindle). Mi verrebbe un infarto se succedesse qualcosa all'accesso illimitato alla mia fonte di "robaccia". «Che c'è? È uno dei libri migliori che ho letto quest'anno. È un vampiro con la sindrome ossessiva-compulsiva. Deve disinfettare tre volte la pelle della sua preda prima di mordere. Questo tizio ha un bel problema.»

Lei si mette seduta, appoggiando il peso sui gomiti. «Stai scherzando, vero?»

«Cali, c'è roba profonda in questo libro. L'abitudine del vampiro mette in guardia la sua preda. Il poveretto è malnutrito a causa dei suoi problemi psicologici.»

Lei mi fissa in silenzio e poi mi indica. «Intervento letterario. *Stasera.* Quella roba deve finire nella pattumiera.» Poi si volta e si mette sdraiata sullo stomaco.

Non va bene. Nel suo ultimo intervento letterario Cali mi aveva obbligata a leggere Faulkner. Mi ero addormentata prima di finire la prima pagina. Per due settimane di seguito.

«Ascolta, se volessi leggere per la stimolazione intellettuale, prenderei un testo di psicologia. Non hai mai avuto voglia di fuggire in un mondo di fantasia?»

Lei volta la testa guardandomi con gli occhi stretti. «Perché dovrei?»

Giusto. Cali non è cresciuta con la mia stabilità finanziaria, ma ha una madre devota, che la sostiene. Non che Chantelle sia la madre peggiore al mondo. È solo... Diversa. Cali sa di mia madre più della maggior parte degli altri, ma non tutto. Nessuno conosce completamente la storia. Nemmeno io. «I libri erano la mia via di fuga da ragazza e lo sono ancora. Mi piace farmi rapire in un mondo di lieto fine.»

Cali borbotta qualcosa su *libri di qualità,* poi resta in silenzio. Penso che si sia finalmente addormentata ed è un bene perché in questo momento ho veramente bisogno del mio mondo di fantasia. La vita reale è troppo stressante.

* * *

Meno male che avevo sperato che Lewis non si sarebbe fatto vivo. Nessa è arrivata mezz'ora fa, insieme a tutti gli altri presenti alla cena. Sono riuscita a evitare Lewis e Mira mi ha aiutato. Non si è allontanata dal suo fianco per più di cinque minuti ed è aggrappata a lui come se fosse il suo salvagente personale.

A Lewis piace questo comportamento? A me sembra appiccicosa. Non sono gelosa. In effetti, sembra che Lewis stia evitandomi esattamente come io sto evitando lui. Perfetto. Non l'ho colto a guardarmi nemmeno una volta e significa che guardavo se mi stesse guardando e che devo smetterla.

Zach è davanti alla griglia e sta cucinando un mucchio di cose deliziose, si alza un vapore all'odore di fumo e manzo che stimola le mie ghiandole salivarie. Ancora un hot-dog, non può far male, no?

C'è la possibilità che abbia un appetito insolitamente robusto per una donna della mia taglia. Okay, il mio appetito è enorme. Cali non ha mai fatto commenti, ma gli uomini con cui sono uscita a volte hanno espresso dei giudizi offensivi. Diciamo solo che quei cretini non sono durati molto. Non esco con uomini che pensano che le donne dovrebbero mangiare come conigli, e comunque sono un tipo snello.

«Come va, Gen?» dice allegramente Zach quando mi avvicino. Gira uno degli hot-dog, mettendo in mostra la parte sotto dorata. Il mio stomaco brontola anche se gli ho appena servito un hot-dog e delle patatine.

Do un'occhiata agli altri presenti. «Sei l'unico che sa come cucinare?»

Lui ride. «Lo sanno fare anche loro, ma io cucino meglio» dice con un sorriso impertinente. Indica il cibo sulla griglia. «Ne volevi ancora?»

Apro la bocca per rispondere ma Zach si concentra su qualcosa oltre la mia spalla. «Merda,» dice, «credo che Mira stia raccontando la storia di quando il nostro allenatore di football alle superiori ha permesso a un ragazzo del primo anno di fare twerking voltandogli le spalle. Devo sentirla.»

Zach consegna le pinze da barbecue a Lewis... *Da dove è sbucato?* Guardo dietro di me per assicurarmi di non vedere doppio, ma ci sono solo Nessa e Cali con Mira. Zach va verso di loro, dicendo senza voltarsi: «Cura il barbecue, Lewis. Torno subito».

Lewis gratta il bordo dell'utensile, togliendo la fuliggine. Gira parecchi hot-dog in fila. «Che cosa ti posso dare, Gen?»

La mia mente si svuota. Sono le prime parole che mi dice da quando l'ho incontrato ieri sera, anche se mi sembra che ci siamo detti e abbiamo fatto di più, come se fossimo arrivati alla seconda base senza passare dalla prima. È strano.

«Uhm, solo un hot-dog.»

Lui mi guarda da sotto le ciglia. «Quanto resterai in città?»

Lo chiede perché vuole conoscermi oppure sta solo chiacchierando? «Tornerò a Dawson a fine agosto.»

Lui annuisce. «Hai intenzione di fare qualcuna di quelle escursioni?»

Un riferimento alla conversazione di ieri sera, a cui non ha preso parte perché lui e Mira stavano battibeccando? Stava ascoltando. «Sì, e ho intenzione anche di correre» dico. «I sentieri sembrano belli.»

Lewis infila un hot-dog in un panino usando le pinze e me lo passa mentre Zach si avvicina, scuotendo la testa, con un sorriso ironico sul viso. Fissa il cibo che ho in mano. «Bello» dice approvando. «Mi piace una ragazza che sa mangiare.»

Mi sento scottare le guance, anche se il suo commento era benevolo.

Lewis passa le redini al suo amico e cammina intorno al barbecue, mettendomi una mano sulla spalla. Si china e io sono fin troppo conscia del calore del suo tocco, del profumo di pino e sapone, con le sue labbra a pochi centimetri dal mio orecchio. «Sarei lieto di mostrarti qualcuno dei sentieri.»

Lo guardo negli occhi. Seducenti, ammiccanti. Ci sta decisamente provando con me, con la sua ragazza a un metro di distanza. È talmente sbagliato che non so nemmeno dove cominciare.

Lui mi guarda in faccia, tirando indietro la testa quando vede la mia espressione. «Goditi il barbecue» mormora, con la bocca che si contorce in una smorfia che forse voleva essere un sorriso. E se ne va.

Non riesco a crederci. Sono una specie di magnete per i traditori? Respiro adagio e profondamente per smettere di tremare e vado dove c'è Cali, accanto al tavolo da picnic. Getto via il cibo, adesso non riesco proprio a mandarlo giù.

Lewis si avvicina a Mira, ma guarda verso il lago, con il volto teso, una mano infilata in tasca, l'altra che stringe la nuca. Una ciocca dei suoi capelli color cioccolato sporge di fianco alla testa, dove ha passato le dita. Cali guarda me e poi Lewis.

«Devo andarmene, *subito*» le dico. Se non lo faccio potrei andare a fuoco per la frustrazione.

Lewis non sembra uno stronzo ma dev'esserlo se ha una ragazza e mi chiede di passare del tempo con lui.

Allora perché è una tentazione così forte?

Cali spalanca gli occhi. «Stai bene?»

Annuisco e ce ne andiamo in fretta, cosa che nessuno sembra notare, tranne la persona che sto cercando di evitare. Il calore dello sguardo di Lewis mi segue per tutto il percorso fino all'auto.

«Gen che cosa diavolo è successo?» Cali cerca di vedere l'area del barbecue e la persona che mi impedisco di guardare.

«Una cosa che deve finire.»

Capitolo Tre

Saluto in fretta Cali mentre passo accanto al tavolo da blackjack dove fa il mazziere stasera e salgo i pochi gradini fino al Mont Belle Lounge. I pochi incontri che ho avuto con Lewis sembrano non essere mai successi. Non penso a lui da giorni. Beh, non molto, comunque. E non l'ho visto. È un bene perché la sua presenza mi confonde e non ne ho bisogno.

«Stanno arrivando i dirigenti per un incontro informale» mi dice la cameriera in piedi dall'altra parte del barista. Si chiama Amber e non ha intenzione di passarmi il lounge all'inizio del turno come al solito. «Hanno bisogno di due di noi per il ricevimento.» Si mette in bocca una ciliegia al maraschino e mastica continuando a parlare. «Io ho i tavoli dall'uno al dieci. Tu puoi avere quelli dall'undici al venti, tranne il quindici. Quei clienti sono miei finché se ne vanno.»

Come la maggior parte delle cameriere del Blue, Amber è carina: capelli biondi con gli highlight e occhi azzurri. Non sembra più vecchia di me ma credo che lavori qui da un po'. Ha l'anzianità di servizio e questo vale più di tutto.

Guardo la mia area, in fondo al bar, con la minor quantità di traffico. L'unico tavolo occupato è quello che vuole Amber e hanno una bottiglia di Dom Pérignon,

Ovviamente.

Il Dom si vende a un paio di centinaia di dollari a bottiglia. Probabilmente ne ordineranno un'altra e Amber non vuole perdersi la mancia redditizia, anche se tecnicamente dovrebbe passarmi tutti i miei tavoli.

A volte mi sembra di essere tornata alle medie. Al Blue ciascuno pensa a sé, alla spasmodica ricerca di popolarità, o, in questo caso, di clienti danarosi.

Finisce per non contare. I dirigenti affollano in fretta Mont Belle, occupando i tavoli, inclusi i miei umili sul retro. Sto felicemente sommando le mance ricevute finora e accantonandole mentalmente sul fondo per l'università quando entra l'ultima persona che vorrei vedere.

Resto pietrificata, con i tacchi che affondano nella moquette. Entra Lo Stronzo, il mio ex doppiogiochista, con i capelli chiari in studiato disordine, gli occhi troppo spaziati che scintillano come se stesse vedendo qualcosa che gli piace. E sì, cammina come se avesse una scopa nel sedere. Grazie, mamma, per questa immagine mentale.

«Ehi.» Controlla la mia uniforme dalla testa ai piedi. «Hai un aspetto *favoloso*. Non sapevo che avresti lavorato qui quest'estate.»

Mi si stringe la gola. Non so perché, il mio ex che mi guarda lascivamente è peggio che se lo facesse uno sconosciuto. «Che cosa ci fai qui?»

«Sono qui con i ragazzi. Niente donne... A meno che tu voglia unirti a noi?»

Non può dire sul serio.

Non l'ho mai affrontato riguardo al suo doppiogiochismo. Probabilmente pensa che tornerò da lui. «Sono occupata.»

Il suo sguardo si abbassa sul mio petto e resta lì fin troppo a lungo. «Sei sicura?»

Lo Stronzo non ha mai visto le mie tette alla luce. È possibile che fossi un po' riservata con lui riguardo al sesso. Capisco come le "ragazze", servite su un vassoio (grazie alla mia stupida uniforme), gli offrano un'occasione troppa ghiotta per non fissare inebetito.

Comunque ho sempre voglia di prenderlo a schiaffi. Mi ha fottuto e crede di poter venire qui come se niente fosse e riprendere?

Digrigno i denti, formando mentalmente una risposta acida, tagliente, da levargli la pelle, e ci metto troppo, perché non mi viene naturale, quando arriva Jaeger.

Capisco perfettamente perché Cali flirti con lui. È alto, muscoloso, piuttosto difficile da ignorare.

Jaeg mi abbraccia da dietro, con la bocca vicino al mio orecchio. «Stai al gioco. Sono il tuo boyfriend finché questo sfigato non se ne va.»

Mi lascio andare al suo abbraccio. *Sì*. Gli dèi oggi mi sono favorevoli.

Cali aveva ragione. Jaeger e Mason sono persone perbene.

Jaeger la mette giù pesante, appoggiando il naso al mio collo e io sto cercando di non ridere per il nervosismo e perché Jaeger mi sta facendo il solletico con la barba. La faccia dello Stronzo prende una tonalità rosso-violacea mentre sposta il peso da un piede all'altro, con le labbra strette.

«Pensi di riuscire a uscire per un paio d'ore domani pomeriggio?» mi sussurra Jaeger, come se stessimo semplicemente rilassandoci e bevendo una birra e non cercando di far sentire quel cazzo del mio ex talmente a disagio da andarsene. «C'è una cosa che vorrei mostrare a Cali e tu sei la sua migliore amica. Voglio la tua approvazione.»

Aspettate. Jaeger e Cali flirtano, ma lui fa sul serio? Cali e quel viscido del suo ex si sono ufficialmente lasciati qualche giorno fa, quindi lei adesso è single. *Potrebbe essere fantastico.*

Annuisco e guardo amorevolmente il mio non-ragazzo, a beneficio del mio ex, che è *ancora lì*. Insistente? Illuso?

«Vengo a prenderti all'ora di pranzo» dice Jaeger ad alta voce.

Lo Stronzo grugnisce e se ne va scocciato. Lo ignoriamo entrambi ma appena sparisce, Jaeger mi lascia andare, smettendo immediatamente la sciarada.

«È stato impressionante» dico. «Come facevi a saperlo?»

Il suo sguardo va a Cali, che ci sta osservando dalla sala. *È turbata?* Sembra turbata. Jaeger mi rivolge un sorriso. «Cali ha detto che non volevi che quel tizio ti stesse intorno.»

«Assolutamente no. Grazie. Ti devo un favore.»

«No» dice scuotendo la testa. Guarda di lato, questa volta senza cogliere le sguardo di Cali. «Ma potrei approfittare della tua opinione. Dicevo sul serio quando ho chiesto se saresti stata disponibile domani.»

«Certamente. Qualunque cosa desideri.»

«Perfetto, solo... Mmm... Magari non parlarne con Cali? Cioè, saprà che stiamo andando da qualche parte, ma apprezzerei se potessi tenerlo per te.»

«Okay.» Molto misterioso, ma qualunque cosa sia, è per Cali e lo aiuterò per quanto posso.

Jaeger se ne va e io ritorno a lavorare, ma non ci sto con

la testa. È stato soddisfacente vendicarmi del mio ex. Certo, con un po' d'aiuto. Okay, molto aiuto, ma comunque sono su di giri. Non mi piace pensare che mi faccio piccola davanti agli uomini ma la verità è che cerco di evitare i confronti, l'esempio lampante è che ho ignorato i segnali d'avvertimento e così ho scoperto troppo tardi che Lo Stronzo aveva una ragazza a casa.

Probabilmente è l'effetto del non avere avuto una figura paterna. Eccellente.

C'è una pausa nel chiacchiericcio e ricomincio a prestare attenzione. L'uomo che ho appena servito mi sta fissando con un sorriso indulgente sulle labbra. «Stai bene?»

«Scusi, come?» *Gesù, datti una regolata.* È già abbastanza brutto che abbia permesso a un uomo di abbracciarmi durante il mio turno. Ci sono i dirigenti nel lounge. Devo concentrarmi sul lavoro. Questi potrebbero essere quelli che firmano gli assegni del mio stipendio.

«Ti ho chiesto come ti chiami.»

Quest'uomo sembra familiare. Ha una cravatta rosso sangue su una camicia bianca, come se avesse appena lasciato il suo ufficio tutto vetri. Sono sicura di averlo già visto nel lounge. Giovane e di bell'aspetto. Più vecchio di me, ma non quanto lo sono gli uomini in giacca e cravatta che servo normalmente. Anche gli uomini che sono con lui sono ugualmente eleganti, completamente fuori posto nella mia sezione in fondo al bar. Ma tra l'incontro informale dei dirigenti e i nostri clienti regolari non avevano molta scelta.

«Sono Gen.»

Mi scruta dalla testa ai piedi, poi torna a guardarmi negli occhi con un sorriso calcolatore che gli alza gli angoli della bocca. «Jennifer?»

Mi stringo nelle spalle. «No, è Geneviève.»

«Di dove sei, Geneviève»?»

«Dawson. Mi sono appena laureata.» Dawson è ad appena un paio d'ore di auto. La maggior parte della gente di qui ne ha sentito parlare.

«Bene, è bello conoscerti. Sono Drake Peterson, capo del settore finanziario.» È *letteralmente* quello che firma i miei assegni e io mi stavo estraniando proprio davanti a lui. «Ti piace lavorare al Blue? Ti trattano tutti bene?»

«Sì, grazie.» Non ho certamene intenzione di parlargli della piccineria delle cameriere.

«Bene, magari resterai. Alcune delle cameriere sono qui da un po', ma con i giusti contatti puoi cavartela bene.» Il suo sguardo si abbassa nuovamente sul mio petto. *Puah.*

Tra il mio ex e adesso Drake, mi stanno veramente mettendo alla prova.

«Grazie. Finora me la sto cavando.»

In realtà avrei bisogno di una pausa per riprendere il controllo dopo l'incontro con Lo Stronzo. Guardo l'ora sull'orologio, che una volta tanto mi sono ricordata di mettere. Normalmente uso l'iPhone, ma dato che non posso infilare niente oltre alle tette e il sedere in questa uniforme, devo tornare ai vecchi metodi.

Servo qualche altro cliente e vado a controllare come va con Amber. Le faccio il resoconto della situazione prima di andare in pausa. Dovrà occuparsi della mia sezione di merda per un po' e significa più lavoro, meno soldi e, ovviamente, non ne è felice. Anche con il surplus di dirigenti, la maggioranza dei miei clienti dà mance irrisorie, ma Amber dovrà farsene una ragione.

Mentre esco, avverto i miei clienti. «Sarà Amber la vostra nuova cameriera» dico a Drake e ai suoi amici. «Posso portarvi qualcosa prima di andare?»

«Ti sei presa buona cura di noi, Geneviève.» Drake

infila la mano nella tasca della giacca. «Non esitare a chiedere se avrai bisogno tu di qualcosa.» Mi porge un biglietto da visita. Al dito luccica un pesante anello d'oro con uno zaffiro blu scuro.

Bisbiglio «Grazie» e mi allontano cercando di scuotermi di dosso la brutta sensazione che mi ha lasciato.

Guardo dall'altra parte del salone prima di scendere dal lounge e vedo Cali accanto a Zach. Sono presi a mischiare le carte e a contare, o qualunque altra cosa stiano facendo con il direttore di sala che li controlla come fosse un cane da guardia. Non voglio mettere nei pasticci Cali, ma mi piacerebbe sfogarmi riguardo allo Stronzo.

Le cameriere si spostano intorno ai tavoli di blackjack, prendendo ordini e ritirando i bicchieri vuoti. Non ci sarebbe niente di insolito se mi avvicinassi, tranne se mi vedesse la persona che sta servendo il tavolo di Cali. Una cameriera senior potrebbe pensare che stia cercando di rubarle i clienti e decidere di fare di peggio che non chiamarmi Biancaneve.

È una cosa che mi infastidisce riguardo a questo lavoro, sembra decisamente di essere ancora alle medie.

Che si fottano. Vado al tavolo di Cali e aspetto di lato. Uno dei suoi clienti se ne va e le faccio un cenno attraverso la momentanea apertura nella folla, mimando il gesto di mordere un sandwich. Indico l'entrata del sotterraneo e lei annuisce rigidamente, cosa strana. Cali di solito è rilassata. Sono io quella apprensiva. È stressata?

Questo posto è strapieno stasera. È comprensibile che non possa lasciare il suo tavolo, ma spero che lo faccia. La presenza dello Stronzo vale una sessione di pettegolezzi con la mia migliore amica.

Mentre vado verso la porta che usano gli impiegati, mi

imbatto in Nessa. «Ehi» le dico con un sorriso. «Che succede?»»

Lei indica un buco grande come un pugno nel collant, con la smagliatura che scende per tutta la gamba e finisce nella scarpa. «Devo cambiarmi.»

«Impressionante, com'è successo?» Apro la porta del sotterraneo e scendiamo.

«Si è impigliato in un apribottiglie. Sei in pausa?»

Annuisco. «Sì, ne avevo bisogno. Si è fatto vivo il mio ex e mi ha intrappolato.» Mi scuote un brivido di repulsione. Sono veramente in debito con Jaeger.

«Ooh» dice lei con una smorfia. «È stato così orribile? Hai detto a quel tizio che non sei interessata?»

«Mi sono pietrificata. Quando finalmente mi sono ripresa, era intervenuto qualcuno.»

Accompagno Nessa al distributore, sì, c'è un distributore di collant. È obbligatorio portarli con la nostra uniforme, come se un materiale ultrasottile che copre le nostre chiappe possa rendere più di classe la nostra uniforme. Incidenti come quelli di Nessa sono frequenti.

Lei inserisce qualche quarto di dollaro ed esce un paio di collant extra-small, neri e trasparenti.

Storco le labbra, ricordando l'incontro con Drake Peterson. «Nessa, ti è mai capitato che un dirigente ti consegni il suo biglietto da visita e si offra di aiutarti?»

«Cosa?» dice con un sorriso preoccupato. Toglie i collant dalla scatola. «Uhm, no. Quando è successo?»

«Subito dopo l'apparizione del mio ex.»

Lei mi fissa. «Okay, allora hai un problema di uomini.»

«Sì?»

«Esatto.» Apre il suo armadietto e si toglie le scarpe. «Forse devi alimentare la tua leonessa interiore. Hai questo atteggiamento dolce, vulnerabile ed è meraviglioso perché sei bella e ti comporti come se non lo sapessi, ma la gente se ne approfitta.»

Cali una volta mi aveva detto che non avevo mai mostrato allo Stronzo chi sono veramente. Pensa che io sia una dura perché stravinco sempre con lei quando si tratta di sport, ma non vuol dire niente. Cali non ha capacità atletiche. «Che cosa significa?»

Nessa getta sul fondo dell'armadietto i collant distrutti. «Fai una cosa insolita, che non hai mai fatto prima o che non faresti mai.» I suoi occhi si illuminano. «Unisciti a un gruppo teatrale, oppure iscriviti a un'app di appuntamenti online... *scala una montagna.*» Annuisce come se le sue idee fossero brillanti. «Mettiti in una posizione che ti obblighi a superare i tuoi limiti. La fiducia in te stessa che svilupperai si rifletterà sul tuo lato esteriore.»

Mi sto quasi chiedendo dove diavolo abbia preso Nessa questa roba, perché non mi sembra una buddista in incognito, ma ha ragione. Non mi metto abbastanza in mostra, quella è una prerogativa di mia madre.

Non ho la minima intenzione di unirmi a un gruppo teatrale, preferirei morire. Ma qualcosa che richieda coordinazione? Non la corsa, corro tutti i giorni e non è niente fuori dall'ordinario, ma qualcosa che ho paura di tentare? Scalare una montagna... Non è una cattiva idea.

«Grazie, Nessa. Ci penserò. Sarà meglio che vada, probabilmente Cali mi sta aspettando.»

Nessa mi saluta e io vado in mensa.

Cali è riuscita a prendere una pausa e ha perfino trovato un tavolo nella sala affollata. Quando entro, sta lavorando a uno dei suoi schizzi elaborati, questo di un panorama montano con un milione di piccole forme geometriche che usa per creare le immagini. Non capisco come faccia. Cali ha un enorme talento artistico che non ha mai riconosciuto.

Chiama "scarabocchi" i suoi schizzi e li getta via come se fossero spazzatura. Io ho letteralmente tolto dal cestino della spazzatura le più belle immagini del nostro campus. Uno di questi giorni riuscirò a farle capire quanto sono belli i suoi disegni.

Cali finisce le ultime forme e mette da parte lo schizzo. «Che cos'è successo con Lo Stronzo? L'ho visto che si avvicinava, ma non potevo lasciare il tavolo.»

«Voleva sapere che cosa avevo intenzione di fare dopo il lavoro. Mi ha chiesto se volevo uscire con lui.» Scuoto la testa, ma Cali non sembra prestare attenzione. Guardo la sua espressione distratta. «Va tutto bene? Mi sembravi un po' turbata quando ti ho fatto segno poco fa.»

Lei mi rivolge un sorriso forzato che non arriva fino agli occhi. «Va tutto bene.»

Ha uno strano umore, ma probabilmente è solo stressata per la folla di stasera.

Spettegoliamo un po' su quel genio del mio ex e poi Cali torna al lavoro.

Finisco di mangiare e corro in bagno. Mentre torno alla sala del casinò, una pubblicità sul tabellone degli impiegati mi blocca in fondo alle scale. È per l'Alpine Mudder, con immagini di uomini che si arrampicano su una parete di legno, con i kilt alla *Braveheart* e le facce dipinte di blu, con il fango sulle braccia e le gambe. Avevo già visto la pubblicità su Facebook. È una corsa estrema a ostacoli con il fango e tante sfide e allegria, il tipo di evento che piacerebbe a un gruppo di ex-giocatori di rugby.

Non lo farei mai. L'Alpine Mudder è competitiva (e mi piace), sporca (una cosa che odio) e pericolosa (niente da fare).

Mi lampeggia in mente il suggerimento di Nessa di uscire dai miei schemi. È il tipo di cosa di cui stava parlando. Forse non *esattamente* questa, ma qualcosa di simile, una cosa che non avrei mai pensato di fare.

La porta della mensa è aperta, ma nessuno fa caso a me.

Prendo nota dell'indirizzo web sul mio blocchetto delle ordinazioni prima di autoconvincermi a non farlo e salgo le scale verso la sala del casinò.

Capitolo Quattro

Qualche giorno dopo, Cali e io ci troviamo con Nessa per andare al club del Blue. Quando arriviamo nel sotterraneo per toglierci le uniformi, Nessa ha già indossato jeans aderenti, un top morbido e scarpe dorate con il tacco alto. Le sue scarpe sono lunghe come una barretta di cereali, in linea con la sua taglia minuscola e sono praticamente le scarpe da adulta in una misura da bambini più carine che abbia mai visto.

La sorpasso di corsa per andare al mio armadietto. «Arrivo tra un minuto.»

«Prenditi tutto il tempo che vuoi.» Apre una borsa per il trucco delle dimensioni di un'utilitaria. «Devo rinfrescarmi il trucco.»

Cali si cambia e mette il rossetto nel tempo che ci metto per liberarmi dalla trappola del bustier che indosso per lavoro. Consegno la mia divisa al banco delle sarte. Quando torno all'armadietto di Nessa, lei si sta ancora mettendo l'ombretto.

Non avrò problemi a mettermi alla pari. L'unica cosa

che ho è il balsamo per le labbra. Al mattino uso il mascara e il fard, se non sono troppo di fretta. Questa mattina avevo tempo quindi mi sono truccata. Indosso dei jeans aderenti carini e un top trapezoidale con le maniche corte, di seta verde smeraldo, anche se Cali ha già scosso la testa guardandomi.

Lei pensa che se il top non è scollato non è adatto per uscire la sera. Il fatto che abbia scelto un'amica così simile a mia madre è una cosa che mi fa paura e che preferisco non psicoanalizzare.

«Oh, tra parentesi» dice Nessa frugando nella sua gigantesca borsa. Prende un ombretto viola scuro e, chiudendo un occhio, lo sovrappone a quello grigio fumo che aveva già applicato. «Ti dispiace se ci incontriamo con Mira?»

Io mi chino sopra la panca per prendere la borsa, usando la porta dell'armadietto per mantenere l'equilibrio. Il bordo quasi mi taglia la mano tanto stringo forte. *La Mira di Lewis?*

Mira ha aggredito Zach quando mi ha chiesto dei miei studi alla cena con i taco. Le sue occhiate malevole il giorno dopo, al barbecue, non lasciavano spazio all'immaginazione. Mi odia e Nessa vuole che usciamo con lei?

Avrebbe dovuto essere una serata divertente tra ragazze, ma Mira è amica di Nessa e non posso dire di no. Guardandomi nello specchio in fondo agli armadietti, tendo le labbra e mi metto il rossetto color rubino che Cali mi ha messo in mano dopo avermi subdolamente rubato il balsamo per le labbra. «Sì, certo.» Strofino insieme le labbra e sorrido. Il riflesso nello specchio mostra una perfetta faccia da poker. «Più siamo meglio è.»

Cali sgrana gli occhi quando le restituisco il rossetto. Infila il tubetto in borsa e mi dà di nascosto una stretta al braccio. Capisce la mia inquietudine senza che io debba dire qualcosa.

Nessa sorride, con un'espressione un po' preoccupata. «Sono lieta che non sia un problema, visto che in un certo senso l'ho già invitata. Mi era sembrata giù quando l'ho chiamata.»

Mi passo la borsettina con la lunga cinghia sopra la testa e di traverso sul corpo. «Ci incontreremo qui?»

«Fa il mazziere al casinò accanto. Finirà il turno tra poco. Pensavo che potremmo bere qualcosa e aspettarla lì, per poi tornare qua al club.»

Mi sa che sarà una serata interessante.

Il percorso fino all'altro casinò è divertente. Un hipster, che sospetto sia ubriaco o fatto, è seduto davanti al supermercato cui passiamo davanti come se fosse sul divano di casa sua, mentre i turisti con le loro t-shirt *Keep Tahoe Blue* invadono i marciapiedi tra i casinò. Nell'aria c'è voglia di vincere, fare sesso e in generale di lasciarsi andare.

Entriamo nel casinò e ordiniamo i drink a uno dei bar. È mentre stiamo aspettando che ci servano che li vedo: la bella coppia di lato ai tavoli di blackjack. Mira ha ancora l'uniforme ed è davanti a Lewis.

Pensavo di essermelo tolto dalla testa. È quasi un estraneo per me. Ma ora mi sto bevendo la faccia di Lewis, il suo corpo, il suo portamento, attento ma sicuro di sé. Il mio cuore accelera come se stessi correndo, il respiro affrettato, superficiale. Il desiderio irrazionale di andare da lui mi fa agitare sullo sgabello. Che cos'ha questo tizio?

In lontananza, la voce di Mira sale oltre il clamore. E non è facile perché, gente, siamo in un casinò, è come parlare in un tunnel del vento. Lei allarga le braccia, sputando fuoco su Lewis, che sembra accettarlo.

Nessa e Cali seguono la direzione del mio sguardo. «Maledizione,» dice Nessa, «non li ho mai visti litigare in questo modo.»

«Che cosa sta succedendo?» le chiedo.

Nessa alza una spalla. «Non ne ho idea. Mira non è un tipo facile, ma sono molto legati, sai.»

Scuoto la testa. Non lo so. A me sembra che si scontrino parecchio.

«Vi ho detto di Lewis, Zach e Mira? Di come le loro famiglie si conoscono da secoli?» Annuisco, ricordandolo. «Beh, Lewis e Mira sono praticamente cresciuti insieme. Lui è tornato in città in parte per lei. Voleva aiutare suo padre con l'impresa, ora che sta invecchiando e voleva stare vicino a Mira. È molto protettivo nei suoi confronti.»

Certo, è la sua ragazza e Mira è ossessionata da Lewis. Mi sorprende che gli abbia permesso di stare lontano.

Ho il radar peggiore al mondo quando si tratta di attrazione. Lewis è il boyfriend protettivo, devoto. Non è disponibile. Perché questo fatto non mi vuole restare in testa? È come se avessi bisogno di tatuarmelo sul cervello.

«Dov'era prima Lewis?» chiede Cali.

«Al college, Cali Poly, San Luis Obispo. Si è laureato in gestione delle costruzioni. Ha lavorato per una società sulla costa centrale ed è tornato circa un anno fa.»

Quasi come se sentisse la mia presenza, Lewis guarda dalla nostra parte.

I nostri sguardi si incontrano e il mio cuore si ferma letteralmente, poi riprendere a battere al doppio della velocità e sento una vampata di calore in tutto il corpo. Mira segue il suo sguardo, stringendo gli occhi. Mi irrigidisco, colta tra la rabbia furente di Mira e un diverso tipo di intensità accesa da parte di Lewis.

Lewis le dice qualcosa e poi se ne va nella direzione opposta.

Mira lo guarda, con il petto ansante. Rabbia, dolore, tutto scritto sulla faccia.

Avrei altre domande da fare, per esempio perché Nessa è sorpresa che Lewis e Mira stiano litigando e che cosa avrebbe potuto causare il litigio, domande indiscrete che sembrano di assoluta importanza, ma Mira si sta avvicinando e il suo sguardo mi sta perforando.

Muove le labbra in una specie di sorriso. «Ciao, Nessa.»

«Va tutto bene?» chiede Nessa, esitante.

«Sì, certo. Lewis è solo ostinato. Cambierà idea.» Mi dà un'occhiata calcolatrice e sento mille aghi nella schiena. «Mi cambio e ci vedremo tra venti minuti.»

Cali e io ci scambiamo un'occhiata. Dopo aver visto il litigio tra Lewis e Mira e aver sentito il calore delle vibrazioni negative di Mira, non ho molte speranze per questa serata.

* * *

Appena entriamo al club del Blue, tutti gli sguardi si appuntano su Mira con i suoi lucenti capelli scuri ondulati che incorniciano lineamenti straordinari. Indossa un corto abito rosso e ci guida verso un separé di fianco alla pista da ballo. Si avvicina una cameriera che non conosco, con un'uniforme che conosco personalmente molto bene.

«Margarita con ghiaccio.» Mira si mette i capelli su una spalla, con un gesto civettuolo. Le teste maschili ruotano come se avesse agitato una bandierina.

«Patrón» ordina Cali.

Alzo gli occhi, sorpresa. Cali non tira fuori le armi di grosso calibro a meno che voglia ubriacarsi.

Nessa e io ordiniamo una birra Sierra.

Nell'aria vibra EDM, la pista da ballo è affollata di ragazze con abiti corti e stretti e uomini che manovrano per strusciarsi. Un ragazzo si morde il labbro come se apprezzasse veramente la musica, o il sedere della ragazza contro il quale si sta strusciando, una tizia con un tubino nero che si è arricciato fino a pochi centimetri dall'inguine. Sto contemporaneamente ridendo e facendo una smorfia dentro di me quando noto la semisfera scura qualche metro sopra le loro teste. Non mi è mai piaciuto il fatto che il casinò ci osservi. Assolutamente inquietante.

La bellezza di Mira dà i suoi frutti quando in poco tempo sul nostro tavolo arrivano quattro cocktail Purple Hooter, seguiti da altri che si chiamano Buckshot. Un tizio al bar, con una camicia di pelle su misura che probabilmente costa come la mia auto, saluta Mira. Lei gli rivolge un sorriso, ma non lo chiama al tavolo.

Cali è la prima a svuotare il suo bicchierino e a ordinarne un altro, anche per me. Lo prendo volentieri, mi sembra di averne bisogno.

Parecchi cocktail dopo, mi scivola il sedere sul sedile del nostro separé come se la finta pelle fosse stata ingrassata, oh, merda, siamo al Blue, potrebbe essere pelle vera. Graffio la superficie con l'unghia, vedo tutto sfuocato. Mi tiro su usando i gomiti, con le spalle che si inclinano di lato.

Huh. Potrei essere ubriaca.

Mi sono mai ubriacata prima? Il college non è stato un periodo tutto feste e ubriacature per me, come per la maggior parte delle altre studentesse. Cioè, bevevo. Parecchio. Ma la maggior parte delle volte ero solo leggermente brilla anche se avevo bevuto più delle mie amiche che avevano perso i sensi. La mia impressionante tolleranza all'alcol, cresciuta negli anni grazie all'influenza di mia madre, risale all'adolescenza.

Cali si alza per andare a ballare, rubando una foto di me ubriaca col telefono mentre mi mostra la lingua.

Strrooonza.

Mi metto diritta per rubarle l'iPhone, solo che la stanza gira come se fossimo in giostra. Meglio non alzarmi in piedi.

Mira mi odia e probabilmente non dovrei sfidarla, ma ho smesso di curarmene qualche bicchierino fa. «Non capisco.» Sto biascicando? Wow, sbronza marcia. «Come fai a convincere gli uomini a mandarti da bere?»

Il modo in cui Mira manipola gli uomini è un mistero. Mia madre è sicura di sé e bella, ma non mi è mai piaciuto il modo in cui saltava da un uomo all'altro. Ma non posso fare a meno di ammirare Mira. Ha questi tizi che pendono dalle sue labbra, senza che abbia mai fatto qualcosa. Ho perso il conto dei drink che ci hanno mandato. Merda, non sapevo nemmeno che gli uomini offrissero ancora i drink alle donne. Impressionante.

Mira mi guarda con un'espressione compiaciuta e fa di nuovo quella mossa con i capelli, un gesto dozzinale che non userei in un milione di anni, ma parecchi uomini si voltano nella sua direzione.

Ho preso mentalmente nota.

La nostra cameriera appoggia il primo di tre bicchieri sul nostro tavolo. «Kamikaze dai signori due tavoli più in là.»

Seguo con gli occhi la discesa di ogni bicchiere. «Ancora?» Sto decisamente biascicando. «Dovrete portarmi fuori e non sarà carino. Siete entrambe più basse.»

Mira e Nessa si scambiano un'occhiata e sorridono. Nessa ridacchia.

La mia bocca si riempie di acido e Chambord, un

liquore a base di lamponi mentre fisso il drink potente che ho in mano. «Non so se riuscirò a berne un altro.» Ho mai pronunciato queste parole in vita mia?

«Oh, dai, non fare versi.» Mira sembra quasi sobria, ma non è possibile. Ha bevuto quanto me.

«Io ne berrò un altro se lo bevi anche tu» dice Nessa.

Come fa? Qui c'è qualcosa che non va. «Nessa, sei così piccola che potrei sovvel... sollevarti, se facessi sollevamento pesi, o andassi in palestra. La palestra non mi piace. Preferisco correre o fare escursioni... Stare all'aperto, purché non ci siano insetti o puma... Aspettate... di che cosa stiamo parlando? Ah, sì, un altro bicchierino. K... ma dovremo prendere un Uber per tornare a casa. Non posso guidare.»

Mira mi ficca in mano un altro drink. Non ne ho appena bevuto uno? Che cos'è successo al suo? Ce ne sono due davanti a me? «Ho fatto venire qualcuno a prenderci» dice.

Nessa e io ci guardiamo, poi guardiamo lei. «Davvero?» diciamo all'unisono.

«Chi?» chiede Nessa.

«Non preoccupatevi. Ho chiamato qualche minuto fa quando sono andata in bagno. Sarà qui presto. Cioè, a meno che voi preferiate restare a divertirvi» dice dandomi un'occhiata.

Non sono io quella che fa la mossa con i capelli, invitando gli uomini. Ho bevuto troppo e ho perso di vista la mia migliore amica. E parlando di... «Avete visto Cali da qualche parte?»

Nessa scuote la testa. Mira distoglie gli occhi, come se stesse cercando di aiutarmi a cercarla, ma poi il suo guardo si ferma sull'entrata del club.

Non ho nessuna intenzione di andarmene senza Cali. Prendo il telefono e vedo che c'è un messaggio. È di Cali e dice che si sta facendo dare un passaggio da un collega.

Immagino vada bene. Almeno lo conosce. Non so chi ha chiamato Mira.

Due tizi con jeans firmati, t-shirt nere e giacche lucide vengono verso di noi. Sto letteralmente pregando che non siano quelli che ci devono dare un passaggio. Hanno entrambi i capelli corti che insieme alle giacche da club li fanno sembrare quasi gemelli, anche se uno dei due è decisamente più attraente dell'altro.

Nessa ridacchia. «Mira, i tuoi corteggiatori stanno arrivando. Immagino che si stiano stancati di aspettare un invito.»

Nessa è sbronza ed è un'ubriaca ridacchiante.

Mira rivolge un sorriso civettuolo agli uomini. «Come fai a sapere che stanno venendo per me?»

Gli uomini sembrano sui quaranta e, anche a essere tradizionalisti, una differenza di età di vent'anni mi sembra un po' da pervertiti.

«Oh, intuito.» Nessa mi dà una gomitata nelle costole e io mi devo aggrappare per non cadere fuori dal separé. «Inoltre stanno fissando te.»

I due viscidi ci guardano. Quello con i capelli radi, il segno bianco sull'anulare e mocassini bianchi che fanno a pugni con la giacca blu notte si siede accanto a Mira. «Ti dispiace se ci uniamo a voi?»

Io mi stringo sul mio sedile, cercando di nascondermi, ma il viscido carino con i capelli biondi, un velo di barba e rughette di espressione intorno agli occhi si stringe accanto a me. È alla mia sinistra e Nessa e Mira mi bloccano sulla destra.

La colonia del viscido carino è così forte che mi fa venire le lacrime agli occhi. Il profumo, unito al troppo alcol, mi fa venire la nausea. «Mira, quando arrivano a prenderci?»

«Tra un minuto.» Si appoggia agli avambracci, spingendo in faccia al tizio coi mocassini bianchi il suo seno piccolo e sodo. Lo sguardo del tizio si concentra su quello come un laser.

Il Viscido Carino mi stordisce di chiacchiere per i successivi dieci minuti. Me la cavo con pochi monosillabi, respirando con la bocca invece che col naso, finché quello non decide di toccarmi.

Mi passa le dita tra i capelli. «Come fanno a essere così lucidi?»

Puah. Respiro a fondo e lentamente, con il profumo della colonia che mi assale perché ho dimenticato di farlo con la bocca e cerco di ignorare la mano che passa un'altra volta sul mio cuoio capelluto...

Mira guarda oltre il nostro tavolo, con un'espressione compiaciuta sul volto. «È arrivato il nostro autista.»

Mi chino di lato, cercando di liberare i capelli dalla mano del Viscido e do un'occhiata verso l'entrata. Lo sguardo di Lewis passa tra me e il Viscido Carino, con le narici che fremono.

Ha chiamato lui?

Lewis guarda la mano del Viscido nei miei capelli e mi guarda come se stesse accusandomi di qualcosa.

Non è colpa *mia.* È Mira che ha lanciato i segnali, attirando gli uomini. Io non voglio averci niente a che fare.

Per qualche motivo, accettare un passaggio da Lewis è una pessima idea. Lo so, eppure non me ne importa. Meglio un passaggio da lui che farsi palpeggiare dai quarantenni. E questi due animali da club non resteranno certamente in giro con Lewis che si sta avvicinando. È un dio della montagna irritato ed emana un'energia pericolosa.

Ho sempre visto Lewis indossare le polo che porta al lavoro, come quand'era con Mira nell'altro casinò. Ora è in déshabillé, con una maglietta color erica aderente ai bicipiti e al torace e sta facendo cose strane alla mia temperatura interna.

Forse stare così vicino a Lewis non è una buona idea.

Il Viscido Carino si alza di colpo. Dà una gomitata al suo amico e fa un cenno con la testa in direzione di Lewis. Mocassini Bianchi mormora qualcosa sul fatto che devono incontrarsi con degli amici e si dirige al bar con il suo amico.

Io finalmente respiro. *Che sollievo.*

«Pronte?» dice Lewis in tono seccato, concentrando lo sguardo su Mira.

Mira scivola fuori dal separé e cerca di prendere il braccio di Lewis, che non le dà la possibilità di aggrapparsi a lui. Cammina davanti a noi, con le lunghe gambe che divorano la distanza verso l'uscita. Io barcollo quando mi metto in piedi, e anche Nessa.

Mira e Nessa riescono a tenere il passo con Lewis, ma c'è qualcosa che non va con il mio equilibrio e mi rallenta. Accelero per raggiungerli e sbatto il fianco sull'angolo di un separé, rimbalzando come una pallina del flipper tra i corpi che affollano la pista da ballo.

Mi verrà un bel livido.

Una calda voce maschile dice ridacchiando sopra il mio orecchio: «Stai bene?». Il corpo attaccato a quella voce sembra mi stia tenendo in piedi.

Sono ufficialmente ubriaca persa.

Aspettando che la stanza smetta di girare, rispondo. «Sto bene, ho solo sbattuto il fianco.»

Non vedo più Nessa o Mira. Resta solo Lewis che sta guardando minaccioso il tizio che mi sta tenendo in piedi, quasi come guardava il Viscido Carino. Lewis si concentra sul mio volto e la sua espressione diventa preoccupata quando vede a che angolazione sono. C'è la possibilità che mi stia appoggiando al mio salvatore, come fossi la Torre di Pisa.

All'improvviso, il mio salvatore se la fila. E come se qualcuno avesse dato una spinta alla Torre di Pisa solo di quel paio di centimetri che bastano, comincio a barcollare.

Figliodiputtana.

Riesco a restare in piedi con una serie di manovre scattose, che includono aggrapparmi alla manica della ragazza accanto a me e afferrare la spalla di un altro tizio a caso.

La fretta con cui il mio salvatore se l'è filata potrebbe dipendere dal grosso Nativo Americano che si sta avvicinando come un temporale, spostando i corpi mentre cammina.

Lewis mi mette il braccio intorno alla vita e mi tira accanto a sé. Il suo calore e il suo odore mi tolgono l'aria dai polmoni. Una serie di formicolii scende dallo stomaco alle gambe e mi sfugge un gemito quando mi curvo verso di lui.

Spalanco gli occhi. *Porca paletta.* Alzo gli occhi, sperando che non se ne sia accorto.

Lewis ha un sorrisetto ironico sulle labbra ed è talmente sexy che fa aumentare il calore tra di noi. L'ha sentito.

Mi ero messa d'impegno a restare lontana da Lewis e mi rendo conto che potrebbe in effetti essere impossibile. A parte il fatto che abbiamo degli amici in comune, Tahoe non è una grande metropoli.

Lewis aumenta la stretta e mi trasporta fuori dal club e attraverso il casinò. Mi concentro per evitare di rendermi ridicola con suoni gutturali involontari e significa che inciampo in continuazione, perché non riesco a fare due cose contemporaneamente. Mira e Nessa sono a metà del parcheggio quando li raggiungiamo.

Mira si avvicina a un pick-up e guarda indietro. Le sue labbra spariscono e gli occhi lampeggiano quando vede il braccio di Lewis intorno a me. Sarebbe più sicuro per tutti se Lewis smettesse di toccarmi prima che mi arrampichi su di lui, o che Mira mi uccida a unghiate.

Lewis mi appoggia al pick-up e alza le mani come per dire: *resta ferma*. Il parcheggio gira per un paio di secondi intorno a me e poi torna diritto quando apre la portiera. Mira si precipita a occupare il sedile del passeggero, poi Nessa entra e poi m'infilo io.

«Dove vivi, Gen?» chiede Lewis uscendo dal parcheggio.

Gli do l'indirizzo e mi estranio finché il rumore familiare della ghiaia mi informa che sono a casa.

Lewis ferma l'auto e io apro la portiera, sperando che possiamo semplicemente dimenticare il barcollare, i gemiti e tutti gli incidenti di questa sera. «Grazie per il passaggio.»

Scendo, il mondo ruota e pendo verso l'auto. Afferro la portiera per non cadere e appoggio male il dito, che si piega dolorosamente.

Sento il rumore di passi pesanti provenire dal davanti del pick-up. «Hai bisogno di una mano?» Lewis chiude dolcemente la portiera del pick-up.

Mi sostengo appoggiando il fianco al pick-up e scuoto il dito. «Sto bene.»

Vado avanti, un piede dopo l'altro, aggrappata al pick-up per restare verticale. È buio. In effetti non riesco a vedermi i piedi, ma sono lì, in basso, da qualche parte. Lasciando andare il cofano del pick-up, faccio un passo esitante verso la casa.

La terra si muove e di colpo sta venendo verso di me.

Una presa ferrea intorno alla mia vita mi rimette in piedi. Poi Lewis mi solleva le gambe e il resto del corpo.

Diavolo, mi sta portando in braccio?

Lewis ha un braccio sotto le mie cosce e l'altro dietro la

schiena e il leggero profumo di colonia fresca o dopobarba, qualunque cosa sia la delizia che proviene da lui, a ondate mi tormenta i sensi. Reprimo l'istinto di premere il naso contro il suo collo. Non sarebbe corretto. Peggio ancora di rimbalzare contro sconosciuti e i gemiti sessuali. Oddio, domani rimpiangerò questa serata, lo so. «Hai un buon odore» gli dico con un sospiro.

Il suo passo diventa incerto, e il petto si gonfia quando respira forte. Passa un attimo. «Anche tu.» La sua voce è un rombo sensuale che sveglia le farfalle nel mio stomaco.

Ha appena ammesso che gli piaccio? Dire a qualcuno che ti piace il suo odore è come dire che ti piace. Ed è ciò che ho fatto... Aspettate, perché non posso uscire con lui? Ah già, Mira. Arriccio il naso.

In braccio a lui, il mio sguardo finisce sul suo mento. Così da vicino i suoi lineamenti sono tutti spigoli maschili. La pelle è liscia eccetto per quella cicatrice. Mi piacerebbe passare leggermente le labbra su quella cicatrice... Dio mio è una distrazione.

Lewis ridacchia.

L'ho detto a voce alta? «Perché stai ridendo?»

«Sei diversa quando sei ubriaca.»

È così ovvio? *Certo che è ovvio, idiota, non riesci nemmeno a camminare.*

Arriviamo alla porta e Lewis cambia la sua presa su di me. Le mie gambe scivolano lungo il suo corpo e le farfalle che prima volavano lievi, ora svolazzano furiosamente quando mi rimette in piedi.

Non posso alzare gli occhi. Il suo profumo, il suo tocco, *la sua voce* mi tolgono l'abilità di pensare e quando lo guardo negli occhi, il vortice è dieci volte peggiore. Tengo lo sguardo incollato alla sua t-shirt e mi sposto lentamente e con attenzione per mantenere l'equilibrio.

Cali e io abbiamo dimenticato di accendere la luce del portico quando siamo andate al lavoro, quindi i problemi di illuminazione nel vialetto continuano fino alla porta. Ci vogliono diversi tentativi per inserire la chiave e aprire la serratura.

Accendo le luci tastando la parete all'interno e vedo il cellulare di Cali che sporge tra i cuscini del divano. Bene, è a casa. Una preoccupazione in meno.

Lewis entra dietro di me, facendo sembrare minuscolo il nostro piccolo appartamento e mandando in allerta rossa le mie parti femminili. È a casa mia, a qualche metro dal mio letto.

Smettila di pensare a lui in quel modo!

La porta della camera è chiusa e non si intravede la luce sotto. «Credo che dorma.»

«Stai bene? Posso venire a controllarti dopo aver portato a casa le ragazze.»

Vuole venire a controllarmi? Per rimboccarmi le coperte? Le mie labbra formano un sorriso proprio nel momento in cui sento un suono sibilane alle mie spalle.

Sulla porta c'è la piccola figura di Mira. «Arrivi?» Il tono è di puro fastidio.

Lo sguardo di Lewis non vacilla. «Arriverò tra un minuto, Mira.»

Mira fa un passo di lato in modo da poter lanciare occhiate di fuoco a entrambi.

«Sto bene» gli dico. «Grazie per il passaggio. Spero che non sia stato troppo un disturbo.» Voglio dire, Gesù, sono passate le due del mattino.

«Nessun problema» dice distrattamente Lewis, guardandosi attorno come per assicurarsi che non ci sia un mostro in agguato negli angoli bui. «Ci vediamo, allora.» Mi guarda in viso prima di seguire Mira di fuori.

Dopo aver chiuso a chiave la porta, getto la borsa sul divano e barcollo nella stanza da letto. Crollo di traverso sul materasso. Cali grugnisce, infastidita. Probabilmente le ho dato una gomitata nella schiena tentando di cadere sul materasso e non sul pavimento.

Il mio ultimo pensiero prima di addormentarmi, sospesa tra il sonno e la veglia, è: vorrei che Lewis *tornasse* da me.

Capitolo Cinque

Sono un'idiota.

Che diavolo ho fatto l'altra sera?

Verso le cinque del mattino avevo vomitato l'anima ed era stato in quel momento che i ricordi della serata mi erano entrati in testa, insieme al martello pneumatico dovuto al post sbronza. Sto prendendo in considerazione di trasferirmi in un altro stato. Mi sembra un'alternativa migliore che non mostrare la mia faccia.

Avevo davvero annusato il collo di Lewis o me lo sono immaginato? Deve pensare che lo desideri. È l'ultima persona che voglio... *di cui ho bisogno*. Entrambe le cose.

Mi rimangio ogni commento sprezzante che ho mai fatto sulla gente che non sopporta l'alcol. Avrei potuto fermarmi a, oh, non so, cinque o sei bicchierini. Sarebbe stata la scelta più saggia. Dopo i primi avevo perso il conto.

Ripensandoci, mi chiedo se Mira abbia avuto a che fare con il continuo rifornimento. Nessun altro era sbronzo come me e di solito riesco a far finire sotto il tavolo uomini di cento chili. Mira aveva spinto verso di me talmente tanti bicchieri che sono convinta che abbia rinunciato anche ai suoi. Stupida io a berli, ma comunque, perché avrebbe dovuto farlo? Solo per mettermi in imbarazzo?

Ce l'ha fatta.

Sono assolutamente mortificata.

Nessa non se ne rende conto, seduta accanto a me in auto, ma il nostro appuntamento a pranzo è un gradito cambio all'autoflagellazione cui mi sono sottoposta negli ultimi giorni. Il caos che c'è a casa inoltre non migliora il mio livello di stress.

«Non riesco a credere che l'abbiano licenziata» dice Nessa.

Senza motivo apparente, Cali ha perso il lavoro. È stata licenziata, cavoli! Ha detto che il casinò non le ha fornito un valido motivo per il licenziamento, solo che non era la persona adatta. Che razza di stronzata societaria è? Cali è la persona più intelligente che conosca ed è affascinante. Non ha senso. Un inserviente mi ha chiesto di lei e quando gli ho detto del licenziamento ha detto che era già successo in passato: ragazze licenziate senza apparente motivo.

«È ridicolo» confermo e svolto in una strada laterale. Nessa ha prestato la sua auto a un'amica, quindi tocca a me guidare oggi. «È piuttosto sconvolta, ma il nostro amico Jaeger sta cercando di tirarla su di morale.»

«Tirarla su di morale, eh?» dice Nessa ammiccando.

«Esattamente.»

C'è qualcosa in ballo tra Jaeger e Cali. Sembravano altamente sospetti l'altra sera, quando sono arrivata a casa dopo il lavoro. Non stavano *facendo* niente in quel momento, ma ho intuito che avevo interrotto qualcosa. Cali non me ne ha parlato e la cosa mi stupisce. Cali non nasconde le sue relazioni. È elencata nel dizionario dello slang sotto la voce TI: Troppe Informazioni, quando si tratta dei suoi uomini. Mi chiedo se le cose con Jaeger non siano diverse, come se Cali stesse agendo con cautela perché le piace veramente.

Se è così, bene, sono contenta. Almeno una delle due ha bisogno di una relazione sana, che funzioni.

«In effetti, oggi è fuori con lui.» Inarco le sopracciglia guardando Nessa dall'alto in basso, come per suggerire tutta una serie di cose che non sto dicendo.

«Mmm, capisco. Tienimi informata. Almeno una di noi sta ricevendo un po' d'amore dall'altro sesso.»

Ho le spalle rigide. Che cosa penserebbe Nessa se sapesse che pensieri ho avuto su Lewis? Annusarlo e dirgli che ha un buon odore quando ha una ragazza è assolutamente inappropriato e, per quanto Mira sia scontrosa, è pur sempre un'amica di Nessa. Mi sembra che da un momento all'altro qualcuno mi chiederà di rispondere dei miei pensieri su di lui.

Vedo il Beacon Bar & Grill in fondo alla strada. È da quando Cali e io siamo arrivate in città che ho voglia di andarci e oggi potrebbe essere l'unica cosa in grado di distogliere la mia mente dalla spirale di vergogna. Ma mentre parcheggio la mia berlina malridotta e intravedo il lago, comincio a chiedermi se ho scelto bene i vestiti.

Le notti a Tahoe sono fresche, ma di giorno il caldo aumenta in fretta e siamo già sui venticinque gradi. Nessa è preparata. Intorno al collo si vedono i laccetti neri del costume da bagno. Il ristorante è sul lago; avrei dovuto indossare un costume sotto i vestiti. Invece ho una t-shirt blu scuro un po' sbiadita con short di lino e scarpe da tennis.

Prendo l'asciugamano che tengo nel bagagliaio e lo infilo nella mia sacca. Avrò una spettacolosa abbronzatura da ciclista se staremo al sole, ma preferisco godermi il bel tempo e la spiaggia e non preoccuparmene.

Scegliamo un tavolo sul patio che dà sulla spiaggia e il

molo. Non c'è una nuvola in cielo e il colore del lago, blu zaffiro, attira il mio sguardo ogni pochi secondi. Montagne con le cime di granito circondano l'acqua in un abbraccio ultraterreno e ricordo perché questo posto è così speciale. Per qualche minuto ho dimenticato perché mi sentivo così di merda.

Nessa dà una scorsa al menu. «Dobbiamo prendere i Rum Runners.»

Mi si rivolta lo stomaco. Alcol. Troppo. È il motivo per cui faccio schifo e perché, al di fuori del lavoro, mi sono rintanata nel mio buco negli ultimi giorni.

«Possiamo dividercelo? Non credo di essere in grado di bere un'intera bibita al rum.» Il pensiero di quel particolare liquore mi fa venire un conato di vomito. Stupidi Buckshot. Non sarò mai più in grado di bere nemmeno una birra analcolica.

Nessa ride e si preme le dita sulle tempie. «Stavo così male dopo il club.» Appiattisce le mani sul tavolo e alza stancamente gli occhi. «Quanti bicchierini ci siamo fatte?»

Scuoto la testa. Non ne ho veramente idea e, se lo sapessi, probabilmente mi spaventerei.

Nessa richiama una ragazza con la t-shirt azzurra del Beacon e short di tela. Ordina il cibo e un Rum Runner e poi do anch'io il mio ordine. Invidio follemente l'uniforme della cameriera. Così normale.

«Mira è pericolosa. È un magnete per gli uomini, ma, santo cielo, è stato folle. E ti sei persa il litigio che hanno avuto lei e Lewis dopo averti portata a casa.» Nessa strizza gli occhi. «Ero un po' fuori, quindi non è tutto chiaro. Mira gli stava urlando contro perché ti aveva accompagnato alla porta, o qualcosa di simile. Che pensava che avrebbe fatto? Che ti lasciasse strisciare? Quella ragazza ha dei grossi problemi di gelosia.»

Non c'è motivo che Mira sia gelosa. Ha dimostrato a me e a tutti, al club, che può avere tutti gli uomini che vuole. Io non sono la concorrenza, come non lo ero per l'affetto dello Stronzo. Il mio ex non aveva avuto problemi a mettermi da parte per la ragazza che aveva a casa, una volta finiti gli studi.

Detesto l'idea che gli uomini pensino che sono sacrificabile. Nel mio tentativo di *non* essere come mia madre, che prende e lascia gli uomini a piacimento, sono diventata l'opposto: quella che resta in una relazione anche quando non dovrebbe.

«È normale che litighino tanto?» chiedo.

Nessa scuote la testa. «No, decisamente no. Mira ha avuto un'infanzia difficile e so che ne è rimasta influenzata. Può essere scontrosa, ma il suo comportamento è decisamente insolito. Non so che cosa le è preso. Da quanto ho sentito, tra un momento di vuoto e l'altro, stava reagendo in modo esagerato, o cercando di essere dispotica, qualcosa di simile. Lewis sopporta troppo.»

Mi chiedo se sarebbe più facile stare intorno a Lewis se lui e Mira avessero una relazione solida. Questa battaglia tra di loro mi fa pensare a scenari poco probabili, di loro che si lasciano. Lui è con un'altra. E io non ho intenzione di mettermi con uno Stronzo parte seconda.

Arriva il cibo e il mio hamburger è così buono che emetto un gemito. Ovviamente lo mangio tutto mentre Nessa ne consuma un terzo e si dichiara sazia. Le patatine fritte speziate e intinte nella salsa ketchup dolce sono il miglior rimedio per il mal di testa da sbronza che persiste ancora. Mi sento così bene che quasi ordino un altro Rum Runner, che ho scoperto essere questa bibita arancio che assomiglia a un frullato di frutta. C'è del succo di frutta, ci sono *nutrienti*. Non può farmi così male.

Il sole picchia e Nessa si toglie la t-shirt, mostrando il top di un ridotto bikini nero sulla figuretta snella. «Spiaggia?»

Fegato, stai ottenendo una pausa. «Certo.»

Paghiamo il conto e scendiamo sulla sabbia, scegliendo un posto accanto al molo dove i dipendenti del Beacon con le magliette azzurre camminano avanti e indietro facendo... Non so esattamente cosa. Sono in pausa? Sorvegliano il molo? È animato, se penso alle poche barche che arrivano e vanno. La maggior parte dell'attività viene dalle canoe e dai paddle board che passano sotto, diretti alla spiaggia del Beacon.

Guardo la gente nelle canoe che abbassa la testa mentre passa sotto le travi del molo quando, sotto, scivola un uomo su una tavola, piegato su un ginocchio. I capelli sottili sulla mia nuca si mettono sull'attenti e mi si stringe lo stomaco. Non vedo la faccia ma non ne ho bisogno.

Ogni particolare di Lewis si mette a fuoco, uno per volta, come se stessi guardando un film al rallentatore. Capelli scuri disordinati, pelle abbronzata e nuda, il flettere dei muscoli mentre sposta le dita sulla parte anteriore della tavola per sostenere il suo peso mentre si inginocchia per passare sotto il molo, il polpaccio che si contrae.

Completa il percorso, si alza appoggiando una mano sulla tavola e guarda la spiaggia. Il suo sguardo si concentra immediatamente su di me e mi si blocca il fiato in gola. Nessuno sapeva che saremmo venute qua oggi. Era stata una decisione dell'ultimo minuto. Non c'è una ragione logica per cui avremmo dovuto imbatterci in Lewis, ma è successo.

Nessa si china in avanti. «Oh, mio Dio, è Lewis?»

Io sono troppo disorientata per rispondere.

Lewis rema fino a riva e io fisso il suo corpo come se

fosse appena uscito dalla doccia in un film porno. Non ho mai guardato un porno, ma immagino che sarebbe così. Lewis senza la maglietta è erotico. Indecente. Il suo torace e le sue braccia... Non ero riuscita a distogliere gli occhi da quegli avambracci la prima volta in cui l'avevo visto alla cena, con la camicia rimboccata fino ai gomiti. Erano interessanti e virili: il fascio di muscoli e l'accenno di vene. E adesso vedo le braccia fin sopra i grossi bicipiti, e le spalle larghe e forti che si muovono e si contorcono mentre guida la tavola.

Che cos'ho che non va? Non sono il tipo che occhieggia gli uomini. Cioè, noto un bel viso, ma non mi è mai importato molto dei muscoli. Con Lewis, sono fin troppo interessata a ogni rilievo e avvallamento nel suo fisico virile. È come se fosse stato costruito per attirare il mio sguardo, la mia personale delizia per gli occhi, e non mi ero mai resa conto di avere quel tipo di feticcio.

Lewis scende dalla tavola quando l'acqua gli arriva alle caviglie, tirando la tavola e il remo per qualche metro sulla spiaggia. Prende il cellulare da una tasca interna impermeabile dei bermuda da bagno, batte sullo schermo prima di riporlo e venire verso di noi.

Distolgo gli occhi. A questa distanza leggerà sul mio volto ogni pensiero che mi passa nella testa. Non che voglia nasconderli, praticamente lo sto mangiando con gli occhi. Dio, da quando sono diventata quel tipo di ragazza?

Affondo i piedi nella sabbia finché il freddo mi fa venire un brivido, distraendomi. Dura solo due secondi finché lo sento davanti a me e allora il mio cuore impazzisce.

«Stavamo giusto parlando di te» dice allegramente Nessa.

«Interessante, io stavo giusto pensando a voi.» Gli do un'occhiata veloce, ha i capelli arruffati sulla fronte e un velo lucido di sudore sul petto, per il sole e l'esercizio fisico. I bermuda scendono bassi sui fianchi e si vede ogni liscio muscolo addominale, incluso quelli spessi che finiscono nell'indumento... Sbatto gli occhi. Lo sto facendo di nuovo!

Quando alzo gli occhi, Lewis mi sa fissando con una curiosa intensità. Guardo l'orizzonte per ancorarmi. Dovrei andarmene? Dire che ho bisogno di andare in bagno? Questa attrazione è esasperante, innegabile e crea dipendenza. E se tirasse in ballo l'altra notte? La mia umiliazione sarebbe completa.

Lewis alza gli occhi e agita una mano. Guardo nella stessa direzione. Zach sta correndo verso di noi, anche lui con i bermuda da bagno e senza maglietta. Due donne in bikini, un po' più vecchie di noi, lo guardano passare. Zach non è alto come Lewis, ma la sua muscolatura è definita come quella di un atleta ed è molto attraente.

Lewis dà una manata alla mano alzata di Zach, che arruffa i capelli di Nessa. «Ehi, bimba.» Mi fa un cenno con la testa sorridendo. «Gen.»

Nessa è sexy nel suo minuscolo bikini nero. È minuta e non ha un grammo di grasso in tutto il corpo, ma il termine affettuoso di Zach è quello che si userebbe con una sorella, come se stesse mettendola di proposito nella friend zone. Nessa una volta mi ha detto che non è mai uscita con Zach o i suoi amici. Mi manda fuori di testa pensare che nessuno di loro abbia mai cercato di farlo.

Lewis si siede accanto a me, il calore dei nostri corpi si mischia e mi manca il fiato. «Stai bene dopo l'altra notte?»

Ovvio che lo tiri in ballo.

Gli do un'occhiata. *Grosso errore.* Con le spalle curve e le braccia intorno alle ginocchia, le sue labbra sono a pochi centimetri dalle mie e il profumo della sua protezione solare mi sconvolge i sensi. Il suo sguardo si ferma sulle mie labbra. È perché sto fissando le sue? «Mi dispiace per l'altra sera.» Mi tolgo la sabbia dalle gambe, tenendo le mani occupate. «Ero un disastro.»

Lui mi dà una spallata, facendomi finire contro Nessa. Non era forte, ma lui è grosso. Nessa asseconda il movimento, concentrata sul suo Rum Runner e la conversazione con Zach. «Eri divertente» dice Lewis, fissando il lago e sollevando un angolo della bocca.

«Ne dubito.»

Lui allunga la mano, con il palmo in alto. «Fammi vedere il telefono.»

Gli do un'occhiata di traverso. «Perché?»

Lui sbatte gli occhi come per dire: *non fare la difficile*. Frugo nella mia sacca per cercare il telefono e glielo passo. Lui fa scorrere i miei contatti e io mi chino verso di lui, approfittandone per respirare il suo meraviglioso profumo.

Lewis scrive un numero.

«A che serve?»

«Non guidare quando... Chiamami. Io lavoro fino a tardi. Sono sempre alzato. Darti un passaggio non è un gran problema.»

È serio? «Mmm, non ho bisogno di un autista. Non mi ubriaco quasi mai.» Diciamo mai. Non ricordo quand'è stata l'ultima volta.

Lui fa spallucce. «Okay.» Sembra serio ma non riesco a capire se mi creda o no.

«Ti chiamerò se avrò bisogno di un passaggio.» Perché, merda, si è offerto. Un uomo favoloso che mi viene a prendere e mi porta a casa nel mezzo della notte? Non lo rifiuterò di certo. E dovrebbe preoccuparmi. Sto lasciando cadere i paraocchi che avevo detto di avere quando si trattava di uomini. O forse sono caduti nel momento in cui ho visto Lewis. Guai... Sono guai grossi, enormi. Riesco a vederli.

Lewis si alza e mi tira in piedi. «Vieni» dice dirigendosi verso la riva.

Nessa e Zach sono presi dalla loro conversazione. «Dove?» dico, certa che non dovrei andare da nessuna parte con lui, nemmeno in pubblico. Non dopo il modo in cui ho sentito una scossa quando mi ha preso la mano.

«La tavola nuova di Zach. La collauderemo noi. Ti porterò a fare un giro.»

«Insieme?» La tavola sembra stretta e tanto varrebbe che lui fosse nudo, visto la scarsa quantità di indumenti e la direzione dei miei pensieri.

«Tu resterai seduta. Farò io il lavoro.» Prende il remo e spinge la tavola verso l'acqua finché galleggia ondeggiando nelle onde basse.

«Non ho il costume» gli faccio notare.

Lui guarda indietro. «Non ti fidi di me?» Lo chiede scherzando, come se stessi mettendo in dubbio la sua capacità di tenermi all'asciutto, ma c'è un sottofondo di serietà, come se sapesse che non mi fido di lui e lui stia portando alla luce il problema.

In un certo senso mi fido di Lewis, ed è sconcertante. Ci sono tanti uomini che non si meritavano la fiducia che avevo dato loro, specialmente Lewis. Ma nonostante il fatto che abbia una relazione e la tendenza a flirtare con me, non credo che sia una cattiva persona. Sembra un lavoratore e un buon amico e sopporta Mira. Meriterebbe una medaglia.

Mi sposto verso di lui, senza rispondere alla domanda perché, qualunque cosa io creda, non è una cosa che voglio discutere.

Lewis tiene ferma la tavola con il piede. «Mettiti sulle ginocchia per tenerti in equilibrio.»

Contro ogni buonsenso, faccio esattamente quello che mi ha chiesto. Mi tolgo le scarpe sulla sabbia asciutta, entro in acqua e mi inginocchio sulla tavola. Sulla spiaggia siamo circondati da famiglie. Qual è la cosa peggiore che potrebbe capitarmi?

La superficie della tavola affonda quando Lewis sale dietro di me. Con ogni spinta del remo, tagliamo l'acqua finché abbiamo oltrepassato il molo e le corde che delimitano l'area per il nuoto.

L'acqua qui è più scura, ma trasparente. Riesco ancora a vedere il fondo del lago, anche se è fuorviante, perché so che è profondo.

«Vuoi fare un tentativo?»

Guardo indietro e il mio sguardo resta impigliato nel suo torace liscio prima di continuare sul suo viso. Volto la testa prima di restare stordita dal suo aspetto. Mi alzo lentamente in piedi appoggiando le mani sulla tavola. Lewis si avvicina e il calore del suo corpo incendia la mia pelle dove non è coperta dalla maglietta. Mi passa il remo da sopra la testa.

«Questo affare non è stabile con due adulti.» Mi appoggia le mani sui fianchi. «Mi terrò a te per restare in equilibrio.»

Adesso me lo dice?

La sua voce profonda sopra il mio orecchio e le dita allargate sui miei fianchi mi fanno tremare le braccia. Lotto contro quella sensazione, perché, accidenti, la mia coordinazione non è così scarsa, anche se non si direbbe quando c'è lui in giro. Aggiusto la presa e piego le ginocchia per superare le onde basse, avanzando lentamente ma stabilmente nell'acqua.

Le dita di Lewis si allargano e si contraggono quando arriva un'ondata. Sento il calore che si espande nel mio stomaco e nelle gambe. «Dov'è Mira?» dico, irritata, concentrandomi sulle sue mani invece che sul remo.

Lui resta in silenzio per un momento, e l'unico indizio che mi ha sentito sono le dita che allentano la presa. «Non lo so.»

«Non sai dov'è la tua ragazza?»

«La mia che cosa? Mira non è la mia ragazza... È complicato.»

Certo che è complicato. Affondo il remo e ci muoviamo in avanti. «Non sei obbligato a parlarne. Capisco.»

«No, non è così. Mira... Ne ha passate tante. So che a volte risulta scontrosa, ma è vulnerabile e dolce quando la si conosce meglio.»

Ed ecco che la sta proteggendo, la sua bella non-ragazza. Dio, perché l'ho chiesto?

«Per rispondere alla tua domanda, non vedo Mira da un paio di giorni.» La sua voce diventa tesa. «Penso che sia con sua madre.»

Lo fa infuriare il fatto che Mira sia con sua madre?

Si schiarisce la voce, ma è forzato, come se cercasse di cambiare argomento. «E tu? Com'è la tua famiglia?»

«La mia famiglia?» *Non* ho intenzione di parlare di Chantelle. «Complicata.»

«Capisco.» Le sue mani si stringono nuovamente sui miei fianchi. Sento una fitta di eccitazione.

Mi volto. «Che cosa stai facendo?» *L'ho veramente detto.*

Lui guarda oltre la mia testa. «Dovresti tenere...»

«Non dirmi che cosa devo e non devo fare. Devi prestare più attenzione alla tua relazione "complicata" e ai segnali che lanci... *Ooof.*»

Sto cadendo, contro Lewis.

Questa volta invece di prendermi, sta cadendo anche lui.

Lascio andare il remo un secondo netto prima che si impigli nei nostri corpi. L'acqua fredda mi punge la pelle in contrasto con il calore del petto di Lewis che mi prende tra le braccia. Mi aggrappo a quel calore devastante mentre al contempo lo spingo via, l'istinto di risalire alla superficie è più grande dell'attrazione.

Emergo dall'acqua un secondo prima che compaia Lewis, scuotendo la testa e spruzzando acqua. Mi battono i denti. Sto ansimando per lo shock, per il freddo.

Lui ridacchia.

«Non è divertente.»

Lui fa una piccola smorfia, ma il sorriso non svanisce del tutto. Nuota verso di me e mi mette le braccia intorno alla vita, tirandomi verso il suo petto caldo.

Non riesco a riprendere fiato e non ha niente a che vedere con la temperatura dell'acqua, ma con la sensazione del suo corpo contro il mio. È... Giusto. Perché ha questo effetto su di me?

E com'è possibile che non gli si gelino le palle? Il suo corpo è come una stufa.

Lewis muove le gambe per tenerci a galla mentre la tavola si allontana. Nuota in direzione della riva, con il mio corpo sopra il suo come se fosse la mia zattera privata.

«Posso nuotare da sola.»

«Fai pure» dice senza lasciarmi andare.

Resto dove sono, avvolta dalle sue braccia. Patetico, ma, merda, una donna può essere forte solo fino a un certo punto, e la mia delizia per gli occhi mi sta *tenendo tra le braccia.*

Dopo un paio di minuti i suoi piedi toccano il fondo anche se per me l'acqua è ancora troppo profonda per restare in piedi. Mi scosta gentilmente una ciocca di capelli dalla bocca con il lato della mano, guardandomi la faccia. «Stai bene?»

«No» dico, imbarazzata e scontenta. La sensazione è troppo bella. Lo guardo negli occhi. Deve vedere qualcosa nei miei perché le braccia si stringono. «Mi dispiace. Ci ho fatto cadere. Avrei dovuto prestare attenzione.»

Lui mi solleva nell'acqua. Le mie tette si schiacciano contro il suo petto, la loro rotondità in piena vista grazie alla maglietta bagnata. Lui sorride. Giuro che si sta divertendo. «Nessun problema. Volevo rinfrescarmi.» La temperatura del mio corpo e l'espressione dei suoi occhi indicano che l'acqua non ha fatto il suo lavoro.

Sorrido anch'io però, perché non posso non farlo con lui che mi guarda in quel modo, felice e buffo e così diverso dal Lewis serio che ho sempre visto.

Gli metto le braccia intorno al collo. Che altro potrei fare? Non posso mettermi in piedi senza che la testa vada sott'acqua. Potrei nuotare verso la riva, ma sembra uno sforzo troppo grande. «L'acqua è gelida.»

Lewis mi passa il palmo della mano sulla schiena e il suo sorriso svanisce, il suo sguardo diventa intenso, fisso sulla mia bocca.

Che cosa stiamo facendo?

«La riva» dico strozzandomi. Lasciatemi da sola con questo tizio e succedono cose. «Dovremmo asciugarci.»

Dopo una pausa abbastanza lunga da notarla, Lewis annuisce e mi accompagna finché tocco il fondo. Mi volto verso la spiaggia.

«Gen,» mi volto indietro, «ti sbagli su di me» dice con gli occhi seri. «So che cosa stai pensando e ti sbagli.» Si tuffa sott'acqua e nuota verso la tavola e il remo che avevamo abbandonato.

Che cosa significa? Non mi sto sbagliando. L'ho già vissuto. Merda, ci sono già passata con Lo Stronzo... Beh, non esattamente la stessa situazione, ma abbastanza simile. Anche se devo ammettere che non mi ero mai sentita come con Lewis.

Cammino nell'acqua fino alla spiaggia, irritata e bagnata. Dice che Mira non è la sua ragazza ma c'è qualcosa che non ammette e, con la mia fortuna, probabilmente sarà anche peggiore.

Nessa alza gli occhi, smettendo per un attimo di chiacchierare con Zach, e resta a bocca aperta. Si alza in fretta e prende il mio asciugamano, correndo verso la riva. «Che cos'è successo? Stai bene?»

«Ho solo freddo.»

Non cerco nemmeno di spiegarle che cos'è successo perché mi sembra ovvio. Mi avvolgo nell'Authentic Beach Bum Hawaii che mi ha comprato mia madre anni fa.

Detesto questo asciugamano. È il motivo per cui lo tengo nel bagagliaio. Dovrei liberarmene. Mia madre non era venuta alla festa per la fine delle elementari e il mio balletto a causa del suo viaggio alle Hawaii. «Non posso tirarmi indietro, tesoro» mi aveva spiegato allora. «È un importante viaggio d'affari.» Ero troppo giovane per capire che cosa significasse, ma man mano che crescevo avevo cominciato a chiedermi che tipo di accordi avesse mia madre con gli uomini che frequentava. Erano tutti ricchi, potenti e distaccati. L'uomo con cui era andata alle Hawaii indossava abiti costosi e si accorgeva appena della mia presenza quando veniva a prenderla una volta la settimana per i loro appuntamenti.

Mi strofino le gambe e il petto, cercando di cancellare i ricordi e diminuire l'effetto maglietta bagnata. Con il reggiseno di pizzo che ho scelto questa mattina, i capezzoli sono decisamente in evidenza.

«Bello» grida Zach mentre Lewis si avvicina venendo dall'acqua. «Che cos'è successo?»

Lewis si passa una mano tra i capelli bagnati, scuotendo i rivoli dalle braccia e sorridendo verso la sabbia. Mi guarda per un momento. «La scia di una grossa barca mentre non stavo guardando.»

Quando mi guarda in quel modo, misterioso e sexy, non riesco a concentrarmi, tanto meno arrabbiarmi con lui. *Io* non stavo guardando. Io ho perso il controllo e affrontato Lewis. Era stato bello dirgli quello che pensavo, a parte le conseguenze del tuffo. Non riesco ancora a credere di averlo fatto. Lui mi... istiga. Perché la persona che mi fa sentire qualcosa ha una ragazza, o una non-ragazza? Qualunque cosa sia. Perché è così complicato?

Prendo la mia sacca e raccolgo i capelli con un elastico. «Nessa, devo cambiarmi. Ti dispiace se ce ne andiamo?»

«Per niente.»

Zach batte il cinque con Nessa. «Ci vediamo più tardi, mocciosa.» Lei fa una smorfia ma lui sembra non vederla.

Lewis mi guarda mentre raccolgo le mie cose. Mi fa impazzire e fingo di non notarlo.

«Grazie per il giro sulla tavola» gli dico. Sembra stupido, visto ciò che è successo, ma non trovo niente di meglio e mi sembra di dover dire qualcosa.

Lewis annuisce e fa un respiro profondo, come se si stesse preparando a dire qualcosa, o si stesse trattenendo.

Nessa e io arriviamo al parcheggio prima che io guardi nella direzione di Lewis, Zach sta chiacchierando con le bionde che lo avevano ammirato. Anche Lewis è lì, ma il suo sguardo è lontano chilometri, sul lago.

Capitolo Sei

«Perché non chiamiamo Zach?» dice Nessa. «Non gli darà fastidio, non è un gran problema.»

Fisso il volante. Sta veramente succedendo? Perché la mia umiliazione non era già completa? Pensavo che fosse così dopo l'incidente al club. Poi la tavola a remi ha dimostrato che avevo torto e adesso questo?

Caaaazzzo!

Il mio abbonamento all'Automobile Club è scaduto e la mia auto non vuol saperne di partire, e per *non partire* intendo che è completamente morta. Niente, nemmeno un colpetto di tosse. «Sì, va bene» le dico.

Nessa prende il telefono e manda un messaggio a Zach. «Sta arrivando, è ancora vicino. Visto?» Nessun problema.

È un problema, un problema enorme perché qualche momento dopo insieme a Zach arriva anche Lewis.

Ho tenuto testa a Lewis. Certo, poi ho immediatamente fatto un tuffo, trascinando in acqua anche lui, ma avevo cominciato ad affrontare il problema tra di noi. Essere obbligato a chiedere aiuto allo stesso tizio subito dopo? Direi che rovina tutto. Lo aveva fatto anche l'immersione nell'acqua gelida, ma questa è la ciliegina sulla torta.

Per peggiorare le cose, Lewis indossa una maglietta e un cappellino da baseball che gli nasconde gli occhi. Perché la visiera che nasconde quegli occhi misteriosi mi fa tremare lo stomaco?

Abbasso il finestrino e Lewis si china verso di me perché, ovviamente, ha preso lui il comando anche se noi avevamo chiamato Zach.

«Metti in moto.»

Giro la chiave e non succede niente.

Lui getta una serie di chiavi a Zach. «Prendi la Jeep, okay? Ho i cavi.»

Zach consegna la tavola a Nessa che è scesa dall'auto quando sono arrivati i ragazzi. Ride quando lei quasi si capovolge sotto il peso della tavola, grande il doppio di lei. Nessa armeggia con il lungo remo riuscendo finalmente a tenere in equilibrio tra le braccia sia la tavola sia il remo. «Torno subito» dice Zach.

Lewis tamburella leggermente con le dita sulla portiera, guardando l'interno, con gli occhi scuri che mi turbano non più nascosti dalla visiera quand'è così vicino. «Hai lasciato le luci accese?»

Pensa che sia un'idiota?

Non stavo in piedi dopo il club e oggi ho fatto fare un tuffo a entrambi, quindi sì, probabilmente lo pensa. «No.»

Lewis mi fissa come se non mi credesse e continua a tamburellare con le dita. Vorrei afferrargliene uno e tirarglielo indietro. Mi istiga, ecco che cosa fa. È un provocatore. Guardate Mira. È talmente pazza di lui che è fuori di testa.

Una jeep rossa arriva rombando davanti alla mia auto con Zach alla guida. Lewis va dietro e torna con i cavi. Mi chiede di aprire il cofano.

Qualche minuto dopo, Lewis e Zach stanno avendo una discussione maschile che include cenni con la testa, gesti verso la mia auto, qualche occhiata a Nessa e a me, quando i cavi non funzionano.

Lewis apre la mia portiera mentre Zach prende la tavola e il remo da Nessa. «Hai bisogno di un carro attrezzi.»

Addio alle mance di ieri sera. Potrei chiedere a mia madre i soldi per far sistemare l'auto, ma non ho intenzione di farlo.

«Zach darà un passaggio a Nessa. Io ti porterò a casa.» Digita un numero e informa la persona che risponde del luogo in cui ci troviamo.

Devo andare con Lewis? *Da sola?* «Non dovrei aspettare il carro attrezzi?»

Lui si rimette il telefono in tasca. «Non serve. Il mio amico la farà rimorchiare nella sua officina più tardi. Passeremo di lì e gli lasceremo le chiavi. Chiamerà quando avrà capito che cosa c'è che non va.»

Do un'occhiata a Nessa che sta dando amichevolmente di gomito a Zach mentre camminano verso la spiaggia, con la tavola e il remo in equilibrio senza problemi sulla testa di Zach.

È tutto sbagliato? «Perché Nessa sta andando con Zach?»

«Vive vicino a lei. Così è più semplice.» Lewis mi indica di scendere dall'auto. Prendo la mia sacca, scendo e lui chiude la portiera. Lo seguo alla Jeep e lui mi apre la portiera. Sbircio all'interno, ma non riesco a formulare un piano migliore. Passare altro tempo con Lewis non mi sembra saggio. «Che cos'è successo al tuo pick-up?» gli chiedo.

«Questa è l'auto che uso nei fine settimana.»

Ah, giusto, perché è sexy da morire e guadagna abbastanza da permettersi due auto, una delle quali una jeep nuova di zecca. Inoltre è un buon samaritano che va in soccorso di donne ubriache e ragazze in bolletta con le auto in panne.

Ma ha una non-ragazza complicata e quella è una cosa su cui non posso sorvolare.

Nonostante la mia esitazione, vado con Lewis. Lasciamo le chiavi al meccanico e Lewis mi presenta al suo amico. È gentile e promette di andare a prendere la mia auto e di contattarmi entro un'ora. Se finirò per farla riparare nel suo garage non mi farà pagare il carro attrezzi, cosa che il mio conto in banca apprezza vivamente.

Il percorso fino a casa è silenzioso. Nessuno dei due parla e sono più che conscia di ogni suo movimento. Un polso robusto appoggiato di traverso sul volante, il gomito dell'altro braccio appoggiato alla console centrale così vicina al mio fianco.

«Hai freddo?» mi chiede.

Guardo la pelle d'oca che ho sulle braccia.

Lewis regola l'aria condizionata ma il brivido che mi ha percorso non c'entrava con i vestiti bagnati.

La logica richiederebbe che resti lontana da lui e dalla relazione complicata che ha con Mira, ma una parte di me si chiede *"E se?"*. Lewis mi ha aiutato con la mia auto e si è preso la colpa dell'incidente sulla paddleboard. Non è un cattivo ragazzo e tecnicamente non ha una ragazza, quindi il mio giudizio iniziale su di lui era sbagliato.

Svolta nel mio vialetto. «Ti ringrazio per aver chiamato il tuo amico meccanico e per tutto il resto» gli dico.

Lui sospira; è forzato e pesante, come se ci fosse qualcosa che gli pesa. «Hai il mio numero. Chiamami se ti serve un passaggio o per qualunque altra cosa.»

Giusto, ha inserito il suo numero nel mio telefono in

modo che possa chiamarlo per farmi dare un passaggio la prossima volta in cui mi ubriacherò. Perfetto.

Non tocca a Lewis prendersi cura di me. Non sono la sua ragazza e nemmeno un'amica... Aspettate, che cosa sono? Siamo più che conoscenti e c'è quella roba di cui non parliamo tra di noi che mi fa pensare che siamo più che amici.

«Okay» gli dico e scendo dall'auto. L'aria è calda ma i miei vestiti sono bagnati e si appiccicano. Vado in fretta alla porta e sento l'auto di Lewis che riparte, il rumore della ghiaia smossa dietro di me. Mi costringo a non guardare indietro.

Entro nella casa che divido con Cali e chiudo la porta, crollando contro la superficie fresca di legno e chiudendo gli occhi. Questa giornata ha fatto piuttosto schifo, con il tuffo involontario e l'auto in panne, ma è stata anche meravigliosa. Stare con Lewis è fantastico. Anche se ha detto che Mira non è la sua ragazza, non capisco che cosa c'è tra di loro e la cosa mi preoccupa.

Ho appena finito di pensare a quanto sia tutto così confuso quando Cali arriva come un uragano, con i capelli biondo fragola che svolazzano, facendo apparire la sua testa grande il doppio e feroce, come il suo sguardo. «Che diavolo, Gen?» Indica con forza la finestra. «Che cosa ci facevi con quel tizio?»

Porca paletta. È andata fuori di testa.

Lewis e io non ci stiamo frequentando. Mi ha dato un passaggio perché la mia auto non è partita. Imbattermi in lui è stato accidentale anche se, sinceramente, *mi stavo* chiedendo se sarebbe così sbagliato uscire con lui.

«Non è una cattiva persona, Cali» dico. «Datti una calmata. Non è come credi.»

Dio, adesso sembro Lewis. Cali si sta comportando in modo più folle del solito, ma ha ragione? Sto abbassando la guardia troppo in fretta?

«Lo stai facendo di nuovo. Non hai imparato niente dall'ultimo ragazzo? Apri gli occhi, Gen, questo tizio ti sta usando!»

Okay, adesso sono incazzata. In passato posso aver commesso errori di giudizio quando si trattava di uomini, ma non ho mai permesso a nessuno di usarmi. Appena capito che un uomo era un coglione, me ne sono sbarazzata.

«E tu, invece, sai tutto sugli uomini. Sapevi che Eric ci aveva provato con me? Voleva venire a letto con me, Cali.»

«*Cosa?*»

Spalanco gli occhi. Merda, che cos'ho fatto? Non è così che glielo volevo dire. Cercavo di trovare le parole giuste. Gliel'avevo quasi detto quella volta durante l'escursione, ma non era il momento giusto. Poi aspettavo il momento giusto, che non era mai arrivato. Adesso... La faccia di Cali è un misto di shock e rabbia. Ho aspettato troppo. Non stavo pensando. «Mi dispiace tanto, Cali. Avrei dovuto dirtelo subito quand'è successo.»

Il mio telefono vibra nella tasca laterale della mia sacca. Poi di nuovo dopo qualche secondo. Sospiro irritata e do un'occhiata allo schermo.

Mamma: *Tesoro, siamo qui. Passiamo a prenderti tra dieci minuti per il golf.*

Merda, avevo dimenticato mia madre. È venuta a trovarmi e le ho promesso di fare nove buche prima di andare a lavorare.

«Ho cercato di dirtelo» dico. «Ma eri sempre contenta

con lui. Quando vi siete lasciati mi sono detta che dirtelo sarebbe stato come prenderti a calci quand'eri a terra. Non volevo causarti altro dolore. Mi sono fatta prendere dal panico e più tempo passava...»

«Di che cosa stai parlando?» Cali è rossa in volto. È così furiosa. Ha diritto alla sua rabbia, ma io non ho mai voluto le attenzioni del suo ex.

Forse uscire di casa per permettere a entrambe di calmarci è una buona cosa. Rispondo velocemente a mia madre che sarò pronta e rimetto il telefono nella sacca. Vado in camera e mi tolgo gli shorts bagnati.

Cali mi segue e resta ferma sulla porta.

Mi tolgo la t-shirt bagnata e ne metto uno pulita. «Ricordi quando ho accompagnato Eric in negozio per acquistare una protezione solare mentre tu eri in doccia, il primo fine settimana in città?» Lei annuisce. «È venuto dietro di me mentre eravamo in negozio e mi ha messo le mani intorno alla vita. Mi ha baciato il collo... e detto delle cose. L'ho spinto via, ma stavo appena cercando di superare Lo Stronzo e mi sono spaventata. Ho temuto di essere io a fare qualcosa che attirava un'attenzione negativa. Che avresti pensato che era colpa mia... Quindi all'inizio non ho detto niente.» La imploro con gli occhi. «Non sai che cosa significa. Sono un magnete per i viscidi.»

«Stai scherzando?» dice. «Mi stai seriamente dicendo che gli uomini che ti sbavano dietro sono un'avversità che ti obbliga a tradire la *tua migliore amica, cazzo!*»

Mi si riempiono gli occhi di lacrime e le ricaccio indietro sbattendo le palpebre. «Non è quello che è successo. Non è quello che sto cercando di dirti.» Forse Cali ha ragione e sono marcia dentro. Sono io il comune denominatore in tutta questa faccenda: l'ex di Cali, i fan di mia madre e le loro mani vaganti.

«Che cosa ti ha detto esattamente?»

Abbasso la testa e mi fisso le mani. «Ha detto che era sempre stato attratto da me.» Perché la verità suona così orribile? «Che le cose tra di voi stavano perdendo smalto e che eravate praticamente diventati solo amici.»

Alzo gli occhi e l'espressione sul volto di Cali è avvilita, tradita. Si afferra la fronte con le dita. Io mi alzo e vado verso la porta. Stringo insieme le mani quando ciò che vorrei è abbracciare la mia migliore amica. Ma non credo che in questo momento accetterebbe volentieri un abbraccio.

Mi fa male il petto. Avevo ragione a non parlargliene. Nessuno vuole sapere la verità, nemmeno io. Ogni parola che dico peggiora le cose.

Cali mi fissa con uno sguardo tagliente. «Che cosa gli hai detto?»

«No! Gli ho detto di no! Non l'ho mai voluto. Mi ha fatto sentire sporca. Non avrei mai...»

Lei mi volta la schiena, con un gesto così pungente che risucchio il fiato. Dopo un momento, prendo la borsa. «Cali, dobbiamo parlare, ma devo andare altrimenti farò tardi al lavoro.» Non parlo dei miei programmi con mia madre. Cali e io sappiamo entrambe che non partiamo mai così presto, ma devo allontanarmi, per capire come rimettere a posto le cose. «Mi dispiace, okay?»

Stringendo al petto borsa, con le scarpe da golf e vestiti extra, aspetto mia madre sul marciapiede e mi chiedo se Cali mi perdonerà mai. Forse ciò che è successo non era colpa mia, ma ero stata debole e spaventata e non gliene avevo parlato.

Sono degna del suo perdono?

Ho tradito la mia migliore amica non rivelandoglielo.

Non è stato intenzionale, ma è successo e sono attratta da Lewis ed è sbagliato, con la sua relazione complicata.

Lo desidero, sapendo che è sbagliato, ed è ancora peggio.

Capitolo Sette

«**G**esù, mamma. L'hai tirata nell'altra contea.»

Batto il ferro sul tacco della scarpa e strizzo gli occhi in direzione del sole, cercando la pallina rosa shocking dell'associazione contro il cancro al seno. Mi fanno male le mani perché ho stretto troppo le mazze, nervosa dopo la mia discussione con Cali. Intravedo la pallina contro un albero, circondata dall'erba alta del *rough*. Pensavo che le palline portate dalla mamma fossero detestabili, ma ho cambiato idea. Non le troveremmo mai se non fossero fosforescenti.

Lei si volta graziosamente di fianco, rialzando il suo visore. Indossa una polo rosa shocking (intonata alle palline) e shorts di un bianco accecante che arrivano pochi centimetri sotto l'inguine. Mia madre gioca malissimo a golf, quindi, ovviamente spende una fortuna nei vestiti costosi e impone al mondo il suo gioco almeno una volta alla settimana. Io indosso jeans aderenti tagliati, azzurri, che arrivano a metà coscia e scarpe da golf comprate in un discount per 19,99 dollari.

«Non la vedo» dice, puntando l'attenzione sul *fairway*. «Sei sicura che non sia più avanti?»

Fred mi dà un'occhiata complice. Indossa pantaloni da golf color cachi e una polo blu a righe, ma i suoi tiri arrivano a settanta metri, quindi gli indumenti costosi sono giustificati. «Forza, tesoro» dice a mia madre. «Dai, fai un altro tiro.»

Mia madre storce la bocca come non volesse crederci, ma lascia cadere un'altra pallina e appoggia il suo ferro cinque sull'erba, mettendosi in posizione e dimenando i fianchi. Guarda il *fairway,* agita il sedere, alza gli occhi, aggiusta la posizione, si dimena ancora un po'…

«In questa vita, mamma.»

«Pazienza, Geneviève, mi stai rovinando la concentrazione.»

Fred indica a un gruppetto di quattro persone di passare avanti. Di questo passo, mia madre si starà ancora preparando a tirare quando loro avranno finito il percorso.

Qualche ora dopo e le nove buche più lunghe della mia vita, arriviamo alla clubhouse per mangiare qualcosa.

«Offro io, Gen» dice Fred leggendo il menu, capelli biondi con la riga di lato che scendono leggeri sulla fronte, la pelle abbronzata liscia grazie ai trattamenti mensili.

Fred paga per tutto. All'inizio, pensavo che facesse parte del loro *accordo*, qualunque cosa sia, non voglio saperlo. Ma più tempo passo con lui più cambia la mia prospettiva. Non ci sono secondi fini in Fred, è semplicemente gentile e viene dal Midwest. Paga perché è cresciuto in quel modo. È un gentiluomo.

Quasi non capisco l'idea.

La gente aveva raramente relazioni serie al college e, se succedeva, il modo non era tipico. Eravamo tutti poveri, quindi ciascuno pagava per sé. Uno dei ragazzi con cui ero uscita, una volta aveva addirittura pagato meno di quanto doveva e, credetemi, non mi aveva impressionato favorevolmente.

Il paio di volte in cui ho cercato di pagare davanti a Fred, ha sempre trovato il modo di rimettermi in tasca i contanti.

Fred appoggia il menu e porge in silenzio a mia madre la lista degli alcolici che lei si stava allungando per prendere. «Allora, a che ora è lo show stasera?»

La mamma e Fred definiscono "lo show" il mio lavoro al casinò perché mia madre non vede l'ora, da quando ero una ragazzina, di festeggiare il giorno in cui andrò in giro vestita da sgualdrina.

«Il mio turno comincia alle nove. Dovreste arrivare un po' prima. Ci sarà meno gente e io non sarò così occupata.»

Mia madre guarda Fred eccitata e dice: «Non sarà un problema. Abbiamo il concerto dei My Republic alle dieci».

Mi soffoco con un pezzetto di ghiaccio nell'acqua che sto bevendo. «Mamma, è una band giovanile, per gente della *mia* età.»

Lei sbuffa. «Gen, tu non ascolti la musica per la gente della tua età.»

Allora, a volte mi sintonizzo su una stazione di musica *easy listening*, e allora?

«Fred e io non siamo due vecchi bacucchi. Ci piace la roba moderna.»

Resto a bocca aperta. «Stai cercando di dirmi qualcosa?» Mia madre pensa che mi comporti troppo da vecchia per la mia età e la mia migliore amica si sente tradita. Ne ho abbastanza di verità per oggi.

Lei sorride e mi dà un colpetto sulla mano, riportando l'attenzione al menu degli alcolici. «Tesoro, tu sei perfetta così come sei, anche se i tuoi gusti musicali sono noiosi.»

Ed è questo il motivo per cui temevo l'incontro con mia madre questa sera. La roba noiosa non fa parte del suo repertorio. Può succedere qualunque cosa e l'unica certezza è che mi metterà in imbarazzo.

* * *

«Un po' più vicina, tesoro» ordina mia madre mentre mi metto in posa, con le braccia che tremano sotto il pesante vassoio pieno di drink, mentre mia madre fa un'*istantanea*. Il barista sorride e aggiunge un altro bicchiere al mio carico mentre io guardo, come da ordini di mia madre, e spingo in fuori le tette.

Gesù. Mi guardo attorno per assicurarmi che nessuno mi stia osservando.

I tre clienti nel Mont Belle Lounge ridacchiano di nascosto di mia madre e dello spettacolo che sta inscenando. Se stesse guardando, Cali riderebbe come una matta. Solo che è arrabbiata con me, quindi forse no. Mi piacerebbe cancellare l'ultima mezz'ora della nostra conversazione. Mi è uscito tutto nel modo sbagliato e mi sento un'amica terribile. Non avrei potuto impedire quello che è successo con Eric, ma avrei potuto trovare un modo più giusto per dirlo a Cali. Mi fa star male il pensiero di averla ferita.

«Okay, mamma. Devo tornare a lavorare.»

Chantelle inarca le sopracciglia, con la bocca stretta per il disappunto.

«Tra un momento ci sarà una folla.» Serve una piccola bugia innocua nei momenti di imbarazzo genitoriale.

Mia madre consegna la macchina fotografica a Fred. «Va bene, comunque dobbiamo andare al concerto.» Si avvicina e stringe il lato dei miei seni, tirando il corpino nei punti strategici, finché le tette non arrivano al mento.

La guardo incredula. «Hai finito di palpeggiarmi?»

Lei fa il broncio e controlla il suo lavoro. «Meglio. Vedrai le mance.» Ammicca e mi dà un bacio sonoro sulla guancia. Fred le sorride, come se fosse incantevole. Non lo capisco, ma in qualche modo la loro relazione funziona e mia madre sembra più felice di quanto l'abbia mai vista.

«Mamma, non è mostrando le tette che voglio guadagnarmi le mance.»

«Sto scherzando.» Agita una mano con indifferenza. «Sai che ti copro le spese. Divertiti, è tutto ciò che voglio.»

Ora che ne parla... Ho toccato questo argomento solo marginalmente in passato, non l'ho mai chiesto esplicitamente. Avevo troppa paura della verità. «Come, mamma? Come fai a coprirmi le spese?»

La sua espressione diventa vacua. «Lo faccio e basta, stupidina.»

Guardo Fred e abbasso la voce. «Ci pensa lui? Mamma, Fred è più gradevole rispetto agli altri, ma non voglio che mi paghi le spese. Non è giusto.»

Lei mi dà un colpetto sulla spalla. «Ovvio che non ci pensi Fred a pagarti le spese. Perché lo credi?»

Sta scherzando? Pensa che sia un'idiota? Lei non ha mezzi di sostegno finanziari, né una famiglia ricca alle spalle. In che altro modo riesce a pagare i conti?

Fred viene avanti. «Sarà meglio che andiamo Chantelle. Bel completino, Gen, stai benissimo.» Sorride in modo paterno, senza mai guardare le tette che mia madre ha alzato a dismisura. Credo che non gli sia nemmeno passato per la testa.

Se ne vanno. La frase finale di mia madre non ha esattamente risposto alla mia domanda e non mi sorprende. È coerente con le sue risposte alle mie domande su mio padre.

Poco dopo, mentre sto riflettendo, Drake Peterson entra

nel lounge. Occupa uno dei tavoli vuoti e, diversamente da Fred, dà una bella occhiata alle mie tette che non ho ancora avuto modo di sistemare. «Sembra non ci sia molta gente» dice. «Te la senti di aiutarmi con un gruppo di colleghi che sto intrattenendo in una delle suite al piano di sopra? Ci servirebbe una cameriera e ti prometto marce super.»

Non mi fido di questo tizio, anche senza tener conto delle occhiate. Comunque ho un lungo elenco di uomini di-cui-non-ci-si-deve-fidare. Non sono granché, quando si tratta di giudicare il carattere. È il capo del mio capo, o qualcosa del genere. Sono sicura di poter dire di no?

«Sono l'unica qui stasera.»

Lui indica i tavoli vuoti, alzando un angolo della bocca. «Il lounge sopravvivrà senza di te per qualche minuto.» Mi porge una tesserina magnetica. «Chiederò a Maryanne di coprirti. Sali tra mezz'ora» dice e se ne va.

Il mio supervisore, Maryanne, lavora nella sala davanti al lounge, adiacente al bar dove lavora l'amico di Jaeger, Mason. Mi accorgo che sta guardando Drake come fosse un serpente.

Che cosa sta succedendo?

Mason era uno degli uomini con cui Cali voleva accoppiarmi quando abbiamo cominciato a lavorare al Blue. Ho cercato di passare un po' di tempo con lui. Era gentile e carino... E sicuro, perché non mi sono mai sentita coinvolta sentimentalmente. Un paio di mesi fa avrei continuato a uscire con lui, ma Lo Stronzo mi ha insegnato che giocare sul sicuro ti si può ritorcere contro. Mason aveva cercato di baciarmi e l'avevo rifiutato.

Accidenti a quel bacio finito male. Se la situazione non fosse così imbarazzante tra Mason e me gli chiederei il motivo di quell'occhiata. Ma la situazione *è* imbarazzante e sono troppo codarda per farlo.

Andrà tutto bene. Servirò alcuni clienti al piano di sopra e ci saranno delle buone mance, rimpolpiamo il fondo per l'università. Nessun problema.

Mezz'ora dopo, busso leggermente alla porta della suite di Drake, giusto per formalità e poi uso la scheda magnetica che mi ha consegnato. L'enorme stanza è elegante, arredata in beige con tocchi blu e oro e mobili moderni in legno. Il punto focale è una vetrata che dà sul lago e le montagne.

Drake è allungato su una poltrona imbottita dall'altra parte della stanza, con il gomito appoggiato allo schienale e agita il liquido chiaro nel bicchiere che ha in mano. È tutta nonchalance sofisticata, ha i capelli leggermente in disordine, gli occhi un po' vitrei.

Sono passati solo trenta minuti da quando l'ho visto. È possibile che si sia ubriacato così in fretta?

Il tavolino davanti a lui è pieno di bicchieri vuoti di tutti i tipi e mi ricorda la sera al club del Blue quando avevo bevuto fin troppo in fretta. Quindi, sì, sembra che sia possibile che Drake sia ubriaco. Ma se ha accesso all'alcol, perché ha bisogno di me?

Cinque uomini chiacchierano distrattamente intorno al tavolino di fronte a Drake, che però è l'unico che indossa un completo, anche se si è tolto la giacca, ha allentato la cravatta e ha le maniche della camicia arrotolate fino ai gomiti. Gli altri uomini sono vestiti in modo più sportivo, polo e pantaloni di tela, come se fossero appena arrivati dal campo di golf.

Drake alza gli occhi, con un sorriso famelico sul volto. «Signori» dice, attirando la loro attenzione. «Questa è Geneviève. È qui per offrire i suoi servizi.»

Whoa. Perché l'ha detto in quel modo? Fa sembrare che...

Sguardi maschili mi scivolano addosso come olio, appiccicosi e pervasivi. Un uomo con il viso gonfio gira la sedia verso di me, incrociando le caviglie. Ha un sorriso pigro sulla bocca stretta e sottile e gli occhi dalle palpebre pesanti sono puntati sul mio seno.

Mi si gelano le mani e chino la testa, armeggiando con il mio porta-soldi. Mi sono abituata all'uniforme succinta, farmi guardare fa parte del mio lavoro, ma questo... Non è giusto.

«Vieni qua» ordina Drake indicandomi con due dita.

Mi appiccico un sorriso finto sul volto e mi avvicino, decisa a farla finita in fretta. «Che cosa posso portarvi?»

Gli occhi di Drake si soffermano sul mio collo, sul seno, sui fianchi e poi risalgono. Deglutisco a disagio. Si china in avanti emanando fumi di vodka nel breve spazio che ci separa. «Geneviève, sei radiosa stasera.» Guardo come al rallentatore il suo braccio che guizza e si avvolge intorno alla mia vita, tirandomi al suo fianco.

Sento il cuore che batte in gola. Sorrido imbarazzata, ed è strano visto che dentro di me ho le convulsioni. Mi muovo sulla punta dei piedi nel ridicolo tentativo di allontanarmi. Non vedo, ma sento, ed è ancora più inquietante, l'altra sua mano che scende dietro il mio ginocchio e risale minacciosamente verso la coscia.

Ansimo un attimo prima che le sue dita scivolino sotto i pantaloncini ridottissimi, facendo tirare il tessuto sulla coscia. Ha il braccio talmente stretto intorno alla mia vita che fatico a respirare e i collant obbligatori non sono una barriera per le dita di Drake che scivolano sul sedere e intorno all'inguine. Non indosso le mutandine, non lo fa nessuna delle cameriere perché si vedrebbero sotto l'uniforme, altro motivo per i collant obbligatori.

Premo il vassoio sul davanti dei miei shorts per bloccare le dita insistenti di Drake, ma il vassoio, seppur ingombrante, non impedisce alla sua mano di affondare. Accarezza la piega della gamba e continua sulla mia apertura. Mi piego in avanti, allontanando quella parte di me dalle sue dita, ma ha una presa ferrea intorno alla mia vita e non riesco a spostarmi molto.

Mi si stringe il petto. Stringo le gambe. Tutte le mie insicurezze, la rabbia giustificata di Cali mi travolgono, abbattendomi. Svanisce la forza che avevo raccolto questo pomeriggio dicendo a Lewis quello che pensavo mentre andavamo sulla tavola. Mi pietrifico, verbalmente e fisicamente, incapace di difendermi.

Drake continua a insistere con le dita, premendo, cercando di penetrarmi.

Dalla mia gola esplode un piccolo grido. Mi divincolo freneticamente con una serie di movimenti convulsi e riesco a rimuovere la mano, che torna immediatamente ad appoggiarsi sul mio sedere.

Da qualche parte nel mio subconscio sento il click della porta che si apre dietro di me.

Un altro uomo? Sono già in minoranza.

Gli uomini ridacchiano, il tintinnio di un bicchiere mi buca le orecchie. Chiacchiere sul fare una buca in uno e Drake... Una battuta sconcia su di me, credo, mormorate in toni bassi ed entusiasti.

Le braccia di Drake si stringono e gira il mio corpo per avere un accesso più facile. «Così carina e morbida, Geneviève.» Mi appoggia la mano di piatto sulla pancia e scivola verso il basso.

Mi si oscura la vista... Non riesco a respirare.

Qualcuno si schiarisce la gola. Un suono maschile, forte. Non è uno degli uomini intorno al tavolo. Il suono arriva da dietro, la persona che è entrata per ultima.

Il mormorio delle voci si abbassa, le teste si voltano.

Drake si ferma, ma il braccio che mi tiene intorno alla mia vita non si sposta.

Ho le braccia che tremano per lo shock e lo sforzo di allontanare le sue dita. Giro il collo, l'unica parte del mio corpo che riesco a muovere, verso la persona che ha attirato l'attenzione della stanza.

Gli occhi di Lewis si fissano sui miei, scendendo poi brevemente al braccio di Drake che mi stringe intorno alla vita. Un muscolo sulla sua mandibola si contrae e fissa minaccioso Drake. «Che cosa sta succedendo?»

«Sei in anticipo» risponde Drake in tono tranquillo, lasciandomi andare. Mi sfugge rumorosamente l'aria dai polmoni e si allenta ma non migliora la pressione che si è accumulata.

Mi sposto di scatto di lato e mi allontano.

«Hai l'offerta?» chiede Drake in tono innocente.

Lewis sta stringendo la cartellina, fissandomi intensamente e con un'espressione preoccupata. Smette di guardarmi il tempo necessario per passare un foglio giallo a Drake.

Afferro il vassoio che a un certo punto era finito per terra e vado in fondo al tavolo. Due uomini borbottano l'ordine per dei drink mentre passo e io li scrivo, reagendo automaticamente. Riesco a uscire dalla suite senza ricordare come ho fatto.

Mi reggo con le mani sulla parete qualche metro dopo, appoggiando la fronte sulle superficie. Stringo forte gli occhi. Poi stringo i pugni, con le gambe che tremano per l'umiliazione e la rabbia che mi invadono.

Colpisco il muro con il lato del pugno, rotolando la fronte sulla superficie. Perché questa merda succede a me? La odio, *la odio*!

Sento una pressione lieve sul braccio e scatto. A questo punto perfino il tocco di mia madre mi spaventerebbe.

So che è lui prima di aprire gli occhi, quindi non ci tento neppure. Mi volto e mi appoggio al suo petto, coprendomi la faccia con le mani. Dalla gola mi escono gemiti gutturali e il gentile massaggio sulla spina dorsale evidenzia il mio tremito.

«Che cos'è successo lì dentro, Gen?» La sua voce di velluto mi tira fuori dal posto buio e pieno di vergogna nella mia testa.

Non c'è modo di dirgli esattamente che cos'è successo. Non voglio pensarci né tanto meno riviverlo. «Hai visto che cos'è successo.»

Lui lascia uscire lentamente il fiato, come se stesse cercando di restare calmo. «Devi dirlo a qualcuno.»

Dirlo a qualcuno? Sta scherzando? *Lui* lo sa, almeno il succo, ed è già abbastanza brutto. Lewis è dappertutto, sempre testimone delle mie umiliazioni. Sembro debole di fronte a lui, come non ho mai voluto apparire. Ciò che mi ha fatto Drake, la mia incapacità di fermarlo... Lewis pensa che me lo sia cercato, come Cali?

«Gen?»

«No» gracchio.

Lui allarga le mani sulla mia schiena. «Allora dirò alla direzione quello che ho visto. Devono sapere che cos'è successo, oppure dovresti lasciare questo lavoro» dice con la voce ferma.

«*No.* Non farlo.» Mi stacco, premendo i pugni sugli occhi. Sono umidi quando li tolgo, ma non scendono più lacrime. Non glielo permetterò. *Sono così stufa di questa merda. Mai più.*

Commetto l'errore di alzare gli occhi. Lo sguardo di Lewis risucchia la poca aria che ero riuscita a trattenere. I suoi lineamenti, così intensi, accattivanti, scatenano un tumulto di nuove emozioni. Desiderio, bisogno. Ma non sessuale, questa volta. Voglio che mi tenga stretta e mi conforti e la cosa mi spaventa ancora di più.

Mi allontano, un passo dopo l'altro.

«Gen.» La sua voce implora, gli occhi vanno alla mia bocca tremante, i pugni stretti lungo i fianchi. Non si avvicina. Si trattiene.

Non lo biasimo. Dovrebbe restare lontano.

Mi volto e corro verso le scale.

Capitolo Otto

Lewis non mi segue e non mi aspetto che lo faccia. Non dopo ciò che ha visto e quello che deve pensare di me. Mi fermo nel seminterrato e mi butto un po' d'acqua sulla faccia, aspettando di smettere di tremare. Gli ex (o in qualunque modo vogliate chiamarli) di mia madre mi hanno toccato in modi che mi facevano sentire a disagio, e ho dovuto lottare con la mia parte di uomini con le mani lunghe. Questa volta era diverso.

Voglio fare finta che non sia mai successo, ma una vocina in fondo alla mente mi sussurra: *come hai fatto con l'ex di Cali, Eric*. E guardate che bel risultato ho ottenuto.

Nonostante ci stia mettendo troppo a tornare alla mia postazione, prendo il telefono dall'armadietto e faccio una deviazione mentre vado nel lounge. Mason sta chiacchierando con un altro barista all'East Bar e mi volta le spalle. «Mason» dico con la voce acuta. Lui si volta di colpo. «Hai un minuto?» L'altro barista si affaccenda immediatamente in fondo al bancone, dal lato opposto.

Al diavolo la tensione imbarazzata tra di noi. Mi rifiuto di accettare altro denaro da mia madre e, se ho intenzione di non andarmene e scappare da Drake e da qualunque altro uomo che pensa di potermi toccare senza il mio permesso, ho bisogno di sapere che cosa avrò contro prima di andare in direzione. Quello che è successo con Drake non deve succedere di nuovo. No.

Il mio petto si solleva quando respiro a fondo per calmarmi. «Che cosa mi puoi dire di Drake Peterson?»

Mason aggrotta la fronte per un attimo. Non so se è la mia espressione o se è la domanda che l'ha confuso. Afferra uno straccio e comincia a pulire il bancone tra di noi, che in quel momento mi sembra vasto come l'oceano. «Non saprei. Perché?»

«Lo stavi guardando in malo modo prima. Perché?»

Lui fa spallucce, restando sul vago. «Quel tizio non mi piace.»

Chiudo gli occhi per un secondo. Sto per perdere il controllo. Una ragazza può sopportare solo un determinato numero di cazzate in un giorno e la mancata collaborazione di Mason è la goccia che sta per far traboccare il vaso. «È stato aggressivo con me e voglio sapere se il motivo per cui non ti piace ha qualcosa a che vedere con questo genere di cose.»

La mano di Mason si ferma. «Che cos'ha fatto?» La voce è secca, sta scandendo le parole.

«Non voglio parlarne, voglio sentire che cosa sai di lui.»

Mi guardo attorno. Certo, le mie colleghe si comportano come quattordicenni dispettose e sono avide come pochi, ma dopo il licenziamento di Cali e ora questo... Sta succedendo qualcosa. I compagni di Drake non hanno battuto ciglio davanti al suo comportamento nei miei confronti, finché non è stato colto sul fatto. E il modo in cui Mason stava guardando Drake... Penso che Drake l'abbia fatto altre volte. E penso che Mason lo sappia.

Mason lascia andare lo straccio. Poi sospira piano. «Non c'è niente di specifico. L'ho solo visto flirtare con le cameriere.»

Gli do un'occhiata sarcastica. Mason flirta di continuo con le belle cameriere e praticamente con ogni femmina attraente che passa dal suo bar.

Sbuffa. «L'ho visto che conversava in modo troppo intimo. Intenso. Sembra, come hai detto, aggressivo.»

Respiro dal naso, trattenendo la rabbia e la frustrazione. «Avresti potuto avvertirmi.» Mi si spezza la voce e me ne vado prima che lui reagisca.

Vorrei scappare, lontano, ma è quello che faccio sempre. Ci sarà sempre uno stronzo che tratta di merda le donne. Sono scappata da parecchi di loro, non posso scappare da tutti.

Anche se decidessi di lasciare il lavoro, ho sentito che trovarne un altro a metà della stagione è praticamente impossibile e questo mi metterebbe nella condizione di dipendere dal denaro sporco di mia madre. Visto ciò che ha detto Mason, non sono la prima persona cui Drake fa una cosa simile. Se il casinò glielo permette, che probabilità ho che ascolteranno ciò che ho da dire? Cali ha perso il lavoro da mazziere per aver fatto molto meno che non denunciare un alto dirigente di molestie sessuali.

Parlando di lavoro: *i drink*.

Do un'occhiata all'orologio. È passato troppo tempo, probabilmente Drake e i suoi compagnucci li aspettavano un quarto d'ora fa. Perché diavolo ho preso l'ordine di quegli stronzi?

C'è la possibilità che Drake non si lamenti dopo la stronzata che ha fatto, ma non ho intenzione di correre il rischio. Se non voglio lasciare il lavoro a causa sua, non lo perderò per qualcosa di stupido come non svolgere il mio compito.

Mason deve sentirsi di merda dopo la nostra conversazione, perché manda Jaeger a controllarmi quando ho inoltrato l'ordine per i drink.

«Stai bene?» chiede Jaeger.

Annuisco, ma non sto nascondendo bene la mia angoscia. Jaeger mi abbraccia, tirandomi la testa sul petto. «Di' solo una parola, Gen, e prenderò a botte chiunque ti abbia fatto del male.»

Ridacchio nonostante tutto. «Va tutto bene, Jaeger. Me ne occuperò io.»

Jaeger non sembra completamente soddisfatto della mia risposta, ma annuisce e torna al bar di Mason.

Jaeger è un bravo ragazzo, ma non voglio che siano altri a combattere le mie battaglie. Devo solo capire qual è il modo migliore di affrontare il problema.

«Che stai facendo?»

Sento il cuore in gola udendo la voce di Maryanne e mi volto di colpo. Mi fissa le mani tremanti. Ha visto Jaeger che mi abbracciava? Questa donna è come un segugio che ha fiutato la preda. Devo dire qualcosa. «Sto aspettando un'ordinazione per il gruppo di Drake. Sono nella suite di sopra.»

«Drake Peterson?» Annuisco e lei storce la bocca, stringendo gli occhi. «È andato tutto bene di sopra?»

Mi trema un muscolo sotto l'occhio. Lo fermo con un dito. «Sì, tutto bene.»

Il suo sguardo acuto segue il mio dito. «Non permettere a quei ragazzacci di approfittarsi di te.» Dà un'occhiata al lounge, più pieno di prima. «Sei presa. Mi occuperò io dei drink di Drake.»

Stringo le labbra. È una sensitiva, o mi legge nella mente, ma non faccio domande.

Il barista finisce di preparare l'ordine e io mormoro qualcosa di inintelligibile a Maryanne, che spero assomigli a un grazie, e le consegno il vassoio dei cocktail. Potrò anche essere abbastanza coraggiosa da continuare a lavorare qui (o stupida a seconda di come lo si guarda), ma a caval donato non si guarda in bocca.

Appena Maryanne se ne va con i drink, però, ci ripenso. Maryanne è una dura, ma lo è abbastanza per Drake e i suoi compagni ubriachi e pervertiti? E se le facessero qualcosa?

Cammino avanti e indietro nel lounge, scavando un solco nella moquette di fronte al bar, preoccupata per lei. Ho chiesto talmente tante volte ai miei clienti se erano a posto che hanno cominciato a darmi delle occhiate infastidite e ho sistemato i condimenti secondi i colori. Non c'è niente che riduca l'ansia che provo.

Ispeziono la stanza, cercando Jaeger, una guardia, qualcuno abbastanza forte da aiutarmi a salvare Maryanne, perché sono convinta che sia successo qualcosa, quando la vedo che si avvicina all'East Bar.

Vado da lei, prima di riflettere e capire che la mia ansia le confermerà i suoi sospetti. «È andato tutto bene?»

Lei inarca un sopracciglio. «Il tuo amico Drake Peterson è stato sorpreso di vedere me.»

Guardo Mason che non sta nemmeno tentando di nascondere il fatto di origliare.

«Oh, bene, grazie. Per avermi aiutata.»

«Nessun problema.» Si volta e scarica i bicchieri vuoti dal vassoio.

Non capisco. Maryanne mi ha appena salvato il culo, dopo che me lo aveva salvato Lewis. E prima ancora Jaeger con Lo Stronzo e poi Cali un mucchio di volte. Che cos'ho che non va? Perché non riesco a combattere le mie battaglie?

Lewis è un uomo grande e grosso, che intimidisce. Capisco come Drake ci abbia pensato due volte, ma Maryanne? È dieci centimetri più bassa di me.

Detesto il fatto che la gente come Drake pensi che sono debole e se ne approfitti. Perché non gli ho ficcato un dito nell'occhio quando mi ha palpeggiato l'inguine?

Dio mio, quel ricordo.

Faccio un profondo respiro per calmarmi e ingoio l'amaro che ho in bocca.

Saprei difendermi, ma mi sono bloccata. Il mio cervello si è svuotato e non ho reagito. Sono alta, atletica e forte per essere una donna, ma mi spengo mentalmente quando le cose diventano pesanti. In passato mi è servito restare in silenzio. Sarei stata un'emarginata alle medie e alle superiori se la gente avesse saputo che cosa faceva mia madre per sbarcare il lunario. Ma ammutolirmi non funziona più, mi rende vulnerabile.

Prendo il blocchetto delle ordinazioni e fisso l'indirizzo web dell'Alpine Mudder.

Nessa aveva ragione suggerendomi di espandere i miei confini. Sono così repressa che non so come reagire quando serve. Certo, di sopra mi avevano messo in una situazione difficile e, certo, mi sono dimenata un po', ma avrei dovuto fare di più, dire di più. Qualunque cosa sarebbe stata meglio di rinchiudermi mentalmente in me stessa.

L'Alpine Mudder sembra pericoloso e sporco e ci saranno un mucchio di machi che partecipano. Sarò talmente lontana dalla mia zona di comfort che non sarò nemmeno in grado di vederla, ma se non imparo a lottare, continueranno tutti ad approfittarsi di me.

Sblocco il telefono che ho preso dall'armadietto, inserisco l'indirizzo web e mi iscrivo alla gara.

Capitolo Nove

C'è un addio al celibato rumoroso nell'angolo quando entro nel Bar dello Sport la sera seguente. Sono gli unici clienti. Non capisco perché il casinò impieghi due cameriere in una zona normalmente morta, ma sono contenta di sfuggire al Mont Belle Lounge per una sera.

Nessa infila qualche banconota nel suo porta soldi e quando mi vede sul suo volto appare un enorme sorriso. Parecchi uomini del gruppo dell'addio al celibato le fissano il sedere mentre viene verso di me.

Appoggia il vassoio sul bancone. «Ehi. Come stai?»

Il mio primo impulso è farmi prendere dal panico. *Lei lo sa*. Ma Nessa non può sapere di Drake. Innanzitutto non c'è niente nel suo tono di voce che indichi che lo sa. Secondo, non l'ho detto a nessuno e, non so perché, sono sicura che non lo farà nemmeno Lewis.

Cali è partita prima che tornassi dal lavoro questa notte. Mi ha mandato un messaggio per informarmi che starà da sua madre a Carson City. Non abbiamo avuto l'occasione di parlare dopo il nostro litigio e significa che non ho avuto la possibilità di dirle di Drake. Senza il sostegno di Cali mi sento doppiamente vulnerabile.

«Stavo pensando a quello che mi hai detto» dico a Nessa prendendo un bicchiere di plastica dal bar. Verso il caffè e aggiungo un pacchetto di cioccolata calda. Si diventa creativi quando il lavoro rallenta e approfittare di quello che offre il bar sembra un buon utilizzo del tempo. «Sai, quello di uscire dai miei schemi?» Nessa alza gli occhi, interessata. Segue il mio esempio e si prepara un caffè bastardato al cioccolato come il mio. «Hai sentito parlare dell'Alpine Mudder?»

Dopo essermi registrata, ho fatto ricerche sulla corsa. Avrò bisogno di allenarmi se vorrò avere una speranza di sopravvivere. L'Alpine Mudder non è una corsa in senso stretto, è più una sfida per coloro che desiderano essere torturati... Cioè, voglio dire, che vogliono mettere alla prova la loro resistenza fisica e mentale. Quest'anno l'iscrizione costa di più e ci sono dei premi in denaro per i migliori classificati. Il resto andrà a un ente di beneficenza.

Di solito la gente partecipa all'Alpine Mudder per divertirsi, ma con un premio in denaro in vista, si sono iscritti triatleti professionisti e il numero di partecipanti è raddoppiato. Il cambiamento da sfida a competizione sta facendo esplodere i blog e si parla di aumentare la sicurezza per proteggere i partecipanti dai concorrenti troppo zelanti. Sto cercando di non pensarci. Voglio fare qualcosa che mi renda più forte, più capace e l'Alpine Mudder sembra essere la cosa giusta.

Il volto di Nessa si illumina. «Sì! Hai intenzione di partecipare? Sarebbe perfetto. I ragazzi l'hanno fatto l'anno scorso. Però è piuttosto estremo. Sono tornati con un aspetto orribile, beh, tranne Lewis, il fango sembra aumenti solo la sua avvenenza. Sembrava un selvaggio e sai...»

Mi si stringe la gola e sbatto gli occhi per nascondere un'ondata di emozione. Lewis non può partecipare alla gara di quest'anno. Ho bisogno dell'Alpine Mudder per indurirmi e non posso farlo se barcollo in giro perché perdo la concentrazione. A parte il fatto che la sua presenza rovina la mia coordinazione, Lewis mi ha visto in alcuni dei miei momenti di maggiore debolezza e la cosa mi lascia emotivamente nuda.

Ovviamente però non posso spiegarlo a Nessa senza parlare dei miei sentimenti per Lewis. «Bello, sì, beh, mi sono iscritta quest'anno, ma sto cercando di capire come allenarmi.»

«Dovresti parlarne con Zach. Lui e Lewis si sono allenati insieme l'anno scorso. Lewis si è comportato benissimo.» Arriccia il naso riflettendo. «È andato in finale, o ha vinto... Qualcosa del genere. Comunque,» dice prendendomi il bicchiere di mano e appoggiandolo sul bancone per poi spingermi gentilmente verso il salone del casinò, «vai a parlare con Zach, intanto che c'è poca gente. Ti coprirò io.»

Appoggia i gomiti sul bordo del bancone, aspettando pazientemente che mi allontani, come se non ci fossero dubbi che avrei lasciato il mio posto per andare a chiedere consigli su una specie di triathlon selvaggio.

Quindi, ovviamente, ci vado.

Mi guardo indietro nervosamente uscendo dal bar dello sport. Nessa agita le dita sopra la testa e va a passo lento verso il gruppo dell'addio al celibato. «Salutami Zach.»

Attraverso velocemente il casinò, decisa a fare in fretta.

Zach alza gli occhi quando mi avvicino alla sala del blackjack. «È la ragazza degli hot dog!»

Non è *così* che vorrei che mi ricordassero.

Il cliente davanti a lui si volta e mi ispeziona dalla testa ai piedi. Eccellente. Non voglio veramente sapere che cosa sta pensando.

«Ehi» dico a bassa voce, tentando di non abbassare il livello di attenzione. «Ti saluta Nessa.»

Sul volto di Zach appare un gran sorriso mentre ritira le carte. Perché questi due non stanno semplicemente insieme? Zach ovviamente prova qualcosa per lei anche se non sono sicura riguardo a Nessa... Merda, chi sono io per giudicare? I miei trascorsi, in fatto di uomini, non depongono a mio favore.

Zach distribuisce le carte. «Come vanno le cose al bar dello sport?»

«C'è un gruppo di un addio al celibato che sta fissando Nessa come fosse una caramella. A parte quello, c'è poca gente.»

La luce sparisce dagli occhi di Zach che ruota il collo come se fosse improvvisamente teso.

È stata una reazione immediata. Se veramente gli piace Nessa dovrebbe fare qualcosa prima che arrivi un altro e gliela porti via. È troppo carina e meravigliosa per restare a lungo single.

«Hai tempo per parlare con me dell'Alpine Mudder?» chiedo, cambiando argomento. «Nessa mi ha detto che l'anno scorso hai partecipato.»

Zach riprende a sorridere, cancellando l'espressione cupa che aveva quando ho menzionato Nessa e il gruppetto dell'addio al celibato. La rabbia non è uno stato naturale per lui e consolida la mia idea che provi qualcosa per Nessa. «È stato uno spasso. Mi sono folgorato il culo.»

Sì, l'ho letto online. A quanto pare c'è un campo di elettrodi. Niente che possa ferire seriamente, ma che cavolo?

Uscire dagli schemi, mi rammento da sola.

Il direttore di sala consegna tre mazzi nuovi a Zach. L'unico cliente seduto li guarda con diffidenza e poi butta giù il drink annacquato prima di andarsene.

Ai giocatori non piace quando entrano in gioco mazzi nuovi o quando sostituiscono il mazziere. Pensano che rovini la loro serie fortunata.

«Mi fa piacere che ti sia piaciuto, perché mi sono iscritta» dico. «Avrà luogo tra qualche settimana e sto cercando di capire come prepararmi.»

Zach mi guarda con entusiasmo. «Alcuni dei ragazzi e io lo rifaremo anche quest'anno. Ti aiuteremo ad allenarti. Per cominciare, probabilmente potresti ottenere qualche informazione sugli ostacoli dalla Sallee Construction, ma acqua in bocca, però. Sai chi...»

Il direttore di sala dà un colpetto sulla spalla a Zach, che gli fa un cenno con la testa prima di riportare l'attenzione su di me. «Mi dispiace, Gen. Parliamo più tardi?»

«Nessun problema.» Scribacchio il nome dell'impresa di costruzioni sul mio blocchetto delle ordinazioni. Non c'è niente di male nel parlare con loro. Sto cercando di non pensare a quali altri ragazzi parteciperanno con Zach quest'anno, ma temo di conoscerne già uno.

Mi volto per andare e mi blocco, portandomi la mano al petto. Maryanne è a un metro da me e sono nel suo settore. È stata gentile ieri sera con la faccenda di Drake, ma non voglio sfidare la sorte. Le cameriere del casinò sono estremamente territoriali. Cerco una via di fuga discreta.

Prima di riuscirci, sento un forte, nasale: «Ciao, Biancaneve» venire da dietro.

Amber, la cameriera che mi piace di meno. Si era tenuta il tavolo più redditizio che avrebbe dovuto passarmi l'unica volta in cui stiamo state assegnate insieme al lounge e lavorare con lei era stato veramente deprimente.

Amber si ferma a un paio di metri di distanza per parlare con un cambiavalute e per guardare i fuochi d'artificio che ha innescato usando il mio nomignolo di fronte a Maryanne.

Maryanne ci guarda perplessa. Avrebbe tutti i diritti di prendersela con me perché sono qui invece che nel bar dello sport, dove dovrei essere. Invece torna immediatamente a occuparsi del suo lavoro, alla velocità della luce: raccogliere i bicchieri vuoti, sostituire i tovaglioli, consegnare i drink.

Cosa? Niente rimproveri?

Non resto intorno per metterlo in discussione e mi sposto...

«Aspetta, Biancaneve.» Maryanne sorride al suo cliente quando le dà la mancia. «Puoi avere i miei tavoli alle dieci» dice voltando la testa. «Devo uscire presto.»

Aspettate... *Che cosa?* Sta offrendo a me i tavoli che fruttano una vagonata di mance? A me? Non a una delle cameriere senior?

Ci metto troppo a rispondere, perché Maryanne si volta a guardarmi, con un'espressione esasperata. «Li vuoi o no?»

«*Sì*. Ovviamente. Grazie» rispondo stentatamente, come se l'inglese non fosse la mia prima lingua.

Do un'occhiata ad Amber che ha interrotto la sua conversazione per guardare Maryanne a bocca aperta. Chiude di scatto la bocca e si avvicina. «Uh, Maryanne, posso coprirti io.» Muove nervosamente la testa come se stesse cercando di non farla sporgere come un uccello incazzato. Mi guarda dall'alto in basso, anche se sono più alta di lei di parecchi centimetri. «Ho più anzianità di Biancaneve.»

Maryanne conta i soldi e ammicca a un altro cliente.

«Grazie, ma ci penserà Gen.» Si allontana in fretta, con le gambe corte che si muovono a velocità supersonica nelle scarpe a buon mercato, le stesse che indosso io.

Amber stringe le labbra e mi dà un'occhiataccia prima di precipitarsi al Mont Belle Lounge.

È stato... Non so nemmeno che cosa. Incredibile? Brillante?

Maryanne è stata la prima cameriera ad affibbiarmi il soprannome di Biancaneve. Adesso mi chiama Gen e mi dà i suoi tavoli? E rimette Amber al suo posto...

Wow. Solo... Wow.

Sto cercando di non pensare al motivo per cui l'ha fatto e se si sente dispiaciuta per me dopo l'incidente con Drake. Sono sicura che sappia che è successo qualcosa. Ma come quella sera quando si è offerta di portare i drink al suo gruppo, non ho intenzione di mettere in discussione la sua generosità.

«L'ha detto davvero? Maryanne?» Nessa mi guarda incredula mentre le riferisco l'accaduto.

«Posso trovare qualcun altro per coprire il suo settore se ritieni di aver bisogno di me qui stasera.» Il gruppetto degli uomini che festeggiano l'addio al celibato è più chiassoso di quando ero andata via. Non voglio lasciare Nessa nei pasticci, anche se le buone mance mi stanno chiamando come sirene.

Lei scuote la testa e mi fa segno di andare. «Ci penso io.»

Alla fine della serata, ho raccolto qualche centinaio di dollari lavorando ai tavoli di blackjack di Maryanne, il massimo che ho guadagnato finora.

Speriamo che la mia fortuna continui nella corsa. C'è un premio da cinquemila dollari per il primo posto, poi a scendere fino a mille per il quinto posto. Sarei già fortunata a finire la corsa, ma se, per miracolo, dovessi vincere qualcosa, sarebbe un passo importante verso la costruzione della mia autostima e l'indipendenza finanziaria. Mi rifiuto di restare in disparte e lasciare che le cose succedano. Questa volta lotterò per me stessa.

Capitolo Dieci

età delle imprese al Lago Tahoe usa la parola *chalet* nel nome, perfino i posti più scalcinati. Cali e io abbiamo battezzato *lo chalet* la nostra casetta, con il tetto di lamiera ondulata e la moquette marrone anni Settanta, in onore dell'antiquato centro commerciale che porta lo stesso nome. Il Pinecone Chalet Business Center che ospita la Sallee Construction non le assomiglia. L'architettura ricorda gli chalet di legno, l'edificio è nuovo e ben costruito.

Cali non è ancora tornata da casa di sua madre e sta ignorando i miei messaggi. La verità sul suo ex è venuta alla luce nel modo sbagliato. Sta andando avanti da troppo tempo. Mi sento malissimo e vorrei che parlasse con me. Finché non comincerà a rispondere ai miei messaggi, o tornerà a casa, sarò obbligata a starmene con le mani in mano e aspettare. E fa schifo.

Apro la porta di vetro della Sallee Construction, con la mente ancora su Cali, quando la receptionist dice: «Oh, no». Alza gli occhi di colpo. «Qual è il tuo segno zodiacale?»

Guardo a destra e a sinistra, controllando l'insegna sulla

parete per assicurarmi di essere nel posto giusto. «Io?» Lei annuisce con l'aria seria. Ha i capelli biondi e ricci tenuti indietro da pettini di tartaruga. «Vergine?» dico esitante.

La sua bocca si muove rapidamente mentre legge lo schermo del computer. Il suo volto si rilassa. «Questo mese ti va bene. Solo roba romantica. Ma quei Leoni...» Sbuffa e scuote la testa, «si devono preoccupare. Non è un bel mese per essere un Leone.» Il suo volto si illumina in modo quasi comico dopo il dramma dell'oroscopo. «Che cosa posso fare per te?» Mi dà una bella occhiata. «Sei qui per uno dei ragazzi?»

Arrossisco. Non so perché mi senta imbarazzata. Non sono qui per vedere un uomo, ma il suo parlare di roba romantica mi ha spiazzato. «No. Sono qui per... Parteciperò all'Alpine Mudder. Un'amica mi ha detto che costruiscono loro gli ostacoli.»

«È così.» Mi guarda con diffidenza.

Merda, Zach non mi ha detto che sarebbe stata una cosa confidenziale? Avrei dovuto parlarne ancora con lui prima di venire. Perché diavolo ho pensato di arrivare come se niente fosse e ottenere informazioni?

Stringo la borsa, mettendo in dubbio la mia motivazione per venire. «Speravo di ottenere qualche informazione, niente di top secret o roba simile, solo le nozioni di base su quello che ci può essere. In campo. Con gli ostacoli.» Sto balbettando. Va male. Sembro già colpevole.

La receptionist tira il fiato stringendo i denti come se avessi toccato un argomento molto delicato. «Beh, la persona che di solito tratta gli ordini parteciperà alla gara per raccogliere fondi per la sua tribù. Conflitto di interessi.» Si picchietta le labbra. «Immagino che sia John che si occupa del progetto. È il proprietario. Solo un minuto.»

Prende la cornetta del telefono e preme un paio di tasti.

«John, ho qui una ragazza che vuole informazioni sugli ostacoli del Mudder. Hai tempo di parlare con lei?» C'è una breve pausa. «Okay, te la porto.» Appoggia il ricevitore e si alza. «Ti mostro dov'è il suo ufficio.»

«Uhm, aspetti. Che cos'ha detto?» Indico il computer. «Riguardo al mio segno zodiacale.» Mi sento stupida per averlo chiesto, ma seriamente, non mi può lasciare in sospeso in questo modo.

L'astrologia è una sciocchezza, un paio di gattare che inventano "predizioni" nel loro soggiorno, ma non posso andarmene senza sapere che cosa intendeva per roba romantica. È un karma negativo, giusto?

Lei annuisce, tornando seria e torna a sedersi. «Vediamo.» Clicca un paio di volte il mouse. «Eccolo.» Stringe le labbra e per qualche motivo sto sudando. Mi guardo attorno per vedere se qualcuno sta osservando il mio comportamento idiota.

«Vergine. Hai cominciato un nuovo ciclo. Il tuo passato influenza il tuo futuro e il futuro porta alla luce le cose una volta oscure. Per affrontarlo, sii audace se vuoi ottenere ciò che desideri di più.» Mi guarda ansiosamente.

«È tutto?» È questo il motivo per cui detesto gli oroscopi. Usano un sacco di parole e non dicono mai niente. «E riguardo all'amore?»

I suoi occhi si addolciscono. «È sempre l'amore, vero?» Si alza. «Da questa parte. Ti porto nel suo ufficio.»

Non avrei mai dovuto chiedere. Mi scrollo di dosso la confusione e la seguo.

L'ufficio in cui mi accompagna potrebbe essere un magazzino, tanto è buio e squallido. Pile di documenti non archiviati e cartelle su ogni superficie, specialmente sul pavimento. Mi prudono le dita dalla voglia di organizzare... e aprire una finestra.

«Signor Sallee?» La receptionist bussa sulla porta aperta. «Questa donna sta chiedendo del Mudder.» Mi sorride e se ne va.

Un uomo con la pelle abbronzata e rughe intorno agli occhi alza gli occhi dal computer. «Hai intenzione di fare il Mudder quest'anno?»

«Sì, signore. Cioè, mi piacerebbe. O meglio, tenterò.» Gesù, se la mia fiducia in me stessa vacilla così tanto per una semplice conversazione, come farò ad arrivare alla corsa? «C'erano delle immagini sul sito, ma sono un po' nervosa. Mi chiedevo se avesse delle informazioni che può condividere per aiutarmi a prepararmi.»

Era un'idea stupida... Ovvio che non può aiutarmi. Perché Zach mi ha mandato qui?

Il signor Sallee si alza e cammina intorno alla sua scrivania. È alto, indossa i jeans e una polo con le maniche corte della Sallee Construction. Si strofina la guancia. «Beh, non posso dare informazioni sulla località della gara o le specifiche degli ostacoli, ma potrei mostrarti altre fotografie. Non vedo che male possa fare se le pubblicano già sul sito. Potrebbe aiutarti a diminuire il nervosismo, o aumentarlo» dice sorridendo.

Non è granché, ma sì, qualche fotografia in più potrebbe aiutarmi.

Entriamo in una stanza con i tavoli coperti da disegni, lavagne bianche piene di scritte e fotografie attaccate con il nastro adesivo su ogni superficie. Il signor Sallee va verso una lavagna in un angolo con una cinquantina di fotografie prese da angolazioni diverse. Fosse di ghiaccio, stretti tunnel e muri... Muri alti.

Mi dà un'occhiata di sottecchi. «Non è una corsa tipica, vero?»

«No» dico.

Come farò? C'è la parte di corsa, che sarà facile, ma l'altra roba? Non molto. Sono atletica ma non ho molta forza nella parte superiore del corpo. Riesco a fare uno, forse due pull-up. È accettabile per una qualunque donna, ma questa gara è folle. Mi servirà molto di più per sopravvivere. Non mi aiuterà ad aumentare la fiducia in me stessa, azzererà la poca che ho.

Il signor Sallee preme l'angolo di una fotografia che si è staccata, un'immagine di elettrodi che pendono da una trave di legno. «Allora che ne pensi?»

Sospiro. «Sono fottuta.»

Lui ridacchia. «Va così male?»

Annuisco e sento bussare alle mie spalle.

C'è Lewis sulla porta, con un'espressione scioccata che probabilmente rispecchia la mia. Che cosa ci fa qui?

Lewis sbatte gli occhi, poi guarda il signor Sallee. «Mi volevi?»

«Figliolo, stavo solo mostrando l'Alpine Mudder a questa signorina.»

Figliolo?

Il signor Sallee si volta a guardarmi. «Scusa, come hai detto che ti chiami?»

«Gen» risponde Lewis per me. È un bene perché sto sclerando e non ho più il dono della parola.

Perché Zach non mi ha detto... Aspettate, probabilmente ha tentato. Stava dicendo qualcosa prima di dover tornare al lavoro. Maledizione!

Il signor Sallee ci guarda incuriosito. «Gen, chi hai detto che ti ha parlato di noi?»

«Lavoro con Zach. È un amico di Lewis.»

Il signor Sallee annuisce e fissa suo figlio che sa fissando me. «Beh, se vuoi informazioni sulla gara e come sopravvivere, non c'è nessuno migliore di Lewis a cui chiedere.»

* * *

Lewis mi porta nel suo ufficio, una versione più ordinata e pulita di quello di suo padre.

Il signor Sallee è il padre di Lewis. Pazzesco.

La sera della cena coi i tacos, Zach aveva detto che Lewis lavorava per l'impresa di costruzioni di suo padre. E Zach sapeva che la Sallee Construction aveva costruito gli ostacoli. Perché non ho messo insieme le due cose?

Perché ero distratta dall'oroscopo e, prima di quello, da tutto quello che sta succedendo, dalla mia discussione con Cali e quello che devo fare riguardo a Drake.

Lewis si siede alla sua scrivania, inclinando lo schienale della sedia, a suo agio, nonostante la sua espressione. «Allora che cosa succede? Perché vuoi fare l'Alpine Mudder?

Avrebbe potuto cominciare con "Come stai?", ma avrebbe richiesto un certo livello di amicizia. Pensavo avessimo superato la fase di Lewis lo stoico. Non si comportava in questo modo da prima del club. E dopo ciò che è successo con Drake... Ma allora ero scappata quando lui aveva cercato di confortarmi. Come mi aspettavo che si comportasse?

Bene, preferisco questo Lewis. È più facile da gestire rispetto a quello che mi manda il cervello in pappa e mi fa emettere gemiti orgasmici. «Perché voglio farlo. Ti crea problemi?»

Lewis non risponde subito.

Sospiro e mi guardo intorno. Il grado di responsabilità che sembra avere nell'ambito dell'impresa di suo padre è impressionante per uno della sua età. Ci sono parecchi Certificati di Completamento Lavori che non riesco a leggere da dove sono seduta, oltre a una lavagna bianca con una dozzina di date e nome di progetti.

«L'Alpine Mudder è pericoloso» dice dopo un po'. «Potresti farti male.»

È serio? Strizzo gli occhi e parlo lentamente, come se parlassi a un bambino. «È il motivo per cui voglio farlo.» Mi sposto sulla sedia. «Non voglio farmi male, ma... Sto cercando di mettermi alla prova.»

«Sei annoiata? Non riesci a trovare nient'altro per occupare il tuo tempo?»

Resto a bocca aperta prima di richiuderla in fretta. Che diavolo di problemi ha? Perché è così scortese? «No.»

Lui mi fissa e lo sguardo scende per un attimo prima di risalire, come se non si permettesse di guardare altro che i miei occhi.

Così è più facile. È meglio se non gli interesso.

Stringe gli occhi. «Qual è il vero motivo per cui lo stai facendo?»

Distolgo gli occhi. È più bravo di me in questo tipo di confronti. «Tutti pensano di potermi mettere i piedi in testa. Che sono debole e vulnerabile. Non è così.» O, almeno, è quello che ho intenzione di dimostrare. Sospiro. Non volevo arrivare a questo punto con lui. «Lascia perdere, troverò un altro modo per allenarmi per la corsa.» Mi alzo e vado verso la porta.

Questa città è troppo piccola. Detesto imbattermi continuamente in Lewis.

«Aspetta.»

Ho la mano sulla maniglia e non ho intenzione di toglierla, è la mia via di fuga, ma volto la testa perché non riesco a farne a meno.

Lui guarda distrattamente di lato e si passa la mano sulla guancia. «Potrei aiutarti... Ad allenarti, cioè.»

Cosa! *Lui?*

Niente da fare.

Lewis si china in avanti e appoggia gli avambracci sulle ginocchia. «Zach e alcuni altri di noi hanno partecipato alla gara lo scorso anno. Ci stiamo allenando di nuovo insieme quest'anno. Aggiungerti al gruppo non è un problema. Sarebbe meglio se facessi parte di una squadra. La gente che corre da sola non la finisce mai. Specialmente le ragazze.»

Raddrizzo la schiena e inspiro lentamente, con gli occhi che lanciano fiamme.

Lui sorride.

Accidenti. Sapeva che mi avrebbe fatto incazzare.

Sa che non sono capace di tirarmi indietro davanti a una prova fisica? Non è possibile. Non è nella mia indole. Voglio finire la gara. Beh, mi piacerebbe vincere un premio, ma mi accontenterò di finirla e dare una spinta all'autostima di cui ha parlato Nessa. Non ho fratelli, né amici maschi intimi. Forse un gruppo di drogati di adrenalina mi aiuterà a essere più sicura di me intorno agli uomini... Ma non posso allenarmi con Lewis. Sarebbe un sicuro disastro.

«Okay.» Che diavolo sto dicendo?

Lewis inarca le sopracciglia. «Okay?»

«Quando volete allenarvi?» Non riesco a credere di averlo accettato. Colpa della sfida che mi ha lanciato, ecco tutto.

Lewis sospira e si sposta sulla sedia, prendendo il telefono. Guarda lo schermo per qualche secondo e alza gli occhi. «Stasera. Ci vediamo a casa tua alle sei e mezzo. Metti delle scarpe da corsa.»

La mia auto è tornata dal meccanico. L'amico di Lewis non mi ha fatto pagare molto per sistemare il problema elettrico. Non ho bisogno di un passaggio, ma immagino sia perché non so dove stiamo andando. Sta veramente succedendo? Sto veramente per passare del tempo con Lewis?

Anche con il suo ritorno a una cupa serietà, il pensiero di restare da sola con lui mi causa le palpitazioni. Ho un serio problema.

Indosserò le scarpe da corsa, pantaloncini sformati, raccoglierò i capelli in una sciatta coda di cavallo, niente trucco, nemmeno il balsamo per le labbra. Allenarmi con Lewis andrà bene. Sarò sudata, brutta e lui è comunque ridiventato il solito distaccato. Ce la posso fare.

«E Gen...»

Mi fermo e lo guardo prima di uscire.

«Quando le persone sono crudeli, sono loro quelli da biasimare.»

Mi blocco. Mi spaventa quanto sa e come riesce a capire facilmente il resto.

Può avere ragione riguardo a Drake, ma avrei potuto parlare, difendermi e non l'ho fatto.

Capitolo Undici

«Fermiamoci e rinfreschiamoci un po'» dice Lewis a un isolato da casa mia.

Abbiamo corso otto chilometri. Corro parecchie volte la settimana da quando Cali e io ci siamo trasferite a Tahoe. Mi sono abituata all'altitudine, quindi la corsa è stata facile.

Ci sono gocce di sudore che scendono sulla fronte liscia di Lewis, ma non sta respirando forte. Alza l'orlo della maglietta e si asciuga la fronte... E vengo assalita da una visione improvvisa di muscoli addominali.

Inciampo sull'asfalto.

Merda. Saltello un paio di volte, per fingere che sto sciogliendo i muscoli.

Abbiamo corso per quarantacinque minuti senza incidenti, ma Lewis rialza la maglietta, mostrando lo stomaco e il mio cervello ha le convulsioni. L'ho visto a torso nudo al Beacon, ma questa sbirciata è troppo sexy. Perché ho pensato di potermi allenare con lui?

«Corri bene» dice Lewis, apparentemente (grazie al cielo) non cogliendo l'effetto che ha avuto su di me la sua pelle nuda. «Useremo la corsa solo come riscaldamento, se corri per conto tuo. Ti mostrerò gli esercizi per costruire i muscoli prima di andare. È aperto il cancello dietro il cortile?»

Annuisco e mi dirigo verso la casa. Prendo delle bottiglie d'acqua e accompagno Lewis sul retro. Lui lascia cadere la sacca che ha preso dal pick-up, che atterra con un tonfo e una nuvola di suolo polveroso.

Lewis beve un sorso d'acqua e rimette il tappo alla bottiglia, guardandomi. «Hai un reggiseno sportivo sotto la maglietta?»

Dove vuole arrivare? La mia t-shirt extra large mi copre dal collo alle cosce e si ferma appena sopra l'orlo dei miei short da corsa. Attraente. «Sì» dico esitante.

«Puoi togliere la maglietta?»

«Cosa?»

Lui mi fissa con impazienza. «Ti sto mostrando degli esercizi. Ho bisogno di vedere se la tua postura e i movimenti sono corretti, in modo che non ti faccia male. Non posso farlo se sei coperta da un sacco.»

Resto a bocca aperta. Mi sta dicendo che ha notato il mio sforzo per apparire sciatta e non lo approva? Mi tolgo la maglia e lo fisso irritata. «Così va meglio?»

Lui stringe le labbra. Borbotta qualcosa che non riesco a decifrare e allunga la mano verso la sua sacca. «Allarga le gambe, piedi in linea con le spalle.»

Qualcosa su come mi sta dicendo di allargare le gambe con la sua voce virile e morbida come il velluto mi manda un brivido giù per la schiena, che ignoro, perché, dai, non aiuta. Faccio come mi ha chiesto e lui mi passa due manubri da tre chili. Ne prende altri due e fa un semplice esercizio portandoli alle spalle.

«Tocca a te. Tieni i bicipiti allo stesso livello.»

Lewis si sposta davanti a me, con i piedi larghi finché sono alla stessa distanza dei miei. Mani grandi mi prendono i gomiti mentre seguo il suo esempio, con le dita che mi scaldano la pelle. Zaffate di dopobarba e di Lewis mi colpiscono a tradimento e i miei movimenti diventano esitanti.

Respiro profondamente e si rivela un errore. Fisso il suo mento perché non riesco a guardare più in alto; i suoi occhi insondabili sono un posto pericoloso.

Lui toglie le mani e fa un passo indietro, come se si stesse allontanando da un animale selvatico. Si acquatta sui talloni, osservandomi. «Una serie da venti» dice, con la voce un po' incerta.

Devo riuscire a togliermi dalla mente la tensione che c'è tra di noi. Alzando le braccia nel modo che mi ha mostrato, cerco di schiarirmi la testa. «Ho conosciuto tuo padre e mi sembra gentile. Parlami di tua madre.»

Lewis segue i miei movimenti mentre faccio l'esercizio. «Grintosa, intelligente. Gestisce la casa.»

Espiro e ripeto l'esercizio. «Non comanda tuo padre?» Io non ho un padre, quindi il funzionamento di una vera famiglia è un po' un mistero per me.

Lewis ridacchia sardonico. «No, mio padre, dal punto di vista organizzativo è una frana. Ma i miei genitori sono ottimi compagni. Mia madre si occupa della contabilità dell'azienda. Lei è semplicemente... Sai, una donna forte.»

Deglutisco e il sollevamento seguente è un po' incerto. Io non emano la forza che ha descritto, ma la sento. L'ho solo tenuta nascosta. «Penso di aver capito. Poi che cosa viene?»

Mi mostra altri quattro esercizi per rafforzare la parte superiore del corpo e il suo sguardo fisso mentre li provo mi sta facendo ammattire. Deve proprio fare così? Fissare? Indosso il reggiseno sportivo, che praticamente mette in mostra tutto, ma non sta nemmeno guardandomi le tette. Mi sta fissando il volto, gli occhi... Come se stesse vedendo qualcosa che non è ovvio dall'esterno.

Non so perché smuove qualcosa in me. Mi passa per la testa la stupida, selvaggia fantasia di fargli perdere l'equilibrio e saltargli addosso.

Dio, assomiglio a mia madre più di quanto pensassi.

Lewis si rimette in piedi e raccoglie i manubri più pesanti. «Così va bene. Fai gli esercizi che ti ho mostrato a giorni alterni. Domani ci alleneremo sugli ostacoli.»

«Gli ostacoli del Mudder? Ce lo lasciano fare?»

Lewis chiude la cerniera della sacca. «No, li costruiremo noi.»

«Tutta la squadra?»

Lui scuote la testa e mi guarda. «Solo noi. Tu hai bisogno di lavorare più di loro.»

Triste ma vero. «Gli altri partecipanti creano degli ostacoli per allenarsi?»

Lui fa spallucce come per dire: *a chi importa?* «Vuoi finire la corsa, no?»

«Sì.» Merda. È tutto ciò di cui ho bisogno: essere annientata sul campo da un gruppo di maschi alfa.

«Che ne dici di vincere?» mi chiede.

«Non è nemmeno lontanamente realistico, ma sì, certo che voglio vincere. Chi non vorrebbe il premio in denaro?»

Lewis si mette la sacca sulla spalla e si raddrizza. «Perché?»

«Perché cosa?»

«Perché vuoi il premio in denaro?» dice.

Prendo la t-shirt e me la infilo. «Lo voglio e basta.» Perché è così negativo riguardo alla mia partecipazione alla corsa? «Potrei usarli per l'università, va bene?»

Lui annuisce come se la spiegazione fosse accettabile.

Che diavolo? A chi importa se volessi comprarmi un naso nuovo con la vincita?

Allarga la bocca in un sorriso sexy e il mio cuore manca un battito. «In bocca al lupo. Dovrai battere me. L'anno scorso sono arrivato in finale.»

Accidenti accidentaccio. Le donne non competono con i maschi, ma comunque. Mi ha appena lanciato un'altra sfida.

Capitolo Dodici

Mi infilo una felpa sopra il top del pigiama e vado in cucina con i pantaloncini corti. Ci sono trenta tazze tra cui scegliere nell'armadietto e di solito prendo la Sippy Cup per adulti, ma la mano gravita verso *Sfida accettata*, con la caricatura di braccia incrociate. Sono passate quasi due settimane da quando Lewis mi ha mostrato gli esercizi e adesso è estremamente attento a non toccarmi durante le sedute di allenamento, come se credesse che quello che mi ha fatto Drake mi faccia evitare gli uomini. In parte ha ragione.

Non voglio che mi tocchino altri uomini, ma Lewis? Mi piacerebbe arrampicarmi su di lui e leccarlo... È sconvolgente e si intensifica man mano che passiamo del tempo insieme. Continuo a rammentarmi che non va bene per me. Che non è una scelta sicura e che finirei per restare ferita. E c'è sempre Mira. Ma per qualche motivo la mia libido ha deciso di farsi viva in modo allarmante proprio in questo momento della mia vita, e lo desidera.

Sono attratta da Lewis e non è solo desiderio. Volevo che mi tenesse abbracciata dopo l'incidente con Drake. Che diavolo? L'intimità che ho provato in quel momento mi spaventa a morte, quindi cerco di non pensarci. Lo sta decisamente rendendo più facile con la tortura dell'allenamento che mi lascia cronicamente piena di dolori, incapace di provare molto altro.

La replica di Lewis del primo ostacolo consiste in un viaggetto a una palestra di arrampicata. Diavolo, le mie braccia quella sera facevano un male cane e io porto in giro vassoi pesanti per lavoro. Le braccia tremavano da matti al casinò. Fortunatamente non ho lasciato cadere niente.

L'uscita seguente era stata un regime da campo addestramento reclute nella sua palestra, dove Lewis era riuscito a farmi avere un abbonamento gratuito di trenta giorni tramite l'amico che gestisce quel posto. Dopo quel po' di inferno non ero riuscita a sedermi senza lasciarmi cadere sulla sedia per due giorni. I miei muscoli non mi perdoneranno mai quello che sto facendo passare loro.

Fuori, nel patio, mi siedo lentamente sul lettino di plastica accanto a quello sul quale è seduta Cali e guardo i pini. C'è una brezza leggera che mi rinfresca le gambe nude, facendomi venire la pelle d'oca per il piacere. Cali è tornata da casa di sua madre e dopo qualche giorno di freddezza, abbiamo parlato e appianato le cose.

«Avrei dovuto dirti qualcosa prima» le avevo detto quando era tornata. «Mi sento malissimo per come mi è uscita.»

«È stato la sensazione di essere stata tradita che mi ha fatto più male» aveva detto. «Poi quando ho visto Jaeger che ti abbracciava e ho pensato che ci fosse qualcosa tra di voi... Ho sclerato.»

Cali era venuta al casinò per parlare con me dopo la nostra discussione. Aveva visto Jaeger che mi abbracciava, quando Mason l'aveva mandato a controllarmi la sera dell'incidente con Drake, e aveva interpretato male l'azione. È il motivo per cui era andata via. Aveva bisogno di spazio.

«Mi piace Jaeger. Un sacco» aveva confessato. «È folle quanto mi piace. Quando ho visto voi che vi abbracciavate e quando mi hai detto che cosa aveva fatto Eric, ho pensato che Jaeger stesse facendo la stessa cosa: provarci con te alle mie spalle.»

«Non c'è mai stato niente tra Jaeger e me» l'avevo rassicurata. «Sei tu quella che lo interessa, al cento percento.»

Cali aveva sorriso, quel suo dolce sorriso misterioso. «Me ne sono resa conto quando sono andata a trovarlo dopo il mio ritorno.»

Mi sono resa conto che Cali non è la solita ragazza scanzonata quando si tratta di Jaeger. In ogni caso non c'è più tensione tra noi due, grazie al cielo, ma adesso è la ex di Jaeger che sta causando problemi.

E, seriamente, che cos'è questa storia del contingente di ex che fa casino? Jaeger è sparito mentre sta trattando con quest'altra ragazza e Cali è seriamente stressata.

Mi appoggio allo schienale rialzato del lettino e indico il cielo per distrarre Cali dalle sue preoccupazioni e, dai, perché è divertente prenderla in giro. «Pensavo che volessi liberarti delle tue lentiggini. Non dovresti stare all'ombra?»

Cali è super sensibile riguardo alle sue lentiggini. Ne ha due sul naso, niente al confronto della maggior parte dei tipi biondo fragola. Mi diverto a giocare sulla sua paranoia. È il meno che possa fare, visto quanto mi stressa per via dei miei abiti modesti, la mia mancanza di trucco, la musica che ascolto... E la lista continua all'infinito. Le sto facendo un favore, le distoglierà la mente da Jaeger e la sua ex.

«Ho una lieve spolverata di *segni di bellezza* e ho la protezione solare.»

Mi piace già questa discussione. Cali è logica, tranne

quando si tratta delle sue lentiggini. Abbiamo avuto la stessa discussione in passato, ma non smette mai di divertirmi. «Perché rischiare quando l'ombra non te le farebbe venire?»

I suoi pallidi occhi azzurri mi sbirciano da sopra il libro *Poesia e Prosa*. Anche solo il titolo mi fa sbadigliare. «Stai cominciando a sembrare mia madre. Sto assumendo un po' di vitamina D. È salutare.»

«Ma la protezione solare non impedisce la produzione della vitamina D?»

La sua faccia diventa di una bella sfumatura brillante di rosa. Tra un po' le uscirà il vapore delle orecchie. «Hai finito?»

«Di dire cose logiche? Sì, ho finito.»

Cali mi guarda sospettosa. «Sei stata parecchio in giro ultimamente. Stai ancora vedendo Lewis?»

La guardo un po' irritata. Sa che non c'è niente in ballo, ma immagino che prendersi in giro non sia a senso unico. «Siamo amici. Mi sta aiutando ad allenarmi per l'Alpine Mudder che farò.»

Lewis non ha una ragazza, lui ha Mira, che, a quanto pare, è molto più stressante di una vera e propria ragazza. Cali li ha visti insieme. Anche se questa cosa con Mira non è del tipo romantico, dubito molto che Cali approvi Lewis, che però ha mantenuto platonici i nostri contatti durante gli allenamenti. Io sono riuscita a contenere i miei impulsi lussuriosi, quindi non è un problema.

Lewis è stato un ottimo allenatore. Ho già notato una differenza nel mio livello di forza. Sono sicura che con il suo aiuto riuscirò a finire la corsa. Potrei anche fare un buon tempo. Mi aiuterebbe moltissimo con il mio problema di autostima.

«In bocca al lupo per il tuo allenamento. Ti manderò un

saluto la prossima volta in cui il mio cucchiaino affonderà nella suprema bontà del gelato al burro di pecan.»

La sua passione per strani gusti di gelato (e quello al burro di pecan ne è un esempio) è naturale quanto quella per le olive verdi. Arriccio il naso. «Non avanzarlo per me.»

Lei sorride e mette da parte il suo libro, tornando seria. «Gen, devo trovare un lavoro.»

Eeee, che salto logico, ma la capisco.

Quando Cali è tornata da casa di sua madre, non abbiamo solo parlato di Jaeger ed Eric... Le ho anche detto che cos'era capitato con Drake, scoprendo che era il collega che le aveva dato un passaggio a casa dal club quella sera. Non ci avevo mai pensato, ma subito dopo aveva perso il lavoro. Adesso capisco perché.

Drake aveva tentato di baciarla a forza e Dio sa che cos'altro le avrebbe fatto se Jaeger non l'avesse seguita a casa. Cali aveva tenuto nascosti i suoi sentimenti per Jaeger, quindi le alternative erano mentire riguardo alla presenza di Jaeger quella sera, perché la stupidina, si era messa in testa che lui interessava a me o non parlare di quello che era successo. Aveva scelto la seconda alternativa.

Dio, facciamo schifo. Abbiamo entrambe nascosto qualcosa all'altra, per proteggere i nostri sentimenti e per non ferire l'altra. Patetico. Nota per me stessa: di' alla tua migliore amica che diavolo sta succedendo. Potrebbe andare tutto a puttane, ma almeno potremo spiegarci.

La storia di Cali riguardo a Drake aggiunge una nuova luce spaventosa a tutta la situazione. Dal modo in cui sono andate le cose per lei, essere licenziata senza poter fare domande, non sono convinta che Drake sia l'unica persona che tira i fili. Ci potrebbero essere altre persone corrotte all'interno del casinò.

«Che cosa posso fare per aiutarti a trovare un lavoro?» le chiedo.

«Non sto avendo molta fortuna negli altri casinò. Ho chiamato i vecchi contatti di lavoro che avevo, ma nessuno paga a sufficienza. Pensi che potresti parlare con Nessa, per chiederle se conosce qualcuno che ha bisogno di un'impiegata superstar?»

«Arrogante, eh?»

«Che c'è?» La sua espressione è di pura innocenza. «Sai che è vero.»

È così. Posso battere Cali quando si tratta della coordinazione mano-occhio, ma lei potrebbe battermi senza difficoltà in una gara di agilità mentale.

«Le darò un colpo di telefono.»

Capitolo Tredici

«Allora, che ne pensi? Conosci qualcuno che stia cercando una laureata *summa cum laude?*» chiedo a Nessa al telefono. Avrei potuto aggiungere *accettata alla Facoltà di Legge di Harvard*, ma parte dell'ansia di Cali viene proprio dal fatto di non voler frequentare la Facoltà di Legge in autunno. È quello che si aspettano sua madre e gli altri, ma Cali vuole trovare un lavoro in modo da permettersi di frequentare corsi d'arte per gli schizzi che adora. Grazie al cielo li sta finalmente prendendo sul serio. Jaeger, con il suo background artistico, l'ha aiutata a convincerla del suo talento. A quanto pare, la *mia* opinione, in tutti questi anni, non le bastava. In tutta sincerità sono contenta per lei.

Sento un suono che assomiglia a uno sbadiglio arrivare dall'altra parte del filo. «Scusa. Stanca.» Nessa si è appena svegliata dopo un pisolino pomeridiano, proprio il mio tipo di ragazza. Non il tipo che dorme il mattino, ma di sicuro una dormigliona. «Potresti controllare alla Sallee Construction. Lewis ha accennato che suo padre sta cercando qualcuno per assistere il loro architetto. Non so se Cali abbia le capacità che stanno cercando, ma vale la pena di provare. Il padre di Lewis è *cooosì* gentile. Se John non ha niente per lei, chiederà in giro e lui conosce tutti.»

«Ho conosciuto John. La sua società sta costruendo gli ostacoli del Mudder. Me l'ha detto Zach.»

«Perfetto, di' a Cali di contattarlo e dire che l'abbiamo mandata noi.»

Potrei parlare con Lewis, ma va benissimo anche suo padre e preferirei non chiedere un altro favore a Lewis. Mi ha già fatto entrare nella sua squadra. È un vantaggio per lui aiutarmi ad allenarmi se faccio parte di una squadra, ma sono io quella che se ne avvantaggia di più. Senza il suo aiuto sarei in difficoltà.

Appena finisce la telefonata con Nessa, il mio telefono vibra. Presumo che sia un messaggio da lei con un'altra pista, ma il messaggio viene da Lewis.

Lewis: *Hai qualcosa in programma questa sera? Pizza e birra per tutta la squadra stasera. Dovresti venire. Farà bene allo spirito di squadra.*

Spirito di squadra, non un appuntamento.

Gen: *Certo. Dove/a che ora?*

Un paio d'ore dopo, mi guardo intorno all'Avalanche Pizza. Anche se indosso la mia solita camicia infilata nei jeans aderenti, c'è la possibilità che mi sia impegnata un po' di più per migliorare il mio aspetto. Mi sono stirata i capelli e mi sono truccata. Ho perfino abbinato il mio solito abbigliamento modesto con le scarpe con il tacco invece delle solite ballerine. Solo cinque centimetri, ma mi danno quell'extra.

Una folla di clienti piuttosto giovani porta il livello di rumore a un basso ruggito. Zach mi vede per primo e mi fa segno di avvicinarmi. C'è Lewis con lui, ma mi volta la schiena.

A parte Zach, non ho ancora conosciuto nessuno nella squadra. A quanto pare sono l'unica femmina, se si considerano i corpi maschili al tavolo con Zach e Lewis.

Mi avvicino e Lewis si volta e mi ispeziona dalla testa ai piedi, facendomi palpitare il cuore. Riporta l'attenzione sugli altri ragazzi e beve la sua birra. Nessun sorriso, niente.

I miei polmoni si svuotano.

Maledizione. Liquidata in un attimo. Cioè, meglio così. È meno complicato e non fa una mossa, ma non posso fare a meno di sentirmi delusa. Abbiamo imparato a conoscerci in queste ultime settimane e... lui mi piace. È corretto, mi incita e mi osserva quando pensa che non lo stia guardando. Detesto ammetterlo, ma mi sento ferita.

Zach mi porge una birra e mi fa spazio sulla panca, presentandomi agli altri.

«Non fatevi ingannare dal suo aspetto dolce» dice. «Gen è uno squalo. Stava infilando i quarti di dollaro nel bicchiere come se niente fosse la sera in cui l'ho incontrata, ci ha battuti tutti.»

Uno dei ragazzi sembra incredulo. Prende un bicchiere basso da un tavolo vuoto. Lo mette davanti a noi e si fruga in tasca, mettendo sul tavolo tre quarti di dollaro, due centesimi e una palla di lanugine.

Lewis scuote la testa. «Domani dobbiamo allenarci. Andateci piano. Alla gara mancano solo tre settimane.»

Qualcuno soffia via la lanugine e si svuotano altre tasche finché davanti a me c'è una dozzina di quarti di dollaro. In realtà ce ne servono solo un paio.

«Mettiamo alla prova la sua abilità» dice quello che

aveva preso il bicchiere. «Una ragazza che riesce a far entrare un quarto la prima volta merita il nostro rispetto, anche se dovremo trascinarla per tutto il percorso fra tre settimane.»

Quindi pensano che sarò un peso? Non posso dire di non essere d'accordo, ma farò loro il culo con i quarti di dollaro.

Prendo la moneta, do un'occhiata al bicchiere e guardo diritta quello che mi ha sfidato. Batto il tavolo con il lato della mano e faccio volare il quarto, che entra nel bicchiere con un deciso tintinnio.

«Whoaaa!» grida la mia squadra, superando il rumore di fondo e battendosi grandi manate sulla schiena.

Riesco a fare ventidue centri prima che la mia fortuna cambi. Lewis ha finto di annoiarsi per tutto il tempo, ma il resto della squadra ha ingurgitato birra a ogni colpo, ignorando la regola da saggio nonno di Lewis di non bere. Alcuni degli uomini mi chiedono degli sport alle superiori e al college. Uno di loro mi chiede se ho un ragazzo.

Do un'occhiata a Lewis, non so perché. Ma sta aspettando la mia risposta come il resto di loro.

«No» dico scuotendo la testa e sorridendo.

«Lo stai cercando?» chiede quello vicino a me con un sorriso impertinente.

«Niente da fare.» Zach gli dà un colpetto sulla spalla. «Gen fa parte della nostra squadra il che significa che è off-limits. Consideratela una sorellina.»

«Dopo la gara?» insiste il tizio.

Lewis si alza e si avvicina. «Spostati, Jake.» Si stringe tra me e Jake e io mi irrigidisco.

Il resto della squadra passa ad altri argomenti, ma ho la sensazione che ci osservino. Non in modo palese, ma il volume della conversazione è calato un po' e ognuno dei ragazzi guarda a turno.

Con Lewis così vicino a me mi sento rossa in volto e un po' calda. Tolgo la camicia bianca e me la avvolgo intorno alla vita.

Il tavolo piomba in silenzio.

Ho indossato una canottiera di seta sotto la camicia. Non pensavo fosse sexy ma forse lo è. In effetti il top è abbastanza scollato. Cali e mia madre sarebbero entusiaste.

Lo sguardo di Lewis va alle mie braccia nude, poi torna in fretta sulla birra che ha in mano.

È ora di cambiare argomento. «Niente Mira?»

Lewis mi guarda con gli occhi stretti. «Non è la mia ragazza, Gen.» Asciuga la condensa sul lato del suo bicchiere. «È una cara amica, ma non tengo nota dei suoi movimenti.»

«Litigate come se aveste una relazione» dico, per cercare di definire il rapporto tra di loro.

Una parte di me vorrebbe che avesse una relazione. Se ha una ragazza, posso auto-convincermi a restare lontana da lui. Il modo in cui reagisco a Lewis mi spaventa. È troppo intenso.

Lui si volta verso di me escludendo gli altri, anche se sono piuttosto sicura che stiano ascoltando. Sembra che non riescano a parlare e ascoltare allo stesso tempo, quindi la conversazione si è quasi fermata. «Non è una relazione, non nel modo che pensi tu. Per me è come una sorella.»

Lo guardo incredula. «Lei sa che la pensi così?»

«Sì.»

«E come affronta la situazione?» Mi sto comportando da psicologa, ma, seriamente, devo capirlo.

Lui fa spallucce, indifferente, come se non gli importasse.

Importa, accidenti. Il loro rapporto è talmente complicato. Ho bisogno di sapere che cosa significa. «Come si comportava con le tue ex-ragazze?»

Lui non risponde e distoglie nervosamente lo sguardo.

Ho una sensazione sgradevole. «Lewis?» Ho quasi paura di chiedere. «Quando è stata l'ultima volta in cui *hai avuto* una ragazza?» Forse la sua ultima relazione è finita male e Mira è iperprotettiva?

«Qualche anno fa.»

Bevo un sorso di birra per calmare la sensazione che minaccia di travolgermi. Non è quello che volevo sentire. «Allora... Mira era d'accordo su quella, ma adesso non può accettare che tu parli con le altre donne?» Non ho intenzione di menare il can per l'aia. È ovvio che Mira ha qualche problema ad accettare che Lewis presti attenzione alle altre donne, a me in modo particolare.

Un altro sorriso, questa volta un po' malizioso. «Non sapeva di quella relazione. Ero via, al college.»

Lo guardo con tanto d'occhi. La faccenda continua da quando era al college? «Perché tieni nascoste le tue ragazze?»

Lui si dimena sulla sedia. «Ragazza. Solo una.»

«*Una?*» squittisco. Lewis è una montagna d'uomo, elegante, un vero rubacuori. Non è possibile che abbia avuto solo una ragazza. Dev'essere un donnaiolo, ma non mi sembra giusta nemmeno quell'immagine mentale. Non ha prestato attenzione a una sola ragazza stasera, diversamente dagli altri. «Le sorelle non fanno le guastafeste» gli faccio notare. Lui sorride. L'ho detto a voce alta? «Cioè... Sai che cosa voglio dire.» Guardo nervosamente gli altri uomini.

La metà di loro sta osservando apertamente.

Questa conversazione è la più imbarazzante che abbia

mai avuto, quindi ovviamente è con Lewis e una mezza dozzina di spioni. «Perché è così?» chiedo a voce bassa.

Lui controlla l'orologio. «Dovremmo andare. È tardi.»

Mi sta liquidando, di nuovo?

Ho fatto domande indiscrete, ma mi stava rispondendo. Immagino che dovrei accontentarmi delle risposte che ho avuto.

Lewis finisce di bere la sua birra e spinge il bicchiere al centro del tavolo. Si alza e solleva la mano verso Jake che è accanto a lui. Jake gliela stringe. «Io vado. Ci sentiremo dopo.» Guarda me. «La settimana prossima, allenamento con tutta la squadra. Domani... Preparati. Vengo a prenderti alle otto.»

«Alle otto? Perché così presto?»

Lui sorride e va verso la porta. «Lavoro speciale sugli ostacoli» dice senza voltarsi.

Merda, ha intenzione di torturarmi. Più di quanto abbia fatto finora.

Capitolo Quattordici

Ci sono buone probabilità che mi sia lavata i capelli nella doccia questa mattina. Tenendo conto del fatto che non sono completamente sveglia, non ne sono sicura. Quello che so è che sono bagnati. C'è sempre la possibilità che li abbia sciacquati e abbia dimenticato lo shampoo, ma profumano di fiori, quindi penso di essere a posto.

Mi tremano le braccia, i muscoli non sono abituati a funzionare a quella che considero un'ora assurda, mentre raccolgo le ciocche bagnate in una coda di cavallo. Ho lasciato la pizzeria dopo che Lewis mi ha minacciato con il suo allenamento-tortura all'alba, ma non era servito. Non ero riuscita a addormentarmi, troppo abituata a restare sveglia fino a tardi per lavorare. Avevo finito per guardare un orribile reality show in televisione con Cali per un paio d'ore.

Lewis entra nel vialetto con la sua Jeep rossa e io esco barcollando. L'unico motivo per cui non inveisco contro di lui per aver programmato l'allenamento così presto è che ha portato le ciambelle e una fetta di pane con burro di noccioline e fette di banana.

Guardo diffidente il pane quando salgo in auto. «Quello a che serve?»

Lui esce dal vialetto e si avvia verso la strada principale. «Per te. Mangialo e potrai avere una ciambella.»

Mi mordo l'angolo del labbro, tentando di restare calma.

Sapete una cosa? Non ho nemmeno intenzione di discutere riguardo alla stronzata del pane, per due motivi: primo, non vale l'energia mentale che dovrei usare, e comunque sono sveglia solo a metà. Secondo, ho fame e posso mangiare senza problemi una fetta di pane che assomiglia al cartone, più due o tre ciambelle.

Mangio quella roba alla banana in tre bocconi, trangugio il caffè e mi tuffo verso una ciambella glassata.

Lewis mi guarda. «È decaffeinato? Perché non dovresti...» La sua voce ci spegne quando lo fisso.

Ah, sì, non esagerare, amico. Qui c'è una persona scontrosa la mattina. Non sono dell'umore giusto. Bevo un lungo sorso e piego di lato la testa. *Provaci.*

Lewis accenna a un sorriso e torna a concentrarsi sulla strada.

Divoro un altro paio di ciambelle mentre ci avviciniamo a Camp Richardson che è già piuttosto lontano. «Dove andiamo?»

«Fallen Leaf Lake. Le cascate.»

Turismo? «Pensavo che lo scopo di questa tortura... Cioè, *questa incantevole riunione mattutina*, fosse l'allenamento.»

Lui svolta in una strada stretta a sud del negozio del Camp Richardson. «Le cascate sono l'ostacolo.»

Perché quella frase fa risuonare un allarme nella mia testa? Rimetto cautamente la ciambella numero cinque nella scatola. Forse dovrei limitare gli zuccheri. Potrò strafogarmi dopo l'allenamento.

Parecchi minuti dopo, il Fallen Leaf Lake luccica attraverso gli alberi. È molto più piccolo del Lago Tahoe ma altrettanto bello e probabilmente altrettanto gelido. Spero vivamente che questa uscita non coinvolga il nuoto. Vorrei tenere il culo dov'è e non farlo cascare gelato.

Oltrepassiamo la marina e Lewis si ferma su una collinetta accanto a un ruscello che alimenta il lago. Parcheggia sul lato della strada e mette il freno a mano.

Lewis cerca qualcosa dietro il mio sedile e il suo petto muscoloso sfiora il mio braccio. Sento una fitta di attrazione. Il profumo di pino e Lewis mi manda in pappa il cervello.

Lewis prende lo zaino. «Pronta?»

«Uhm, sì.» *No*. Non solo per niente pronta. Scendo dalla Jeep.

Le rocce delle cascate sono grigie e marroni, come un foglio accartocciato e adagiato di traverso, attraversata da piccoli rivoli d'acqua. Guardo oltre il bordo. Ho l'orribile sensazione che arriverò a conoscere intimamente queste rocce.

«Aspetta qui.» Lewis supera il bordo e scende verso le cascate senza spiegarmi che diavolo stiamo facendo. Va verso le rocce scoscese con lo zaino sulle spalle.

Non sembra difficile con le sue lunghe gambe che divorano la distanza tra le rocce, ma la cosa non mi rassicura. È di casa in questo posto. Io sono abituata ad allenarmi sui marciapiedi e qualunque ambiente urbano che chiamo casa. Questa è una parte selvaggia e incolta della vita che cerco di evitare.

Quando finalmente si ferma, Lewis è una macchiolina in lontananza. Si toglie lo zaino e mi fa segno di scendere.

Ecco, si comincia.

Scendo, cercando di seguire lo stesso percorso che ha fatto lui e, com'era prevedibile, non è facile come sembrava. Sto sudando e respirando forte quando finalmente raggiungo la falesia su cui si è fermato. «E adesso?»

Lewis preme un tasto sul suo telefono. «Troppo lenta. Ci hai messo dieci minuti per arrivare qui.»

Mi guardo attorno. Le rocce sono aguzze e la pendenza è notevole. Non può essere sicuro. Sarebbe meglio correre sulle scale. «Perché le cascate?»

Lui smette un attimo di armeggiare con il telefono e mi dà un'occhiataccia. «Metà del percorso del Mudder include degli elementi di arrampicata ripida. Le cascate fanno parte del tuo condizionamento.» Accenna con la testa la direzione da cui siamo venuti. «Fin là e ritorno, in otto minuti. Otto volte.» Alza il telefono e azzera il timer. «Da ora.» Preme il tasto di avvio e i secondi volano.

Merda.

Mi volto e faccio il percorso inverso il più velocemente possibile. Non penso nemmeno a quante volte vuole che lo rifaccia. Non ripeterò quel numero, perché mi fa risalire in gola la bile con un vago sentore di ciambella.

Minuti (ore?) dopo, i miei quadricipiti vanno a fuoco e rallento. Lewis alza un dito per mostrare quello che presumo indichi l'ultima volta. Secondo i miei calcoli ho risalito le cascate un migliaio di volte. E per tutto il tempo, Lewis si è allenato sul posto, facendo flessioni, addominali e altri esercizi di ginnastica, urlandomi costantemente che sto andando troppo piano, che non tengo conto del mio centro di gravità, che uso la schiena invece delle gambe... Davvero, sto per fargli male.

«Tempo» dice, mentre striscio verso il basso sulle sue rocce da Dio della montagna. Lui alza il timer, cioè il telefono. «Scala quell'ultima roccia e hai finito.»

«Quella che è a un metro e mezzo sopra la mia testa?» ansimo.

Lui annuisce.

Sta veramente cercando di uccidermi. Ho la faccia che scotta per lo sforzo eccessivo, le gambe che tremano e sono sicura che dal punto di vista medico risulterei disidratata. In questo momento, lambire l'acqua delle cascate mi sembra assolutamente ragionevole. «Non ce la faccio, è troppo in alto.» Sa che non ho forza nella parte superiore del corpo.

«Puoi farcela. Se hai paura di tentare dovresti abbandonare la gara. Ci sono pareti da scalare per tutto il percorso del Mudder.»

Doveva dire l'unica cosa che mi avrebbe fatto scalare una roccia liscia?

Non ho intenzione di tirarmi indietro per la paura. È il motivo per cui lo sto facendo, prendermi dei rischi e aumentare la fiducia in me stessa, e lui mi ha messo alla prova un'altra volta. Accidenti a lui.

Appoggiando un piede incerto su una sporgenza larga come una matita, allungo la mano verso una fessura sopra la mia testa e mi tiro su con le dita. Con gli avambracci che bruciano, faccio scivolare il palmo tremante sulla roccia per parecchi altri centimetri.

Le dita scivolano e sto cadendo.

Apro la bocca per urlare un secondo prima che una mano forte mi afferri il polso e vengo sollevata come fossi nel cestello di un elicottero. Striscio oltre il bordo e rotolo sulla schiena, ansando per immettere aria nei polmoni.

Volto la testa per guardare Lewis, che respira appena un po' più forte, ha gli occhi spalancati ed è accucciato sui talloni accanto a me. Mi ha tirato su come se non pesassi niente.

«Non dovresti aiutarmi» gracchio, con la gola secca e

dolorante. Avrei potuto farmi seriamente male, quindi non so perché quelle sono le prima parole che mi escono dalla bocca.

Lewis fruga nel suo zaino, estrae una bottiglia in acciaio inox e me la passa. «Non lascerò che cada.»

Mi metto seduta e ingollo acqua finché la gola si stringe e tossisco. Ansimo per incamerare un po' d'aria e bevo un altro sorso. Mi si schiarisce la testa. «Devo farcela da sola» gli dico. Non lo capisce? Devo salvarmi da sola. È quello il motivo di questa stupida gara. Dimostrare che ce la posso fare.

Lewis stringe i denti. «Non permetterò che ti faccia male.»

No, continuerà semplicemente a torturarmi con la sveglia a un'ora impossibile ed esercizi da strapparmi i muscoli, per non parlare dello stress emotivo dovuto semplicemente alla sua presenza. Chi crede di essere? Non è mio fratello, mio padre... Ah, giusto perché non ho né l'uno né l'altro... E di certo non è il mio ragazzo.

«Lo farai se lo voglio io.» D'impulso, senza riuscire a frenarmi, gli do una spinta sul ginocchio.

Accucciato com'è non se lo aspetta e ricade all'indietro a bocca aperta, appoggiandosi su una mano.

Balzo in piedi e mi chino sopra di lui, perché a quanto pare la disidratazione mi ha reso folle. «Non sei il mio capo.» Gli picchietto il dito sul petto. «Non mi dirai che cosa fare, né puoi mettermi i piedi in testa solo perché sei più grosso.» Mi rendo conto di quanto appaia pazza, ma sembro non riuscire a frenare la follia.

Gli occhi di Lewis lampeggiano per la sorpresa, poi per la rabbia e poi fanno la cosa peggiore che potessi immaginare. Si fissano sulla mia bocca e il suo petto si alza e si abbassa più in fretta di qualche secondo prima.

Mi chino finché i nostri respiri si mischiano. Ha un profumo così buono; perfino il suo fiato sa di menta e di pulito. Lewis non fa sparire il centimetro tra le nostre bocche. Aspetta. Come se mi desse il permesso di fare la prima mossa.

Mi cade lo sguardo sulla cicatrice all'angolo della sua bocca. So che cosa voglio. È una cosa che mi ha silenziosamente ossessionato da quando mi ha detto che Mira non era la sua ragazza e ciò che immagino da quando ci siamo conosciuti.

Sfioro la cicatrice con le labbra. Soffi del respiro ansante di Lewis mi accarezzano la pelle. Bacio il suo labro inferiore, poi quello superiore, angolando la bocca sulla sua.

La sua reazione è immediata e devastante, la sua lingua nella mia bocca, poi le labbra che scorrono sul mio mento, sul collo. Potrebbe mettersi seduto, afferrarmi ma non lo fa, tiene i gomiti bloccati, sostenendosi.

Quindi mi arrampico sopra di lui e mi metto a cavalcioni sulla sua vita.

Lewis geme e quel suono profondo mi accende un fuoco nel ventre. Spigoli duri sotto il mio sedere e le gambe nude, la sua virilità che si gonfia sotto la mia coscia, tutto cospira a farmi impazzire.

Gli afferro le spalle, passo le dita sul suo collo muscoloso e tra i capelli morbidi. La sua bocca copre la mia, deliberata, sensuale e il resto di lui è teso. Il suo corpo sotto il mio, il suo odore, il suo sapore e come si trattiene, come non ha mai fatto qualcuno prima di lui, mi manda a fuoco. Strofino i fianchi.

Dalla gola di Lewis viene un ringhio, ma non mi afferra ancora. Gli passo le mani sulle spalle, sugli avambracci sexy, sui polsi finché perde la presa sul terreno. Si siede e mi mette le mani sui fianchi.

I freni saltano. Lewis mi avvolge le braccia intorno, mi piega all'indietro e passa la bocca lungo il collo e il petto. «Geneviève.»

Il mio cervello si blocca. *Cosa?*

Mi ha chiamato...

Nessuno mi chiama Geneviève, tranne mia madre... E Drake.

Mi do una spinta e scendo dalle gambe di Lewis, frenetica, voglio allontanarmi come quel giorno nella suite. Lo fisso come se fosse lui l'animale selvaggio e non io, quella che ha istigato la seduzione. Le mie reazioni sono tutte sbagliate, ma è inevitabile, lo shock dei ricordi indesiderati è così forte che non riesco a riprendere fiato.

Lewis alza le braccia, con una domanda evidente sul volto. *Che cosa c'è che non va?*

«Non chiamarmi così.»

Lui distoglie gli occhi e respira a fondo. Rotolando fino a mettersi in piedi, si passa nervosamente le dita tra i capelli, dandomi una veloce occhiata. «Dovremmo andare.» Mi tende la mano.

Cerco di alzarmi senza il suo aiuto, ma con l'adrenalina che scema ho perso tutta l'energia, e per energia intendo che i miei muscoli hanno dato forfait. Mi cedono le gambe e atterro sul sedere con un lieve tonfo. «Dammi un minuto... Ho bisogno di un minuto» dico espirando piano mentre tremo.

Lewis si mette in spalla il suo zaino, si accuccia, mi aiuta ad alzarmi, sopportando tutto il mio peso con un braccio intorno alla vita. Dovrei avere un problema nel farmi aiutare da lui, va contro tutto ciò che sto cercando di fare in questi giorni, ma ho troppo casino in testa per curarmene. Ho sclerato perché mi ha chiamato con il mio nome di battesimo. Che diavolo?

Mi guida qualche passo più in là. A una sezione del crinale leggermente meno ripida dell'area dove mi sono quasi uccisa e scende, portando quasi tutto il mio peso. «Colpa mia» dice. «Ho esagerato con te.»

Sta parlando delle cascate o del bacio? Le cascate sono assolutamente colpa sua, ma avevo bisogno del calcio in culo per farmi capire che sono ben lontana dall'essere pronta per la corsa. In quanto al bacio, ho sclerato, ecco tutto, con il ricordo di Drake come un pugno nello stomaco.

Volto la fronte verso il suo petto, perché non posso dirgli come mi sento dentro. Che ho fatto un casino. Che mi piace veramente. E il nostro bacio... Non ho mai provato niente di simile.

Le mie gambe si muovono ma non sto prestando attenzione e, sinceramente, sta facendo lui la maggior parte della fatica. Quando alzo gli occhi, siamo riusciti ad arrampicarci fino dall'altra parte. Lewis sposta leggermente la presa e il clacson della sua auto suona.

«Adesso posso camminare da sola.» Tento di fare un passo e ho un crampo al quadricipite. Lo massaggio con il palmo della mano.

Lewis mi tira vicina e mi apre la portiera della Jeep, aiutandomi a sedermi. Mi appoggia le mani sulle ginocchia per un momento, con il rimorso negli occhi. Rimpiange di avermi baciato? Ha detto che ha esagerato con me, ma non è vero.

Indietreggia, lasciandomi gelata. Vorrei dire qualcosa per farlo tornare, ma non ho niente.

Mentre andiamo a casa mia, cerco di parlargli. «Lewis, mi dispiace. È stata colpa mia.»

Lui stringe i denti. «No, Gen. Non è così. Hai bisogno di...» Fa una pausa. «Devi dirlo a qualcuno.»

Sappiamo entrambi e che cosa si sta riferendo.

«Uno psichiatra, intendi?» Rido amaramente. Non so perché trovi ironico che la studentessa di psicologia abbia bisogno di uno psichiatra, ma è così.

«Non è quello che intendevo dire. Anche se potresti farlo. Parlare con qualcuno potrebbe aiutarti. Intendevo dire che dovresti parlare di quel tizio al casinò.»

«Ci penserò.» Non voglio parlare di ciò che è successo a me, ma non sono l'unica persona che rischia. Ogni donna che lavora al Blue è in pericolo con Drake intorno.

Ho aspettato di scoprire che cosa stesse succedendo al casinò prima di fare qualcosa. Non sono ancora completamente sicura che cos'abbia in ballo la direzione, ma il fatto che Cali sia stata licenziata dopo il *suo* scontro con Drake, significa che bisogna fare qualcosa per questo tizio. È ora che mi faccia avanti.

Svoltiamo nel vialetto dello chalet. Le mie gambe sono passate dall'essere molli e incredibilmente indolenzite a essere di gelatina. Scendo lentamente dalla Jeep e vado verso la porta a passettini.

Lewis mi avvolge nuovamente il braccio intorno alla vita e non protesto. «Dov'è il tuo letto?» chiede una volta che siamo entrati.

Indico la porta e lui la apre, mi accompagna fino alla sponda del letto e sostiene il mio peso finché sono seduta. «Torno subito.»

Sento i tubi che rimbombano sotto la casa. Qualche minuto dopo torna con un bicchiere d'acqua, gli antidolorifici e un semplice sandwich al tacchino. Non so dove abbia trovato gli antidolorifici, anche se probabilmente si è imbattuto in un bel po' di tamponi e maxi-assorbenti durante la sua ricerca.

Si guarda attorno nella mia piccola stanza, esamina il

copriletto marrone e arancio anni Settanta e i comodini di legno graffiato. «Niente TV? Hai un libro?»

Mi sono umiliata abbastanza davanti a Lewis. Non ho intenzione di tirare fuori il tascabile del vampiro col disturbo ossessivo-compulsivo. Indico il Kindle sul comodino. Lui lo prende e lo mette accanto al sandwich. Mi appoggio al cuscino e chiudo gli occhi, riaprendoli qualche secondo dopo quando sento che è ancora lì.

«Starai bene?» È il modo in cui lo chiede che mi fa stringere la gola e venire le lacrime agli occhi.

Li strofino e sorrido. «Sì.» Ma se continuerà a guardarmi con quell'espressione preoccupata e premurosa e a baciarmi come ha fatto, non sono sicura che starò bene.

Capitolo Quindici

Per qualche motivo mi sono svegliata presto questa mattina e, sorpresa, sorpresa, sono ancora dolorante. No, dolorante non è la parola giusta. Sono invalida. Cammino come una vecchia signora.

«Gen, biscotto?» Tyler, il fratello di Cali, che starà con noi per qualche settimana, mette un biscotto al doppio-doppio cioccolato sul ripiano a circa un chilometro da dove sono seduta sul divano. Sogghigna e torna al suo laptop sul tavolo della cucina.

A lui e a Cali piace guardarmi camminare. Pensano sia divertente.

Potrei averli torturati una volta o due con le mie prodezze atletiche, okay, Cali un centinaio di volte, comunque non riesco a capire l'umorismo nella situazione. «Sei crudele e non paghi nemmeno l'affitto.»

Cali definisce Tyler il barbone di Tahoe. È un insegnante di biologia al college statale nel Colorado, ha le estati libere e per qualche ragione ha deciso di stare da noi quest'estate. Ha solo un paio d'anni più di Cali, ma è talmente intelligente che ha saltato parecchie classi e ha finito prima sia le superiori sia il college. Non che sia evidente, parlando con lui.

«*Caliii*» piagnucolo. «Di' a tuo fratello di portarmi il biscotto.»

Seduta su una sedia nel patio nel cortile posteriore, Cali alza gli occhi dal suo schizzo. Il triangolo che formiamo, io sul divano, Tyler nel cucinino e Cali di fuori, ha il lato più lungo di cinque metri. Anche se siamo in parti diverse della casa, questo posto è così piccolo che riusciamo ugualmente a parlarci.

Lei guarda storto suo fratello. «Tyler, non fare il somaro. Renditi utile e porta in giro Gen, o qualcosa di simile.»

«Già» dico perché, *cazzo*, Lewis e il suo *condizionamento*. Farebbe meglio a chiamarlo *assassinio*.

Tyler inclina la sedia su due gambe, tende il lungo braccio sul ripiano e mi getta in grembo il biscotto.

A parte la tortura del biscotto, mi piace averlo intorno, anche se ci obbliga a guardare il motocross e altri sport a caso invece dei nostri reality show. Ci ha fatto abbonare a Hulu in modo da poter guardare gli sport dal vivo; qualcosa sul fatto che non vuole registrare le partite perché conoscerebbe il risultato prima di guardarle.

Ecco... Ecco come fanno gli uomini a comandare il mondo. Le donne sono troppo accomodanti.

Un paio d'ore dopo, Cali esce per cominciare il suo primo giorno di lavoro alla Sallee Construction e, ora che ha ottenuto il posto, non so come mi sento al pensiero che lavori lì. L'ho incoraggiata io a presentarsi, ma avevo dimenticato che c'era un altro Sallee in casa, per così dire. Cali vedrà Lewis regolarmente.

C'è tanto che non so su Lewis e tanto che sto ancora cercando di capire. Non so nemmeno che cosa abbia voluto dire il nostro bacio, o se significasse qualcosa. Ho completamente fottuto quel momento con il flashback su Drake.

Arriva Nessa quando Cali è già uscita, per una maratona di film perché *Gen non riesce a camminare.*

Si lascia cadere accanto a me sul divano. «Come ti senti?»

Sollevo le gambe su un cuscino e sospiro: «Come un'invalida».

«Riuscirai a lavorare questa sera?»

«Credo?» Non so esattamente come farò a portare i pesanti vassoi per tutta la sera. «Prenderò qualche antidolorifico un'ora prima di uscire sperando che vada tutto per il meglio.»

Nessa si guarda attorno. C'è un silenzio inquietante nello chalet, insolito con Tyler in giro. «Dove sono tutti?»

«Tyler è fuori, in bicicletta, credo, o a fare qualunque altra cosa faccia e Cali ha cominciato il suo nuovo lavoro. Questo pomeriggio ha l'orientamento.»

Nessa prende il DVD di *Sixteen Candles – Un compleanno da ricordare.* «Sono così contenta che abbia funzionato con la ditta di Lewis.» Inserisce il DVD nel lettore accanto alla TV, i due oggetti più costosi nello chalet. Cali e io siamo convinte che il proprietario di questo posto sia un uomo, perché è tutto orrendo e datato, tranne i dispositivi elettronici.

A Nessa piacciono i classici degli anni Ottanta, come a Cali, e significa che so tutto sulle pettinature cotonate. *Sixteen Candles– Un compleanno da ricordare* è uno dei miei preferiti. Il personaggio di Jake Ryan, gente! Diavolo, sì.

E parlando di uomini misteriosi, dai capelli scuri, da far venire l'acquolina in bocca... «Allora, Nessa, sto passando un po' di tempo con Lewis, per allenarmi» aggiungo in fretta. «E mi chiedevo del suo rapporto con Mira. Solo a scopo scientifico, ovviamente.»

Lei sogghigna. «Ovviamente. Il fatto che Lewis sia sexy non c'entra nulla.»

«Assolutamente niente.» Le sorrido. «Comunque, che cos'hanno in ballo? Lui dice che non è la sua ragazza, ma sembrano così... così...»

«Insieme?»

«Sì, come una coppia, con tutto quel litigare e la possessività, da parte di Mira, almeno. Non li capisco.»

Il microonde suona e l'aria si riempie di profumo di popcorn al burro. Nessa continua a farmi da assistente e ritira la busta bollente, tenendola lontana mentre apre il bordo in modo da non bruciarsi la faccia con il vapore.

«Hanno un'amicizia complicata» dice, mettendosi in bocca un popcorn. «È come...» Mastica, guardando nel vuoto come se stesse riflettendo. «... È tutto incasinato.» Mi tende la busta e prendo una manciata di bontà burrosa. «Una volta Zach mi ha detto che Lewis era lì il giorno in cui suo padre ha salvato Mira da una casa violenta quando aveva tre anni. Sua madre si drogava e l'aveva abbandonata da giorni. È stata una coincidenza fortunata che il padre di Lewis stesse lavorando a un progetto lì vicino e l'abbia trovata.»

Mi sento stringere lo stomaco. «Oh, mio Dio, una bambina di tre anni?» E io che pensavo di avere avuto una vita difficile con mia madre.

Nessa annuisce. «Sì, quindi è comprensibile che Mira abbia dei problemi. Quando Lewis e suo padre sono entrati, lei è andata direttamente da Lewis. Lui aveva solo cinque anni, quindi è comprensibile, ma da allora è sempre stata al suo fianco. Lewis prende sul serio il suo ruolo di protettore.

È pazzesco quanto la sua vita giri intorno alla felicità di Mira.»

L'ha salvata, ed è una buona cosa, allora perché mi sento il cuore sotto i piedi? Lewis e Mira non sono insieme, ma hanno un legame profondo e importante. Tutto ciò che ho io è un bacio. Un bacio bollente, veramente bollente.

«Lewis mi ha accennato di aver avuto solo una ragazza. Ho la sensazione che non esca con nessuna a causa di Mira.»

Gli occhi di Nessa si addolciscono, come se capisse la direzione dei miei pensieri, che immagino siano veramente trasparenti. «Sembra giusto. L'ho visto con qualche donna, mai la stessa. Mira ha dato di matto l'unica volta in cui Lewis ha portato una ragazza in sua presenza. È sempre stato così. Zach dice che non è mai uscito con nessuna alle medie e alle superiori. Piaceva a un sacco di ragazze. Beh, sai...» Mi indica come un esempio di quelle ragazze che sbavavano per lui. *Decisamente trasparente.* «Nessuno ha fatto domande sul perché restasse a casa a prepararsi per il SAT invece di andare al ballo di fine anno, anche perché aveva una delle votazioni più alte. Ora che è un adulto non è cambiato molto da quel punto di vista. È un po' distaccato, sai. Ma penso che sia a causa di Mira. Si trasforma nel Diavolo della Tasmania se intuisce che è interessato a qualcuno.»

Farsi coinvolgere da Lewis è sempre stata una pessima idea. Per un momento, quando ha detto che lui e Mira non erano una coppia, avevo avuto una scintilla di speranza, ma il suo legame con Mira è troppo importante, troppo grande; non funzionerà mai. L'avevo intuito, ma adesso lo so di sicuro. Allora perché l'ho aggredito? E intendo dire *aggredito.*

Non ho mai tentato così di attirare l'attenzione di un

uomo. Non fantastico nemmeno come fanno alcune ragazze (Cali). Il sesso è una parte delle relazioni che mi aspetto e che, in qualche modo, sopporto. Ma con Lewis... Penso a lui. Cose folli, come il suo odore, i suoi occhi, la sua cicatrice... Interrompere quello che stavamo facendo in cima alle cascate era l'ultima cosa che avevo in mente, finché l'immagine mentale di Drake mi aveva fatto uscire di colpo dalla mia foschia ormonale.

Nessa si sposta verso la TV. «Allora, adesso sai perché Mira si comporta come fa.» Alza il volume. «Mi sento male per lei, ma ha bisogno di aiuto. Non è giusto che Lewis rinunci alla sua vita per assicurarsi che lei stia bene.»

In TV, *Sixteen Candles* si apre con la Sam di Molly Ringwald che valuta allo specchio la sua figura di sedicenne. Il suo corpo non è ancora al punto in cui lei è emotivamente, mentre il mio è un inferno ormonale, se ho aggredito Lewis prima che il mio cervello potesse decidere qual era l'alto e quale il basso.

Sentiamo bussare. Nessa e io ci guardiamo in faccia. «Aspettavi qualcuno?» mi chiede.

«No.» Balzo in piedi, e ricado immediatamente sul divano. Accidenti ai muscoli doloranti.

Dondolo sul cuscino e afferro il bracciolo per sostenermi, zoppicando per andare a vedere chi è. Nessa aveva chiuso gli scuri per guardare il film e c'è uno spesso strato di polvere sullo spioncino, quindi niente da fare. Do uno strattone per aprire la porta che si incastra sempre.

C'è Lewis dall'altra parte e ha in mano un sacchettino di carta. Mi guarda dalla testa ai piedi con un'espressione seria.

Arrossisco, come se i miei ormoni fuori controllo e il ricordo di essergli saltata addosso in cima alle cascate si vedessero sul mio viso. Lui ha i soliti jeans e una camicia a quadri... E perché è così sexy? L'ho visto con i soli bermuda da bagno, ma c'è qualcosa nelle sue camicie a quadri che mi fa fantasticare di infilare le mani e accarezzare la pelle liscia. Voglio essere l'unica che sa che cosa c'è sotto.

«Ehi» dico, guardando verso Nessa. Mi sembra di essere stata colta a fare qualcosa che non avrei dovuto. Non so perché mi preoccupo. È ovvio che Nessa ha capito.

«Come stai?» mi chiede Lewis.

Dolore intollerabile. «Mmm, indolenzita.»

Mi porge il sacchetto di carta. «Questo dovrebbe aiutarti. Devi lavorare stasera?»

«Sì.»

Si afferra la nuca. Ho già visto quella posizione. È nervoso o incerto. «È prudente?»

Preoccupato.

Con Lewis, il messaggio sottostante non è mai chiaro. Starò bene dopo avermi distrutto la capacità di camminare sulle cascate venute dall'inferno, oppure con Drake intorno? «Me la caverò.»

Lui annuisce. Dietro di noi c'è la scena in cui Long Duk Dong dice: "Basta pippe". Lewis guarda incuriosito.

«*Sixteen candles – Un compleanno da ricordare.* C'è Nessa. Vuoi entrare?»

Lui guarda oltre la mia spalla e fa un cenno di saluto a Nessa. «No, meglio che vada. Volevo... Volevo solo assicurarmi che stessi bene.»

Dopo quel bacio? Dopo avermi reso invalida? *Cosa?* «Sto bene.»

«Okay. Ci sentiamo. Cerca di andarci piano stasera» dice, esaminandomi ancora una volta prima di voltarsi e andare verso la sua auto.

Chiudo la porta e torno sul divano. Se non ci fosse stata Nessa, che cosa sarebbe successo? Sarebbe entrato?

Appoggio accanto ai piedi il sacchetto di carta che mi ha portato. Ci guarderò quando Nessa se ne sarà andata. Mi sta già fissando con uno strano sorriso sulla faccia.

«Che cosa voleva?»

«Niente.» Scuoto la testa guardando il film. «Si stava assicurando di non avermi uccisa con l'allenamento di ieri.» E in un certo senso l'ha fatto. In più di un modo.

L'ho baciato, un bacio che fa scomparire tutti gli altri, e non posso dimenticarlo.

* * *

Il Balsamo di Tigre che mi ha lasciato Lewis e una dose massiccia di antidolorifico tiene a bada la maggior parte del dolore. Odoro come un armadietto dei medicinali ma almeno stasera al lavoro sarò in grado di camminare.

Lewis mi ha portato un regalo. Un regalo puzzolente, frutto del senso di colpa, ma è la prova che pensa a me.

Mi sto preparando per andare al lavoro, asciugandomi i capelli quando Cali si precipita in bagno.

Mi porto una mano sul cuore che vuole uscire dal petto, tenendo stretta la spazzola nell'altra. «Merda, Cali. Che diavolo!»

«Scusa.» Chiude il coperchio del WC e si siede. «Devo parlare con te. Lewis lavora alla Sallee Construction. È il figlio del proprietario» dice con la voce che trema un po'.

Avevo dimenticato di menzionarlo?

Mi guarda sospettosa. «Lui non ti interessa davvero, giusto?»

Cali non vuole che mi lasci coinvolgere da Lewis perché pensa che le cose non siano chiare tra lui e Mira. Non si sbaglia completamente ma preferirei occuparmene da sola. «Lascia perdere, Cali.»

«Gen...»

Mi precipito fuori dalla stanza da bagno perché non ho bisogno della sua predica in questo momento. Mi fa male il sedere e ogni muscolo che non sapevo di avere. Il mio stato emotivo non va molto meglio.

Cali mi tallona. «Sono stata stupida all'inizio dell'estate. Non capivo che cosa ti stesse succedendo perché non sono mai stata innamorata. Eri più coinvolta tu con Lo Stronzo di quanto lo fossi io con Eric. Adesso lo capisco.»

Si sbaglia e di grosso. A paragone delle emozioni che mi procura Lewis, per Lo Stronzo non provavo niente. Lewis mi fa provare *tutto*.

Cali sorregge un braccio con l'altro accanto al divano, passandosi la punta dell'unghia sui denti, in un raro gesto di nervosismo. «E non voglio dirti che cosa devi fare, perché alla fine ho scoperto di non essere un'esperta come credevo, ma ho paura per te.»

La guardo per un attimo con aria interrogativa poi cerco la mia borsa sul divano dimenticando un secondo dopo che cosa stavo cercando. Scuoto la testa. «Cali non c'è niente da temere...»

«Sono preoccupata perché penso di averti spinta a uscire prima che tu fossi pronta e ora ti stai precipitando a testa bassa nella stessa situazione cui sei sfuggita.»

«Ti stai dando troppa importanza. Decido io con chi voglio uscire e quando, e te l'ho detto, la situazione con Lewis non è la stessa della mia precedente relazione. Inoltre non ho una relazione.» Un bacio non significa avere una relazione.

Entro in camera e prendo i vestiti. Cali mi guarda dalla porta. «Ascolta, non posso decidere da chi sono attratta» dico. «È la natura che lo decide, ma non ho intenzione di ripetere gli errori passati, se è questo che ti preoccupa. E anche se lo facessi non sarebbe colpa tua.»

«Okay, ma oggi Mira è venuta a trovare Lewis al lavoro.» Le sue parole mi mandano una fitta di dolore nel petto. È per quello che non è rimasto questo pomeriggio? «Se stai passando del tempo con lui... Stai attenta.»

Lewis e Mira non stanno insieme, ma in effetti non capisco che cosa sono.

«Starò attenta.» Ma è una bugia. Voglio essere più di un'amica per Lewis e non è la scelta più sicura.

Capitolo Sedici

«Non riesco a credere che Maryanne ti abbia assegnato i tavoli del blackjack. Non avrebbe dovuto farlo, lo sai.» I giganteschi orecchini a cerchio di Amber ondeggiano come un dito mentre parla.

Mi fa male dappertutto e sono confusa da morire riguardo a Lewis, il nostro bacio e che cosa significa. L'ultima cosa di cui ho bisogno è Amber che mi assilla.

Sbatto il vassoio sul bancone, facendo trasalire il barista. «Beh, l'ha fatto, fattene una ragione.»

Amber mi guarda con diffidenza, come se vedesse una sconosciuta. La follia che ha annullato i miei filtri alla cascata non è ancora cessata. Sta contaminando tutte le mie conversazioni.

Drake sale i gradini del lounge e il suo sguardo passa da Amber a me. Amber se la fila e io resto lì, intrappolata nelle profondità gelide dei suoi occhi grigi.

Detesto il fatto che il mio istinto sia di rinchiudermi in me stessa con gli uomini che mi hanno ferito. È ciò che avevo fatto quando si era fatto vivo Lo Stronzo ed è quello che sto rifacendo con Drake.

Sento la rabbia che mi brucia in petto, portandomi via il fiato. Afferro il vassoio, con le braccia rigide e torno dai miei clienti, tenendo sotto controllo la posizione di Drake.

Lui non si avvicina. Chiacchiera con un gruppo sul davanti del lounge, poi scende in sala, scambiando qualche parola con i direttori di sala. Mi rilasso un po', anche se non completamente. Può essere venuto per parlare con i clienti, ma la sicurezza di sé che trasuda la dice lunga. Il modo in cui Amber se l'è svignata, il modo in cui ho finito per fare la lepre sotto i fari di un'auto in arrivo... È Drake che comanda qui.

Lui oltrepassa il lounge, non è quasi più in vista, quando lo colgo a passare il braccio intorno alla vita di una cameriera che sta scendendo in sala. La tira verso l'alcova degli ascensori e spariscono dalla vista.

Conto fino a venti, poi a cinquanta. La ragazza non torna.

I miei piedi si muovono prima che la mia testa comprenda fino in fondo che sto seguendo Drake e la cameriera giovane e carina che non ho mai visto prima. Giro l'angolo e c'è Drake che tiene la ragazza inchiodata al muro. Le tiene stretto un braccio ed è chino, le parla all'orecchio. Lei ha un sorriso tirato sul volto e cerca di aggirarlo. Lui fa un passo di lato, bloccandola.

«Signor Peterson.» La mia voce esce forte, decisa.

Dentro di me sono tutta il contrario. Mi chiedo che diavolo sto facendo. La rabbia che ho tenuto imbottigliata sta uscendo e a piena forza.

«Ti sono mancato, Geneviève?» Drake si volta lentamente.

«Non direi. Le piace toccare le donne che non la vogliono?»

Diventa rosso in viso e stringe le labbra. «Buffo, vedo

che sei tornata per il seguito.» Non si muove e mi assicuro di restare fuori dall'angolo nascosto. C'è una telecamera vicino, ma c'è una palma che la blocca.

«Informerò la direzione.» Sto *cercando* di fare in modo che mi aggredisca? Ovviamente non ho calcolato bene questa faccenda del salvataggio.

Faccio un passo indietro ma le mie stupide parole lo fanno entrare in azione. Viene verso di me e io faccio un passo, poi un altro. Sbatto la spalla sulla palma davanti alla telecamera. Drake mi afferra dolorosamente il collo, tirandomi verso l'angolo nascosto che avevo evitato.

«Mi lasci andare.» Ho paura, ma, una volta tanto, non sono mentalmente congelata. Non si può dire che stia prendendo delle decisioni intelligenti. La mia maledetta boccaccia. Perché non me ne sono andata con la ragazza?

Non so che cosa ha scatenato il mio improvviso coraggio. Forse l'accumulo di incontri di merda da quanto sono arrivata in questa città, i miei sentimenti frustranti nei confronti di Lewis, tutto l'insieme può avermi spinto dall'essere passiva a non accettare più stronzate.

Le dita di Drake si ficcano nella mia carne, ricordandomi quant'è forte fisicamente. Mi sfugge un gemito per il dolore, non per la minaccia.

«Ti ho visto una sera, dopo il lavoro.» I suoi occhi percorrono il mio corpo. «Al club.» Mi dà uno spintone e io barcollo per qualche passo finché mi trovo isolata com'era l'altra ragazza. «Avevo intenzione di cercarti, ma mi hanno distratto.»

Sta parlando della sera in cui ha cercato di fare violenza a Cali? Stava cercando *me*?

Il mio cuore accelera i battiti. Guardo oltre la sua spalla, ma gli ascensori sono vuoti. Dove diavolo sono tutti? Il mio coraggio ha dei limiti. Vorrei restare in vita e le ondate di ostilità che provengono da Drake non promettono bene.

«Mi piace guardarti mentre ti muovi nel casinò e parli con la tua amica piccolina, Nessa. Lei non è il mio tipo. Quelle alte si difendono meglio. Non tu, però. Tu ti spaventi facilmente. Ma adesso...» Lui inspira, con le narici che si allargano, prima che il suo sguardo resti fisso. «Mi piace la nuova grinta.» Mi accarezza il braccio con la mano che non mi sta tenendo ferma, sfiorando il lato del seno. Sento a malapena il tocco attraverso il bustier con le stecche, ma l'insinuazione mi fa bruciare la gola per il disgusto.

Mi raddrizzo. Quando non sto cercando di farmi piccola, coni tacchi sono alta come Drake, anche se lui è molto più grosso e forte... Non voglio pensarci. «Mi lasci andare prima...»

Lui spalanca gli occhi e si lecca le labbra «Prima di che cosa?» Mi mette la mano sul fianco e basta.

Mi chino in avanti, sentendo l'odore della sua colonia costosa e del fiato acido. «Prima che ti dia una ginocchiata nelle palle e te le mandi in gola.»

Drake sorride, ma mi lascia andare e fa un passo indietro. Sto respirando forte, ansando addirittura. Lui se ne va e punta due dita verso i suoi occhi, poi verso la telecamera. «Ti osserverò. Fino alla prossima volta in cui saremo soli.»

Ho minacciato di informare la direzione e la sua preoccupazione uguaglia quella di un orso che sta schiaffeggiando via una mosca. Perché crede di potersela cavare con questo comportamento?

Mason mi fa un cenno con la testa quando passo davanti all'East Bar per andare nella zona di Maryanne, con un'espressione preoccupata sul volto. Lo ignoro e tocco la spalla di Maryanne per attirare la sua attenzione.

Lei si gira di colpo, e i suoi capelli ultra-laccati non si spostano di un millimetro. «Che c'è?»

Deglutisco, ma non esce nemmeno una parola.

«Sì?» mi dice irritata.

«Puoi badare alla mia postazione?» riesco finalmente a dire. «Devo andare a presentare una denuncia per molestie sessuali.»

* * *

Maryanne non ha battuto ciglio quando le ho detto dove stavo andando. Ha annuito una volta e detto. «Okay.»

Anche il signor Breadon, il direttore dell'ufficio personale non ha battuto ciglio, cosa che mi preoccupa. Mi ha consegnato un formulario da compilare, poi lo ha archiviato e mi ha detto di prendermi la serata libera, aggiungendo che mi avrebbe contattato dopo aver verificato la situazione.

C'è qualcosa di così indifferente nell'atteggiamento del signor Breadon. Ho questa orribile sensazione che abbia detto che avrebbe indagato solo per farmi stare tranquilla. E se alla direzione non importa veramente ciò che fa Drake, allora Lewis aveva ragione. Lavorare al Blue non è sicuro.

Parcheggio l'auto e vado a piedi verso lo chalet... E vedo un'enorme tenda lunga quanto il patio che sporge dalla recinzione intorno al nostro cortile.

Che diavolo? Entro e appoggio la borsa sul divano, poi attraverso la stanza verso la porta posteriore aperta. «Cali?»

«Sono qui» risponde lei sporgendo la testa dalla tenda.

«Che cosa sta succedendo?» Mi appoggio allo stipite della porta, esaminandola.

«Oh, beh, vedi... Jaeger resterà con noi per un po'.»

«Vivrà con noi... Oltre a tuo fratello?»

Lei fa spallucce, imbarazzata. «Sì?»

Non ho mai vissuto con un uomo, nemmeno uno dei compagni di mia madre, che era abbastanza furba da fare in modo che le loro visite fossero temporanee. E adesso vivrò con due uomini?

Mi gratto la fronte. «Dormirà nella tenda?»

Cali picchietta il lato della tenda. Il tessuto industriale non trema nemmeno. «Sì, non è meraviglioso? Io starò qui con lui, quindi avrai la stanza tutta per te.»

Cali e io condividiamo l'unica camera da tutta l'estate. Lo chalet ha un letto extra nel soppalco sopra la cucina, ma la scala a pioli è una trappola mortale. Ci abbiamo ficcato Tyler.

Jaeger mette fuori la testa dalla sua nuova camera e mi saluta prima di passare a imprese maschili, tipo installare una lanterna a batteria e ficcare un paletto alto mezzo metro con il tacco del suo gigantesco stivale.

«Bene, divertitevi. Io entro.»

Cali mi rivolge un enorme sorriso. «Oh, ci divertiremo!»

Non avevo bisogno si sentirglielo dire. Sono in debito con Jaeger per aver installato di fuori il loro nido d'amore.

Mi lascio cadere sul divano e fisso il telefono. Tyler è fuori e Cali è occupata. Non si è nemmeno fatta domande sul mio ritorno anticipato, a dimostrazione di quanto sia felice e distratta, ora che ha questa relazione. Non so perché Jaeger stia vivendo nel nostro patio. Immagino che abbia qualcosa a che vedere con la sua ex-ragazza. Almeno lui e Cali vanno forte. Qualunque cosa ci sia tra lui e la sua ex-ragazza non li ha divisi. Aspetterò che siamo da sole per parlare a Cali di Drake e della mia visita in direzione.

Cerco il numero di Nessa e le mando un messaggio.

Gen: *Che costa stai facendo? Non ti ho vista al lavoro e mi hanno mandato a casa presto. Vuoi che ci vediamo?*

Sto riscaldando un burrito surgelato (o tre) quando il mio telefono vibra.

Nessa: *Vieni alla festa!!! Timber Boathouse. DJ, alcol gratis!!! L'amica di un'amica compie venticinque anni.*

Sono un sacco di punti esclamativi. Penso che Nessa si sia già servita abbondantemente di quei drink gratis. Non ho molta voglia di andare a una festa, ma è meglio che restare seduta a casa da sola. Cali è troppo occupata con Jaeger per stare con me.

Gen: *Okay, ma dove diavolo è la Timber Boathouse??*

Lei mi manda un altro messaggio con istruzioni complicate che spero abbiano senso una volta che ci arriverò vicino. Il mio telefono suona con un nuovo messaggio.

Nessa: *Vestiti elegante. Il dress code prevede abiti da cocktail.*

Posso vestirmi elegante. Mia madre, l'aspirante francese, mi ha instillato il senso della formalità fin da quando ero piccola. Tengo gli abiti da cocktail a portata di mano, specialmente perché ogni volta che mia madre si fa viva, dovunque io sia, mi trascina nei ristoranti più eleganti in città. È una tattica di sopravvivenza. Indossa un bel vestito o sarai inadeguata e fortemente imbarazzata.

«Metti quello?» mi chiede Cali con un sorriso di approvazione quando esco per andare a salutarli. «Sexy, ragazza, veramente sexy. Vai e conquistali.»

Do un'occhiata al mio vestito. È un po' osé. Drake è uno psicopatico, ma non gli ho permesso di intimidirmi. Tenergli testa mi ha fatto sentire bene stasera e immagino che la fiducia in me stessa si veda.

Da dietro sento arrivare un fischio. Tyler chiude la porta e mi guarda dalla testa ai piedi. «Bello. Perché sei così elegante...» Scorge la tenda visibile attraverso la finestra del soggiorno. «Che cazzo è quella?»

«*Quella* è il nido d'amore di Cali e Jaeger.»

«Cosa? Perché?»

«Preferirei non sapere che cosa faranno lì dentro. Io vado.»

Tyler stringe i denti, scosso da un brivido. «Penso che me ne andrò anch'io.»

«Sono piuttosto sicura che la festa a cui sto andando accetti gli estranei. Ci sarà Nessa» dico inarcando le sopracciglia.

«Nessa?» Tyler guarda il mio abito da cocktail nero e fa una smorfia. «Devo vestirmi in modo elegante? Non ho portato un completo.»

«Hai portato qualcosa oltre ai jeans e alle t-shirt sbrindellate?»

Lui guarda fuori dalla finestra, arricciando il naso. «Troverò qualcosa. Dammi cinque minuti.»

Capitolo Diciassette

C'è qualcosa di altrettanto irritante della velocità con cui si prepara un uomo? L'ho cronometrato perché non credevo che riuscisse a prepararsi in cinque minuti. Ha fatto la doccia e si è vestito in quattro minuti e trentasette secondi. Gli uomini fanno schifo.

Tyler è riuscito a trovare un paio di pantaloni chino scuri e una camicia azzurra che fa risaltare i suoi occhi come fossero di vetro. I capelli rosso-marrone scuri sembrano neri, bagnati dopo la doccia e in disordine come se ci avesse passato le dita invece del pettine. Devo ammetterlo, tirato a lucido è piuttosto carino.

«Tyler, farai molto felici le donne stasera.» Lui mi dà un'occhiata da dietro il volante della sua ingombrante Land Cruiser e sbuffa. «Che c'è? Sono seria.»

È un bene che Tyler sia venuto con me. Sa dov'è la Timber Boathouse, una vecchia rimessa per barche, e una volta arrivati mi rendo conto che non l'avrei mai trovata. Alla luce del giorno, istruzioni come "gira a sinistra alla ceppaia bruciata" oppure "cammina lungo il sentiero di sassi" hanno senso. Al buio ci sono solo ombre e oscurità. Il suono della musica sarebbe stato un indizio, ma prima l'avrei cercata per mezz'ora almeno.

Il sentiero verso la Timber Boathouse è di ghiaia e barcollo sui tacchi. Tyler mi aiuta a restare in equilibrio con un braccio intorno alla vita. «Attenta. Non puoi comportarti da ubriaca prima di esserlo davvero. Darai fin dall'inizio il segnale sbagliato ai pervertiti.»

Mi fermo di colpo. «Sei serio?»

Il suo sorriso svanisce. «Che c'è?» Lui mi mette una mano sulla spalla e la stringe. «Gen, va tutto bene. Non permetterò che ti succeda niente.»

Quindi è così che ci si sente quando si ha vicino un uomo di cui ci si fida. I fratelli maggiori sono fantastici.

L'aria fresca mi riempie i polmoni e continuo a camminare. L'incidente con Drake mi ha lasciato un senso di inquietudine.

Appese alle travi ci sono catene di luci che illuminano l'interno della rimessa. Tavoli da bar sono coperti da bicchieri di plastica vuoti e piattini di torta mangiata a metà. Coriandoli e palloncini dappertutto per terra. Ci siamo persi alcune delle parti chiave della festa, come lo spegnimento delle candele, ma è ancora in pieno svolgimento. Gli ospiti ballano accanto al DJ, altri si mescolano in gruppi animati e rumorosi, con le chiacchiere che a volte sovrastano la musica.

Tyler indica un angolo. «Ecco Nessa.»

È un caos di gente ubriaca, ma ovviamente Tyler fiuta immediatamente le belle ragazze. Ed effettivamente Nessa è nell'angolo con un abitino arricciato in vita e tacco dodici. È stupenda ed è di fronte a Lewis.

Il mio cuore accelera a una velocità da urlo. Lewis con un completo blu mezzanotte, senza cravatta, la giacca aderente alla sua figura muscolosa è una visione da non perdere. Mi vengono in mente immagini di me che lo bacio alle cascate. Afferro il braccio di Tyler per riuscire a restare in piedi e aiutarmi a pensare.

Lewis guarda dalla nostra parte, si sofferma su di me e gli si accende una luce negli occhi, finché non si concentra sul mio braccio intorno a quello di Tyler. A quel punto stringe le labbra.

Pensa che stia con Tyler? Siamo arrivati insieme e Lewis non sa che è il fratello di Cali.

Questo pomeriggio, Lewis era completamente professionale. Non so che cosa abbia significato quel bacio per lui, ma il modo in cui mi sta guardando adesso...

Lascio cadere la mano e faccio un passo di lato. «Dovremmo andare da lei.»

«Oh mio Dio» strilla Nessa quando ci avviciniamo, versando un po' del drink che ha in mano. Decisamente ubriaca. È peggio di quella sera al club, ma allora la mia prospettiva era distorta grazie al mio stesso stato di ubriachezza.

«Sono così contenta che sia venuta.» Mi abbraccia con un braccio solo, rovesciando il resto del drink. Fa un passo indietro. «Avrei dovuto accennare alla festa questo pomeriggio, ma avevi detto che dovevi lavorare. Come mai sei uscita così presto?» Mi dà una bella occhiata. «Tra parentesi, hai un aspetto favoloso.»

Sento il calore salirmi alle guance e do un'occhiata a Lewis. «Grazie. Io, mmm... Ho consegnato una denuncia su uno degli impiegati. Mi hanno mandato a casa per la giornata.»

«Davvero? Che cos'è successo?»

Tyler stringe la mano a Lewis e si mettono a chiacchierare di lato. Racconto a Nessa di Drake. Lewis divide la sua attenzione sui due gruppi e ascolta la mia conversazione con

Nessa. Lo so perché vedo il suo petto che si alza e le mascelle che si stringono quando arrivo alla parte di Drake che mi minaccia accanto agli ascensori questa sera.

Nessa resta a bocca aperta. «Porca paletta. È orribile. Mi dispiace tanto.» Mi stringe il braccio. «Tu stai bene?»

«Sì.»

«Il casinò farà qualcosa» dice.

Non le parlo dei miei dubbi al proposito.

Tyler porge a Nessa un bicchiere pieno e le mette il braccio intorno alla vita, parlandole a voce bassa all'orecchio. Lei ridacchia e lui la tira a un passo di distanza

È strano vedere Tyler flirtare. Dev'essere quello che si prova a cogliere un fratello o una sorella a flirtare con qualcuno del sesso opposto. Non mi meraviglia che Tyler non volesse restare in casa con Cali e Jaeger che stavano costruendo il loro nido d'amore.

Lewis si avvicina, con la giacca aperta, una mano nella tasca dei pantaloni, l'altra con in mano un drink. Non so come faccia a passare da dio della montagna a elegantone di città con un cambio d'abiti, ma è Lewis. «Non ti dà fastidio?» mi chiede.

«Cosa? Tyler che parla con Nessa? No, perché dovrebbe?»

Lui fa spallucce. «Sei qui con lui...»

«Tyler è il fratello di Cali. È un amico.»

L'espressione imperscrutabile di Lewis non cambia.

Pensa seriamente che ci sia qualcosa tra Tyler e me? Praticamente Tyler sta mordicchiando il lobo dell'orecchio di Nessa. «Vive con me e Cali.» Aspettate, peggiora le cose. «Mi ruba il telecomando e mi prende sempre in giro.» E questi sembrano preliminari. Merda.

Tyler è attraente. Bello in effetti. Se non mi trattasse come una sorella e se ci fosse un minimo di attrazione tra di noi, potrei essere interessata. «Non gli piaccio, non in quel modo» dico infine.

Un sorriso ironico gli curva le labbra. «Qualunque uomo ti guarderebbe "in quel modo".»

Lo fisso, incantata dal suo sorriso, finché mi rendo conto di quello che ha detto. «Non è così che mi sento nei confronti di Tyler. E lui non è interessato, cerca solo di proteggermi.» Che si potrebbe anche considerare un segno di attrazione... Decisamente non sto dicendo niente di valido a sostegno della mia tesi.

La verità è che c'è solo un uomo che mi interessa. Tutti gli altri svaniscono in sottofondo, quindi non mi accorgerei anche se qualcuno fosse attratto da me.

Lewis mi studia il volto. Appoggia sul tavolo dietro di noi il bicchiere di plastica trasparente e la mano verso di me. «Balliamo?»

L'espressione sul suo volto è scura, intensa e mi manda una vampata di calore nel basso ventre. Lewis è difficile da capire, tranne quando non lo è, e sembra confuso, ma è così. Le sue azioni dicono più delle parole e a volte sembrano in conflitto.

Mi tolgo lo scialle e lo metto accanto alla borsa sul tavolo che hanno occupato i nostri amici. Il mio abito nero è semplice, ma aderente e corto. Oltre un metro e ottanta-cinque coi tacchi è una bella quantità di ragazza, e stasera non mi sono trattenuta. Porto gli orecchini lunghi di rubini che mi ha regalato mia madre a Natale e sandali neri col tacco di metallo dorato, intonato a un pesante bracciale.

Lewis mi fissa, come beandosi. Dopo una pausa innatu-rale, mi mette una mano sulla schiena senza dire una parola e mi porta verso la pista da ballo. Mi guida verso il bordo, dove ci sono meno coppie e mi tira vicino. Una donna canta dell'estate e di dover dire addio al suo amore in tono basso e sensuale e le coppie ondeggiano seguendo il ritmo lento.

Nonostante la mia statura coi tacchi, Lewis mi supera di parecchi centimetri. Tessuto pulito, profumo di pini e il suo odore meraviglioso mi travolgono i sensi. La sua mandibola sfiora la mia fronte, facendomi venire la pelle d'oca sulle braccia. Lui mi tira più vicina muovendo il corpo grande e caldo a un ritmo lento e sensuale.

Sto respirando troppo in fretta, ma non è una cosa che posso controllare con l'oggetto del mio desiderio avvolto intorno a me. Sono in sovraccarico di stimolazioni. E dato che non riesco a controllarmi, mi sposto finché ho la guancia e il lato della bocca premute contro la sua mandibola. Sembra la cosa logica da fare.

Gli manca per un attimo il fiato.

Ha cominciato lui questa cosa del ballare stretti. Non posso farci niente se i miei ormoni iperattivi vogliono di più.

Lewis mi passa il mento sulla pelle, un mento appena ruvido di barba che sembrava liscio in distanza. Se mi voltassi ancora di pochissimo, le mie labbra toccherebbero l'angolo della sua bocca.

È una tentazione forte.

Restiamo così, ondeggiando al ritmo della musica, tenendoci stretti, la mia bocca vicina ma non abbastanza, finché non ne posso più. Devo sapere che cosa sta pensando e, dato che il suo sguardo mi ha sempre detto più delle sue parole, tiro indietro la testa per guardarlo negli occhi.

Sono scuri e concentrati sulla mia bocca.

Mi passa le dita sulla schiena, sfiorando il sedere mentre mi cerca la mano. Sento al centro di me stessa quella carezza non intenzionale sul sedere. Mi stringe la mano e mi rendo conto che a un certo punto l'avevo abbassata e appoggiata sulla sua coscia.

Senza dire una parola, mi guida verso il fondo della stanza verso due porte gigantesche che si aprono sulla spiaggia. C'è un gruppetto di persone riunite intorno a un fusto di birra che rende l'atmosfera più informale. Il resto della spiaggia è deserto in entrambe le direzioni.

Lewis si dirige a sud a passo deciso, tenendomi per mano. Lo tiro gentilmente indietro. «Le scarpe» dico, guardando in basso.

Lui si inginocchia ai miei piedi, a testa bassa, e slaccia abilmente la piccola fibbia a ognuna delle caviglie mentre io mi tengo in equilibrio appoggiandomi alle sue spalle. Mi sfila le scarpe e le infila nelle tasche della giacca. «Meglio?»

No. È stato incredibilmente sexy. Sta cercando di uccidermi? «Dove stiamo andando?»

Lui mi prende di nuovo per mano. «Camminiamo.»

«Camminiamo e basta?» Merda, da dove è venuta questa domanda? Ho sempre in mente roba sconcia quando c'è lui intorno?

Lewis sorride, passandomi la mano libera intorno alla vita finché mi sta guidando. «Zach ha menzionato il fatto che siamo in parte Washoe. Quanto sai della nostra tribù?»

Hanno parlato di me quando non c'ero? «Niente.»

Lui annuisce e il rumore della festa scende a un basso mormorio man mano che ci allontaniamo sulla spiaggia. «Fino a un paio di secoli fa, durante l'estate i Washoe migravano verso il lago Tahoe. Venivano qua.»

Indico la sabbia. «Qui?»

Lui sorride. «Forse. Il Camp Richardson è un'area dove erano soliti riunirsi. Raccoglievano le riserve per l'inverno dal lago e dalle piante e socializzavano. Enfasi sul *socializzavano*.»

«In che senso socializzavano?»

«Incontravano vecchi amici, c'erano giochi, gare... Amoreggiavano.»

«Amoreggiavano. Parola veramente matura.»

Lewis mi sorride e si china finché la sua bocca è proprio sopra il mio orecchio, col fiato che scalda la pelle. «Sono un tipo molto maturo.»

Sì, sì, è vero. Ed è diverso dalla maggior parte degli uomini della sua età e da qualunque altro uomo abbia mai conosciuto. Aspetto un attimo finché sono sicura che la mia voce non vacillerà. «Di che tipo di amoreggiamento stiamo parlando?»

Il suo sguardo va per un attimo nella direzione della festa. Si sente appena a questa distanza, c'è appena un lieve baluginio sulla sabbia e la riva che indica la sua posizione. «Non permettevano molto prima del matrimonio, ma se lo fosse stato, le riunioni probabilmente sarebbero sembrate molto simili a quello che sta succedendo laggiù. Flirt e altra roba.»

«Altra roba?»

«Solo a un livello più serio.» Indica dietro di noi. «Laggiù, la gente manovra per arrivare all'intimità.» Com'è educato. Io avrei usato un'altra parola. «I miei antenati cercavano una sposa. Le famiglie si scambiavano doni quando veniva stretto un accordo.»

«Ah, il vecchio "doni in cambio di una sposa". La famiglia della sposa consegnava del bestiame come dote?»

«I matrimoni venivano concordarti, ma...» sorride in modo fanciullesco. «Conigli, pinoli, forse un'antilope o due... Niente bestiame allora.»

«Esattamente quello che vuole una donna» dico, con un sorriso sul volto. «Una dote di conigli fa veramente tanto per la sua autostima.»

Lui ride e il piacere che provo a quel suono è come una

droga. Voglio di più. Voglio renderlo felice e farlo ridere con me per tutto il tempo. «Ehi, conigli e pinoli erano oro a quel tempo» dice. «E i regali venivano scambiati. La famiglia dello sposo rinunciava a *pigne* di prima qualità coi suoi uomini.»

«Okay, dobbiamo cambiare subito discorso. Siamo scesi all'argomento degli uomini e delle loro *pigne*. E da qui può solo peggiorare.»

Lewis ridacchia e risale la riva verso un tronco caduto più grosso di entrambi noi. Appoggia la giacca sulla sabbia davanti. «Ti siedi?»

«Sulla tua giacca? Non vuoi indossarla di nuovo?»

I suoi occhi scintillano. Si accarezza il mento di cui so che punge leggermente per la barba e mi dà una lunga occhiata. «Quando ci sarai stata seduta tu? Sì, certo.»

Sento le guance che si scaldano. Da dove è venuto questo Lewis malizioso? Normalmente non fa insinuazioni sessuali come se niente fosse ed è incredibilmente sexy.

Amoreggiare.

Appoggio il sedere sulla giacca e piego le gambe di lato.

Lui si siede accanto a me e si appoggia all'indietro come per guardare l'acqua scura, ma sta osservando me. «Che cos'è successo alle cascate? Perché mi hai respinto?»

L'eccitazione che stavo provando muore di morte rapida.

Incrocio le braccia in vita come per proteggermi dalla verità, ma non posso evitare questo argomento per sempre. «Mi hai chiamato Geneviève.»

Lewis non dice niente, aspettando.

Le onde del lago riflettono la luce della luna come schegge metalliche, aguzze e frastagliate. «Nessuno mi chiama Geneviève, tranne mia madre. Drake ha saputo che sono una Geneviève e non una Jennifer la prima volta in cui ci siamo incontrati. È così che mi ha chiamato. Quando tu e io eravamo insieme, ho sentito lui che lo diceva, invece di te.» Tolgo la sabbia dal margine della sua giacca e mi sposto indietro finché il sedere tocca il tronco. «Mi hai colto di sorpresa, ecco tutto.»

Il suo silenzio mi preoccupa e lo guardo. «Prova» gli dico.

«Che cosa devo provare?»

«A dire il mio nome.»

Lui tira indietro la testa finché è appoggiata al tronco. «Geneviève.» La sua voce è bassa ed è sensuale senza che nemmeno tenti, e il mio sguardo finisce sulla sua bocca.

«Visto?» Mi schiarisco la voce. «Non è successo niente. L'unica cosa a cui stavo pensando era il modo in cui l'hai detto.»

Lewis piega la testa in avanti, concentrandosi sul mio volto. «Come l'ho detto?»

«In modo sexy.»

«Mmm. L'ultima volta in cui l'ho detto ti stavo toccando. Forse dovremmo fare un esperimento.»

Rido perché è una cosa così da maschi da suggerire. Non ho mai visto questo lato di Lewis: quello giocoso, ammiccante. «Che cosa avevi in mente?»

Lui mi passa la mano calda sul braccio nudo. Ero così concentrata su di lui che non mi ero resa conto di quanto accidenti facesse freddo. «Geneviève,» dice e si sposta più vicino, «hai freddo?»

Rabbrividisco al suono della sua voce, bassa e un po' burbera. «Sì.» Seguo il suo esempio e premo il fianco contro il suo.

Lui mi mette un braccio sulle spalle. «Così come va? L'esperimento va bene per ora, Geneviève?»

Il rombo basso della sua voce quando pronuncia il mio

nome e le sue labbra piene e sensuali, con quella cicatrice all'angolo che spicca come una delle schegge di luna sull'acqua sono sexy da far perdere la testa. «Bene. Va tutto bene.»

Lui mi alza la testa e mi sfiora le labbra con le sue. «*Geneviève*, hai un buon sapore.»

Sto per dirgli che ha un buon sapore anche lui, quando la sua bocca torna e perdo il filo dei pensieri, mentre le nostre lingue si incontrano. Mi tira vicino e mi nascondo contro il suo petto, passandogli le mani sui fianchi, sopra lo stomaco. I suoi muscoli si contraggono.

Si stacca con un'espressione preoccupata. «Geneviève...»

«Il tuo esperimento ha funzionato. Sono guarita» sussurro, impegnata a estrargli la camicia dai pantaloni e a baciargli il collo.

Avevo fantasticato su cosa ci fosse sotto l'aspetto esteriore abbottonato, fino a raggiungere il suo io. Adoro il calore nei suoi occhi mentre mi guarda. Passo le dita sui rilievi del suo stomaco e lui mi copre la bocca con la sua.

Mi appoggia all'indietro, con la mano sotto la testa sopra la sabbia e mi bacia con una tenerezza e calore che mi fa fiorire il calore nella pancia e giù verso le gambe. L'orlo del mio vestito aderente mi stringe i fianchi e fa un deciso viaggio verso nord e la mia vita. È così bello sentirlo sopra di me e, per Dio, per "bello" intendo dire *meraviglioso*.

Avvolgo la gamba intorno a una delle sue e passo le mani nell'incavo in basso nella schiena. Stringo il suo sedere muscoloso.

«Gen.» C'è un tono di disperazione nella sua voce.

Lecco la cicatrice nell'angolo della sua bocca (non so ancora come se l'è fatta). Cercherò dopo di scoprirlo. «Shh, sono occupata» borbotto mentre gli passo le labbra sul mento e la mandibola.

«È... Dobbiamo rallentare.»

Mi tiro indietro. «Che cosa c'è che non va?» Ci sto provando in modo troppo esplicito? Sarebbe la prima volta, ma, visto come reagisco con lui, è completamente possibile.

Lewis mi passa le mani sulla vita, sollevando più in alto la mia coscia e accarezzando la parte sotto sensibile. «Dovremmo rallentare o fermarci. Non hai idea di quanto sei sexy. Non sto cercando di arrivare a qualcosa per cui non sei pronta.»

Sta parlando del sesso? Si preoccupa per quello che voglio? Non c'è mai stato un uomo che volesse andare piano. Di solito vogliono vedere fin dove possono arrivare. È un tentativo di psicologia inversa?

Mettiamo alla prova la teoria. «Okay.»

Lui mi bacia, lentamente e teneramente, e poi si tira indietro.

Uh? «Aspetta...» I miei pensieri vengono bruscamente interrotti perché c'è una forte brezza in posti normalmente coperti e, oh... Il mio vestito è sollevato fino alle mutandine.

Lewis lo abbassa.

Ha appena rimesso a posto il mio vestito? Che tipo di uomo *è?* «Cioè, possiamo fermarci, se vuoi,» dico, «ma non siamo obbligati a fermarci.»

La sua espressione è cauta. «Dovremmo fermarci. Siamo su una spiaggia. C'è gente in giro.»

Aspettate un momento, sono *io* quella rigida e puritana. L'improvvisa inversione di ruolo fa schifo. «Stai cercando di fare il modesto?»

La sua espressione diventa accesa. «Col mio corpo? No. Col tuo? Non voglio che lo veda nessun altro uomo, o che ci pensi, o che guardi quello che facciamo insieme. Voglio che sia in privato e tra noi due. E voglio fare tutto, solo perché lo sappia. Quindi, quando sarai pronta, veramente pronta, dimmelo.»

Beh, merda.

Lewis mi aiuta ad alzarmi, scuote la sabbia dalla sua giacca e me la mette sulle spalle. Torniamo alla festa, fermandoci a metà strada per rimettermi le scarpe. Sono così presa dal tentare di capire che cos'è successo che non noto immediatamente che ci stanno fissando tutti.

La faccia di Tyler è un po' più scura del normale e mi sta guardando come se fosse arrabbiato. «Dove diavolo sei andata? Non puoi lasciare la festa senza dirmelo, Gen. Pensavo che qualche testa di cazzo...» dice fissando Lewis che appoggia il braccio sulle mie spalle, «fosse sgattaiolato via con te.» Tecnicamente è così, ma penso che Tyler intenda senza il mio permesso. E sì, è un pensiero terrificante, visto i miei recenti incontri ravvicinati con le teste di cazzo.

«Mi dispiace, Tyler, avrei dovuto dirtelo.»

Lui sbuffa e si passa la mano tra i capelli, arruffando la massa di onde marrone rossiccio che spuntano da tutte le parti. Va diretto al tavolo dei drink.

Sono una stronza. Sapevo che Tyler mi stava guardando le spalle alla festa e me ne sono andata senza dire niente. Dove diavolo avevo la testa?

Nessa si avvicina. «Non è colpa tua. Era arrabbiato anche prima che tornassi.»

Guardo Tyler, inquieta. Sta bevendo qualcosa che temo gli farà molto male domani. «Perché?»

Lo sguardo di Nessa va nella direzione di Mira, senza veramente soffermarsi su di lei.

È la prima volta che vedo Mira stasera. Non sapevo nemmeno che fosse qui. Sta chiacchierando con una ragazza che non conosco e ogni tanto dà un'occhiata furtiva a Lewis, che sta guardando la pista da ballo, fingendo di non accorgersene. «Mira? Che cos'ha a che fare Mira con il fatto che Tyler è arrabbiato?»

Nessa barcolla un po' mentre mi tira di lato. Sento il suo leggero profumo floreale e odore di champagne. «Si è preoccupato quando non è riuscito a trovarti, non appena si è appena accorto che non c'eri. Prima di quello...» Mi chino verso di lei. «... È arrivata Mira.» Fa una smorfia. «Sai quando parlano di *attrazione al primo sguardo*? Beh, quello è stato *odio* al primo sguardo. Tyler ha fissato Mira stringendo gli occhi. In risposta, Mira gli ha dato una delle occhiate più cattive che abbia mai visto, e parliamo di Mira. Ha inventato lei le occhiate di fuoco...» Nessa scuote la testa. «Com'è possibile che due belle persone si odino così in fretta? Si sono già incontrati prima?»

È così? Tyler è cresciuto al lago Tahoe con Cali e ha solo un paio d'anni più di lei. «Non lo so.»

Tyler stringe il bancone fino ad avere le nocche bianche, poi si volta, vacillando un po'. Ha ancora la faccia rossa. Ignora completamente Mira mentre la supera venendo da me. «Andiamo.»

«Okay...» Do un'occhiata a Lewis.

«Vi serve un passaggio?» si offre Lewis, leggendomi nella mente.

«Sì.»

«No» dice Tyler.

Mi chino verso di lui e abbasso la voce. «Non puoi guidare. Hai bevuto troppo.»

«Tu no.»

Vero. Sto cercando un motivo per restare con Lewis, ma non è pratico, visto che l'auto di Tyler è qui, e c'è una Mira furiosa nei dintorni.

«Guiderò io» dico a Lewis.

Lui dà un'occhiata infastidita a Tyler e mi tira vicino. «Non dovrebbe bere quando sa che deve accompagnarti a casa. Sei certa di essere al sicuro con lui? Sei a tuo agio con quell'auto?»

«Sono completamente al sicuro e ho già preso in prestito la sua auto quando la mia era in garage.»

Mira si avvicina a Lewis e fa il solito gesto di buttarsi i capelli sulla spalla guardando Tyler, come un torero con la sua cappa.

Tyler respira piano e mi afferra la mano, tirandomi verso l'uscita.

Lewis sembra irritato.

Correndo in punta di piedi per riuscire a restare al passo, lo saluto con la mano.

«Tyler, che diavolo?!» dico quando usciamo dalla rimessa.

Lui non risponde, ma rallenta finché arriviamo alla sua auto. Apre le portiere poi mi passa le chiavi. Mi ci vuole un minuto per sistemare gli specchietti e capire che cosa sto facendo. Meno male che l'ho già guidata in passato perché ha circa trent'anni e non è facile da manovrare.

Mi immetto nella superstrada e cambio finché siamo a velocità di crociera. Tyler guarda fuori dal finestrino, irradiando tensione. Tutto quell'alcol non è servito a farlo rilassare. «Tyler, che cosa c'è che non va?» Lui non risponde e adesso mi sto incazzando. «Conosci Mira o roba del genere?»

Lui si stringe la coscia sopra il ginocchio. «La conosco.»

«Okay, perché sembra che voi due siate entrambi arrabbiati.»

Il suo pomo d'Adamo va su e giù come se avesse deglutito qualcosa di grosso. «Non c'è un motivo per essere arrabbiati. Semplicemente non mi piace.»

Tyler è un tipo piuttosto accomodante quando si tratta di donne. Fin troppo. Secondo Cali è un puttaniere. Il modo in cui si è comportato con Nessa stasera, flirtando divertito è come l'ho visto le poche volte in cui ho passato del tempo con lui. Questa rabbia nei confronti di Mira non quadra. «Allora, che cosa ti ha fatto per farsi odiare?»

Lui mi guarda, irritato. «Non la odio, e non vale la pena di parlarne.»

«Non ti biasimo se Mira non ti piace. A volte è sgradevole con la gente, ma ha fatto qualcosa di specifico?» Anche tenendo conto di come Lewis abbia aiutato Mira quando era piccola, la sua ossessione per lui è innaturale. Ha già avuto questo tipo di ossessione? Con Tyler?

«Non ho detto che ha fatto qualcosa. Noi... Noi ci conoscevamo alle superiori.»

Interessante. Avevo avuto la sensazione che Mira non interagisse con la gente al di fuori della sua cerchia. «Quindi non la odi. Non ha fatto niente. Ma non ti piace... E la conoscevi alle superiori... La conoscevi bene?»

Tyler irrigidisce le spalle e stringe le labbra. «Non ho intenzione di parlarne. Lascia perdere, okay?»

Scuoto la testa, esasperata. Non vale decisamente la pena avere un fratello. «Okay.»

Ma non credo nemmeno per un istante che non ci sia niente tra Mira e Tyler. Sembra che ci sia parecchio che nessuno di noi sapeva su di loro.

Capitolo Diciotto

Lewis mi chiama il giorno dopo, al mattino per essere esatti.

«Prooonto?»

Sento una risata profonda dall'altra parte. «Gen?»

Mi metto seduta e mi tolgo i capelli dalla bocca. «Sì?» Controllo l'ora. Le sette. Che dia...

«Sei sveglia?»

Mi strofino la faccia per cercare di aprire completamente le palpebre. «Più o meno.»

«Okay, bene, pensavo che potremmo cominciare presto l'allenamento.»

«Vuoi che mi alleni alle sette del mattino?»

«È un problema?»

Mi permetto un lungo sospiro gutturale. Lo sta facendo per me, mi rammento. «Il mio cervello non funziona molto bene a quest'ora.»

«Va tutto bene. Avrai solo bisogno delle gambe. E delle braccia.»

Mi metto prona e appoggio la testa sul gomito per restare sveglia. «Per che cosa?»

«Nuoto.»

Non mi piace il suono di quella parola. «Dove?» chiedo lentamente.

«Il lago.»

Decisamente non mi piace. «Mi fornirai una muta?»

«Stai scherzando?»

«Veramente no.»

«Niente muta. Sarò lì tra venti minuti.»

Lewis lascia la superstrada e prende un viottolo verso la riva nord di Zephyr Cove, un posto chiamato Cave Rock. C'è una nebbiolina sul lago, prova che l'acqua è maledettamente gelida al mattino e, beh, praticamente a ogni ora del giorno. I laghi alpini non sono famosi per il loro calore.

«Perché dovevamo arrivare qua così presto?» chiedo imbronciata.

Lui mi guarda e sorride. «Non sei un tipo mattiniero, vero?»

Inarco le sopracciglia. «E lo noti solo adesso? Perché? Tu sei un tipo mattiniero?» Perché se dice di sì, potrei decidere di cancellare quello che c'è tra di noi, qualunque cosa sia.

«Quando devo. Non dormo molto.» Scende dalla Jeep e prende degli asciugamani pesanti dal sedile posteriore mentre io scendo barcollando. Lewis dà un'occhiata alla mia tuta, con il cappuccio tirato sopra la testa. «Hai un costume da bagno sotto, vero?»

Gli do un'occhiataccia.

Lui sorride. È in jeans e felpa, con i capelli in disordine, come se si fosse appena alzato dal letto.

Nonostante la mia irritazione devo ammettere che è veramente carino di prima mattina. E mi ha portato il caffè, cosa che gli ha salvato la vita. Non posso essere responsabile per le mie azioni quando mi svegliano a ore impossibili.

Guardando in alto, molto in alto, vedo una lingua di terra che si proietta orgogliosamente verso il lago come una sfinge egizia. Tunnel scavati in centro danno accesso alla superstrada. «Che cos'è la Cave Rock?»

Lewis segue il mio sguardo. «Un sito sacro dei Washoe.»

«Davvero?»

Guardo di nuovo. La friabile formazione stratificata che forma la falesia sembra antica e diversa dalle rocce che formano il molo più sotto.

Lewis cammina verso il lato della rampa per le barche. Si arrampica sui massi del molo e lo fisso. «Ti aspetti che ti segua o che cosa?» gli chiedo.

Lui mi fa segno di seguirlo. «Vieni. Ti racconterò una storia quando arriverai.»

«Dovrebbe essere un incentivo?» faccio qualche passo esitante e le mie leggere Keds scivolano pericolosamente. «Perché non funziona.»

Lui guarda indietro e fa una smorfia. «Geneviève, la corsa è tra sole due settimane. Non sei pronta. Oggi, scalare questi sassi e raggiungermi è la prima fase del tuo allenamento.»

La prima fase?

Sto sollevando pesi, corro, per non parlare della palestra e della tortura delle cascate, ma mi fido di lui se dice che non sono pronta per la gara. Mentalmente non sono per niente pronta. Fisicamente, è discutibile. Potrei finire il Mudder con un tempo decente, se si considera il mio condizionamento in pista, se sarò in grado di scalare i muri, e ne dubito. Ma l'Alpine Mudder non mette solamente alla prova la resistenza fisica, è anche un test della resistenza mentale.

Arriviamo alla fine del molo e mi siedo su una roccia piatta, con le gambe a penzoloni oltre il bordo. Una volta tanto non sono indolenzite e, anche se per scalare le rocce serve concentrazione, non mi sento stanca. Non c'è più la nebbiolina sull'acqua, ma non significa che sotto sia calda. La temperatura è intorno ai quindici gradi e sta salendo e significa che anche la temperatura dell'acqua è intorno ai quindici gradi. *Fredda*.

«Allora, qual è la storia che volevi raccontarmi?»

Lewis abbassa la cerniera della felpa, la toglie e l'appoggia sopra gli asciugamani. Si siede su una roccia e alza un ginocchio, chinandosi su un gomito. Il mio sguardo va da solo ai bicipiti lisci e definiti che sbucano dalla t-shirt. Tutto è irresistibile in Lewis: il modo in cui si muove, le cose che dice, il suo corpo.

Quando alzo gli occhi mi sta guardando. Dovrei essere imbarazzata per essere stata colta a fissarlo, ma sono troppo sorpresa dall'identica espressione nei suoi occhi. *Desiderio*.

Per un attimo penso che si avvicinerà e mi bacerà, ma il suo sguardo acceso si sposta sul lago e non dice niente. Fisso l'acqua e cerco di capire che cos'è successo. Ho fatto qualcosa di sbagliato? Non mi sarebbe dispiaciuto se mi avesse baciato, per quanto stanca e irritabile sia.

Una piccola anatra prende il sole su una roccia separata dal resto di quelle che formano il molo. Questa è liscia, dello stesso colore di quelle della Cave Rock, marrone e corrosa dal tempo.

Lewis raccoglie un pezzetto di ghiaia e lo soppesa nella mano. «Come ti ho detto, questo posto è sacro.» È pensieroso, come se stesse valutando come continuare. Getta il sassolino senza disturbare l'anatra che sta prendendo il sole. Nell'acqua trasparente appaiono minuscole increspature concentriche. «I guaritori usavano questa caverna per comunicare con gli spiriti. Nessun altro era il benvenuto nella Cave Rock.» Mi guarda stringendo le labbra. «I miei antenati erano incazzati quando gli uomini hanno scavato i tunnel per far passare le strade. Più tardi, gli scalatori hanno cementato l'interno delle caverne. Hanno fatto dei tentativi per riparare i danni, ma, come puoi vedere...» dice indicando le auto che sfrecciano attraverso il centro, «alcune cose non si possono riparare.»

Sembra ritirarsi in se stesso per un momento e sembra lontano. «Lewis?»

Lui sbatte gli occhi e guarda la falesia. «C'è una vecchia leggenda Washoe che dice che un uccello chiamato Ong visita chiunque sconfini nella caverna. Dice che le ali di Ong sono grandi quanto interi villaggi e che il loro battito sia in grado di piegare gli abeti. Solo i guaritori potevano in effetti vedere Ong. Per tutti gli altri si muove nell'ombra.» Lewis mi guarda, con un'espressione mortalmente seria. «I Washoe credono che Ong viva nel mondo sotterraneo e che vada e venga attraverso il centro del lago per nutrirsi di chi sconfina nel terreno sacro.»

Sorrido tranquilla. Sta cercando di spaventarmi. «È un mito, creato per tenere lontano i non-guaritori, in modo da avere un posto tutto per loro.»

Lui fa spallucce e fissa il centro del lago. «Alcuni degli scalatori che avevano cementato il suolo della caverna sono morti in modo misterioso.»

Indica la base della falesia, a circa cinquecento metri di distanza. «Nuota fino a là e ritorno, due volte.»

Scoppio a ridere. «Stai scherzando.»

«No.»

«Mi hai raccontato una storia inquietante su un uccello diabolico che mangia la gente che si avvicina alla Cave Rock e adesso vuoi che ci vada a nuoto? Due volte?»

Lui si china verso di me e mi stringe il bicipite. «Ti renderà più forte, più dura.»

«Ahi...» mi massaggio il braccio e lo fisso irritata. «Perché non puoi venire con me? Il lago è freddo. E se mi venisse l'ipotermia?»

Lui si strofina il mento. «È una possibilità. Ti terrò d'occhio.» Si toglie la t-shirt e si slaccia i jeans larghi e io guardo, perché... *Ovvio.*

Lewis è tutto muscoli e tendini e bellezza virile, come faccio a non guardarlo?

Ho il volto in fiamme e sono sicura che il rossore si sia esteso fino al petto.

Si spoglia, restando in bermuda da bagno e si rimette seduto sul molo, indicando l'acqua. «Meglio che tu vada, prima che Ong si svegli.»

«Esattamente come mi aiuterà nella corsa?»

«Non ti aiuterà. Nella corsa, dovrai nuotare in acqua e ghiaccio. Al confronto, l'acqua del lago è come un bagno caldo, ma è la cosa più simile che ho trovato con poco preavviso.» Si gratta la testa. «Potrei chiedere ai ragazzi al lavoro di costruire una piccola piscina e riempirla di ghiaccio...»

«*No.*» Mi tolgo la tuta. «Va bene così.» Meglio che smetta di pensarci. Penso che fosse serio.

Quando lo guardo, Lewis mi sta fissando le gambe, poi alza gli occhi sul resto della mia pelle in mostra.

Indosso il mio bikini meno ridotto, un po' più coprente degli altri; immaginavo che Lewis mi avrebbe torturato in qualche modo e mi sono preparata, ma è comunque un bikini perché ho solo quelli. Potreste pensare che sarei stata più a mio agio con un costume intero, visto che preferisco vestirmi in modo discreto, ma tutti mostrano la pelle sulla spiaggia o in piscina. Sono solo un altro corpo e non ci ho mai pensato molto.

Adesso ci sto pensando.

Non sono mai stata così spogliata davanti a Lewis e sento la pelle che si scalda sotto il suo sguardo.

Sorride quando lo colgo a fissarmi.

Sta flirtando di nuovo. È pericoloso, e tanto. Le mie inibizioni spariscono quando flirta. Meno male che sono irritata perché mi ha trascinato qui.

Trattengo il fiato e salto in acqua.

E i miei organi interni si raggrinziscono, le articolazioni si bloccano per il freddo.

Cazzo. Riemergo in superficie con le braccia e le gambe che si agitano per portarmi il più in alto possibile, fuori dall'acqua artica. «Oh mio Dio, oh mio Dio...»

«Meglio che ti muova prima che ti trovi Ong» dice Lewis.

«Sei il demonio!» urlo con i denti che battono. Nuoto più in fretta che posso verso la Cave Rock, con la risata rombante di Lewis dietro di me.

Ho il cuore che batte forte per l'ansia. Non so perché la sua stupida storia sull'uccello mi ha spaventata. Forse è per il modo in cui l'ha raccontata. Forse è questo posto, ma *Gesù*. Uccelli mangiauomini e antichi siti dei Nativi Americani? Non mi serve questa merda.

Invece sì, ne ho bisogno. Drake e ogni altro stronzo prima di lui hanno dimostrato che devo diventare più dura, come mi ha esplicitamente fatto notare Lewis.

L'Alpine Mudder, è quello l'obiettivo. Dopo sarò una dura e gli uomini ci penseranno due volte prima di provocarmi.

Rocce e altre forme indistinguibili passano sotto l'acqua

trasparente. Sto cercando di non guardare le ombre e immaginare che cosa sono, ma non funziona. Maledizione, Lewis. Mi giro e nuoto sul dorso per un po'.

Sono a tre quarti della distanza. Nuoto a crawl per il resto del percorso. La mia mano trema da pazzi quando la tendo verso le rocce marroni e corrose dal tempo della Cave Rock, come se potesse fulminarmi per aver violato i suoi confini, come fosse una recinzione elettrificata. Però, invece di un contatto leggero e fugace, le mie dita si soffermano per un momento. Questa è una parte della famiglia di Lewis, il suo passato e il suo presente. Ne vengo attirata e ne ho paura allo stesso tempo.

Voltandomi, mi butto per tornare indietro.

Non riesco a credere che dovrò farlo due volte.

Quando raggiungo Lewis sono ufficialmente stanca. Gli do un'occhiataccia per buona misura, facendolo sorridere. Sembra incredibilmente sexy senza la maglia, mentre mi sorride dall'alto con gli occhi scuri e maliziosi. Devo farmi forza per non sorridergli anch'io.

Mi do una spinta sulle rocce sotto i suoi piedi e faccio nuovamente il percorso verso la Cave Rock, per dare a Ong un'altra opportunità di dare un bel morso al mio sedere.

L'ultimo tratto verso il molo è più lento. Ho i polmoni in fiamme, le braccia che bruciano, le gambe non funzionano più tanto bene e non sento più il freddo mentre mi arrampico penosamente sulle rocce. Lewis non cerca di aiutarmi. Ha imparato la lezione, quando l'ho aggredito, verbalmente e sessualmente, per avermi sollevato dalla falesia prima che cadessi e mi ammazzassi.

Visto razionalmente, se fosse un tipo normale, Lewis troverebbe un motivo per salvarmi, ma lui non è normale. È pensieroso, riservato e complicato, anche se il suo corpo ha reagito in modo prevedibile sulla spiaggia. Riesco ancora a sentire le sue mani calde...

Ho un attacco di brividi, che poi diventa tutto il corpo che vibra e i denti che battono mentre il mio corpo si scongela.

Lewis mi avvolge un asciugamano intorno alle spalle e un altro intorno alle gambe e ai piedi. «Come ti senti?»

«Di merda» dico tra un battere di denti e l'altro.

Mi solleva e mi prende in grembo, appoggiandomi al suo petto che sembra caldo come un forno. Premo la faccia sulla sua pelle liscia. Di colpo non ho più così freddo e non sono più irritabile, nonostante sia mattino presto. La mia mente vaga a ieri sera e alle cose che abbiamo fatto... Le cose che avremmo potuto fare. «Tratti così tutti quelli che alleni? Diventerò gelosa se mi dici che lo fai anche con Zach.»

Lui ridacchia. «Solo con te.»

Stiamo parlando dell'allenamento o di qualcos'altro? Sono io l'unica che bacia? Lewis non sembra il tipo da storie occasionali, ma mi sono già sbagliata in passato. Le cose con Mira si sono sistemate fino al punto in cui può frequentare tranquillamente chi vuole senza che lei gli bruci la casa?

«Allora, Mira è d'accordo... Con questo?» Mi tiro indietro per guardarlo negli occhi. La sua faccia non rivela molto, ma ho notato che i suoi occhi sono espressivi, se faccio attenzione.

Lui stringe le braccia e si china, sfiorandomi le labbra con le sue. «Devo scaldarti le labbra.»

Il mio respiro accelera e i polmoni sono contratti e senz'aria com'erano appena dopo il nuoto. «E di chi è la colpa?»

«Mia e prendo il riscaldamento molto sul serio.» Mi passa le labbra sulla guancia, sotto l'orecchio, le avvolge intorno al lobo dell'orecchio e succhia.

Un brivido che non ha niente a che vedere con il freddo mi scende lungo la schiena.

Le mie orecchie non sono mai state così sensibili. Non so perché lo siano con lui.

Gli metto le braccia intorno al collo, tirandolo più vicino. L'aria fresca scorre sulla pelle nuda quando cade l'asciugamano. Le sue mani mi afferrano la vita e le nostre labbra di scontrano. Il bacio è intimo e appassionato. Comunica ciò che non diciamo mai.

Non ho più freddo. In effetti, c'è un fuoco che brucia sotto la mia pelle e si concentra sotto le mani di Lewis mentre vagano sulla mia schiena nuda, sulle costole, con le dita che sfiorano la parte inferiore del seno. Trattengo il respiro e per un attimo Lewis si ferma.

Mi inarco sotto la sua mano e lui l'appoggia sul seno, gemendo piano, o forse sono stata io? A chi importa?

Il bacio diventa frenetico e profondo. Lewis mi solleva (o forse sono io che mi alzo) e adesso ho le gambe intorno alla sua vita, a cavalcioni.

Gli asciugamani sono spariti, un mucchietto sui sassi. Solo il mio bikini e i bermuda di Lewis coprono la nostra pelle e sentirlo duro sotto di me mi fa mancare il fiato tra un bacio e l'altro.

La testa di Lewis scende più in basso, spostando il bikini, e la sua bocca nasconde il mio capezzolo. Gli passo le mani sulle spalle ampie, con il corpo che trema per il piacere, sapendo che è mio, almeno in questo momento.

Lo sento grosso e caldo sotto di me. Mi spingo in avanti per aumentare la frizione perché è quello che mi fa, mi rende folle e ubriaca di ormoni. La sua bocca si ferma, dal suo petto esce un rombo profondo. Questa volta il suono veniva decisamente da lui.

Fa scorrere la bocca lungo il mio collo, con le mani

ferme sul mio sedere. Mi guida dolcemente in avanti per farmi ripetere il movimento, ma francamente non sarebbe necessario, sto già muovendomi io in quella direzione.

La sua lingua esplora la mia bocca e Lewis alza una mano per sfiorare gentilmente il mio capezzolo; la sua erezione sta continuando a strofinare il punto giusto.

Il mio polso accelera, il fiato mi esce in piccoli sbuffi.

E poi il centro delle mutandine del bikini scivola di lato. La barriera tra di noi diminuisce fino a essere uno strato sottile, lasciando solo abbastanza spazio per una spinta attraverso i suoi bermuda.

Sto per venire.

Spalanco gli occhi e ringoio un ansito, tirandomi indietro fino a quasi cadere dal suo grembo. Le sue braccia mi afferrano prima che succeda.

Rimetto a posto il top, con il petto che palpita mentre cerco di ritrovare il fiato e rimetto a posto l'asciugamano.

Gente che non c'era quando siamo arrivati scende dalle auto nel parcheggio sopra di noi. Veicoli passano veloci sulla superstrada. Siamo abbastanza nascosti, sulla riva e parzialmente schermati da grossi massi, ma comunque ho quasi avuto un orgasmo sopra un uomo che non è il mio ragazzo. *Davanti alle famiglie e ai bambini*, che cosa sto facendo?

Io non sono così.

Le pupille di Lewis sono dilatate, le sue braccia mi tirano più vicina. Guardando verso il lago non vede la gente sopra di noi. Potrebbe sentirli, ma sembra coinvolto come me.

«Pronto ad andare?»

Non capisce. «Cosa?»

«C'è gente...»

Guardando indietro, deglutisce e si passa una mano sulla faccia. «Dammi un minuto.»

Ciò che abbiamo fatto è folle, ma non riesco a fare a meno di fissarlo: la forma della sua bocca, l'angolo liscio e cesellato dei suoi zigomi alti... Perché mi attrae tanto? Il desiderio di tornare tra le sue braccia quasi mi travolge.

Lewis sorride. «Farei più in fretta se smettessi di guardarmi così e ti spostassi sulla tua roccia.»

Giusto. Sistemo discretamente le mutandine e scivolo via, con la coscia che sfiora la sua erezione.

Lewis si irrigidisce, ma non cerca di toccarmi. Sto tremando e non so se sia per la frustrazione, il freddo, l'imbarazzo o tutte e tre le cose insieme.

* * *

Il viaggio verso casa è silenzioso. Non riesco a smettere di rivedere le immagini nella mente. Stavamo per fare sesso, in pubblico, come se stesse arrivando l'Apocalisse e quella fosse la nostra ultima possibilità di fare sesso.

Lewis si ferma nel mio vialetto, guardando diritto davanti a sé. «Dovremmo uscire. Per un appuntamento.»

Wow. Mi sta chiedendo di uscire? Adesso?

Dovremmo, ha detto. Che cosa significa? «È quello che vuoi oppure... Non starai pensando che faccio cose simili continuamente, vero?» Indico vagamente dietro di noi. «Perché non è così, mai.»

Il suo sguardo è così intenso che per un attimo non riesco a muovermi. «Voglio uscire con te. L'ho sempre voluto. Ho cercato di chiedertelo al barbecue.» Distoglie lo sguardo come se fosse nervoso, ma Lewis non si agita mai. «Voglio passare del tempo con te. Ecco tutto. Stasera va bene?

Scuoto la testa. Stasera devo lavorare.

«Quando, allora?»

190

«Sabato. Sabato non lavoro.»

«Va bene alle sette?»

Non comincio a ripensare a ogni particolare di questa mattina finché non si allontana e mi rendo conto che non ha mai risposto alla mia domanda su Mira e se è d'accordo che noi ci frequentiamo. Questo appuntamento dovrebbe essere interessante, e anche le sue ricadute.

Capitolo Diciannove

Si potrebbe pensare, visto che abbiamo pomiciato un paio di volte e stiamo per avere il nostro primo appuntamento ufficiale, che Lewis ci vada piano con me durante l'allenamento. No. Mi ha spaccato il culo in una corsa in salita di quasi sette chilometri, poi mi ha costretto ad arrampicarmi sulla fune, in palestra, usando solo le braccia. Circa un miliardo di volte. Ieri ha portato me e la nostra squadra a un campo da football per allenarci sulle manovre e su come assisterci durante la gara. Ha spiegato che cos'era consentito e cosa no. Ho battuto i ragazzi sullo sprint e ho perso solo con Lewis in un'altra corsa in salita, anche se più breve. Avrei lasciato anche lui nella polvere se non mi avesse sussurrato "Cave Rock" all'orecchio, distraendomi.

Molto subdolo da parte sua, mettere alla prova la mia resistenza mentale. Dovrò lavorarci e trovare un modo per fargliela pagare.

È sabato, la sera del nostro appuntamento e Cali è da qualche parte con Jaeger. Sono nervosa, ma anche abbastanza fiera di me perché sono quasi composta, nonostante stia quasi sclerando. Ha senso?

Ho passato in rassegna tutto il mio guardaroba, tre volte, per trovare qualcosa da mettere. Qualcosa che non dica "Sono una puttanella che ti ha aggredito sulla falesia e ti ha cavalcato fin quasi all'orgasmo di fronte alle famiglie", sapete quel tipo di abbigliamento. I soliti jeans aderenti e la camicia non sembrano proprio giusti.

Ho lottato contro le folli reazioni ormonali che mi suscita Lewis perché avvicinarmi troppo a lui mi fa paura. Non sarebbe solo sesso con Lewis. Lui è diverso. *Io sono diversa* con lui.

Prendo un abito di pizzo blu scuro senza maniche. Non è troppo aderente né scollato, ma si stringe in vita con un'ampia fascia nera e si ferma parecchi centimetri sopra le ginocchia. Di classe, con un certo sex appeal. Poi scelgo i sandali neri con i tacchi metallici perché quella sera alla rimessa è stato magico. Lewis non è scappato, come mi aspettavo, quando gli ho detto il motivo per cui avevo sclerato alle cascate. Mi aveva baciato.

Posso non essere pronta per una nuova relazione, ma questa cosa tra di noi ha una vita propria. Non ho ancora completato l'Alpine Mudder, ma mi sento più forte e sono contenta di me stessa. Forse è l'allenamento, forse è l'uomo che mi sta allenando.

Mi fermo con la mano sul cassetto della biancheria. Mi fido raramente degli uomini, ma mi fido *di lui*. Lo Stronzo ha avuto accesso al mio corpo, ma non a me. Lewis vede tutto… Sa quasi tutto (non sa di mia madre) e sembra che gli piaccia ancora.

D'impulso, prendo un completo reggiseno-mutandine sexy. Sento bussare alla porta e stringo la biancheria al petto. Che diavolo. Mi guardo allo specchio. Ho i capelli mezzi bagnati e crespi e sono ancora in accappatoio. Morirò se è Lewis ed è in anticipo.

Guardo fuori dalla finestra stringendomi l'accappatoio addosso. Un'auto che non riconosco è parcheggiata sulla strada davanti a casa nostra. Ficco la biancheria sexy sotto un cuscino e metto la catenella alla porta prima di aprire una fessura.

Davanti alla porta c'è una versione carina, più vecchia e coi capelli rossi di Cali. Lascio uscire il fiato. «Maddie.»

«Ciao tesoro.» Tolgo la catenella e la mamma di Cali entra. «Ti stai preparando per andare da qualche parte?»

La mia faccia si scalda di un paio di gradi. «Uhm, ho un appuntamento.»

Lei sorrise. «Va bene, eh? Beh, non ti trattengo. Vorrei un bicchiere d'acqua, ma lo prendo io.» Mi ferma quando vado verso la cucina.

«Buon Dio» dice un secondo dopo e guardo indietro. Sta fissando il lavandino. «Voi ragazze state allevando delle cose qui dentro.»

Già, non siamo così brave con i piatti. Cali e io non abbiamo la lavastoviglie e questa faccenda di lavarli a mano a me ricorda il Medioevo. La presenza di Tyler non aiuta, al contrario, peggiora le cose. Praticamente, non laviamo i piatti finché non ci serve qualcosa e poi laviamo solo quello e lasciamo il resto a fare la muffa.

«Mi dispiace, Maddie. Lavo qualcosa...»

Lei alza una mano. «No, ci penso io. Non mi capita più spesso di prendermi cura di voi ragazzi.»

E questa è la differenza tra Maddie e mia madre. Mia madre si sarebbe turata il naso e si sarebbe spostata in un'altra stanza.

Mi asciugo i capelli, metto un minimo di trucco e mi vesto. Quando ritorno in cucina, Maddie ha le mani nell'acqua saponosa e i piatti puliti si accumulano in fretta su uno strofinaccio pulito sulla sua destra.

Mi dà un'occhiata. «Oh, tesoro, sei favolosa.»

Giochicchio con il braccialetto che ho scelto. È una catena nera e oro che ha attirato la mia attenzione in una delle boutique sulla strip. Cali ha insistito che lo comprassi. Aveva detto che aggiungeva un po' di rock-and-roll al mio guardaroba un po' scialbo. «Non pensi che sia troppo?»

Lei mi guarda senza capire. «Troppo cosa?»

«Troppe gambe, tacchi?»

La sua espressione diventa più calorosa. «No, tesoro, sei veramente carina ed elegante.»

«Quindi non da sgualdrina, perché...»

«*Da sgualdrina?*» dice scoppiando a ridere. «Gen, tesoro, come si fa a sembrare una sgualdrina? O lo si è o non lo si è. Non c'è niente che possa farti *sembrare* una sgualdrina, tranne comportarti in quel modo.»

«Come pomiciare in pubblico?» La mia voce risulta di parecchie ottave più acuta. Vorrei rimangiarmi le parole appena uscite.

Maddie mi guarda incuriosita. «Beh, se stiamo parlando dell'abitudine di pomiciare con una serie di uomini diversi in pubblico, si potrebbe pensare a un'interpretazione molto lasca del frequentare qualcuno. D'altra parte, se anche sei andata a letto con diversi uomini, la cosa ti ha fatto vergognare? Ti ha fatto sentire in colpa? O felice?»

Stare con Lewis mi fa sentire reale, non l'ombra di me stessa. È l'unico con cui son interessata a pomiciare in cima a una falesia. «Felice.»

«Allora va tutto bene, tesoro.» Si asciuga le mani con uno strofinaccio e appoggia i pugni sulla vita sottile. «Ora, dov'è mio figlio? Per caso sai dove si sta nascondendo? Ho qualche parola da scambiare con lui.»

Non promette bene.

Scuoto la testa. «Di solito è fuori durante il giorno, ma torna a casa più o meno a quest'ora, prima di uscire di nuovo con gli amici.» Spero di non mettere Tyler nei guai. Siamo adulti, ma da come mi sta guardando Maddie, mi sento soggetta all'inquisizione parentale.

Non è mai stato così con mia madre. Mi ha sempre lasciato fare più o meno quello che volevo ed è probabilmente il motivo per cui ho sempre auto-controllato compulsivamente le mie attività e il mio abbigliamento.

«Pfui.» Maddie storce la bocca e distoglie gli occhi come se fosse preoccupata.

«Va tutto bene?»

Mi sorride, ma il sorriso non arriva fino ai suoi brillanti occhi azzurri. «Sono sicura che va tutto bene. Tyler non è andato alle riunioni prima dell'inizio del semestre e il rettore si è messo in contatto con me. Hanno pensato che gli fosse successo qualcosa. Dev'essere stato un disguido.» Non sembra molto convinta.

Tyler è distratto. Non particolarmente felice, ma contento di monopolizzare la nostra TV. Certo, non si comporta come un uomo che intenda tornare in Colorado molto presto.

«Non preoccuparti per lui, tesoro» mi dice quando non trovo una risposta per lei. «Arriverò in fondo alla faccenda.»

Non ho dubbi che ci riuscirà. La mamma di Cali è una dura. Da quel punto di vista mi ricorda Maryanne. Niente stronzate. Ho un grande rispetto per Maddie ed è per questo che le sue parole sul fronte *sgualdrinesco* sono molto più rassicuranti di qualunque cosa avrebbe potuto dire mia madre.

Ho passato la vita a cercare di non essere come mia madre. Fino a Lewis, ho mantenuto il sesso imbottigliato e compartimentalizzato. Il paio di orgasmi che ho avuto provengono dalle due volte in cui Lo Stronzo, sì, proprio lui, è stato particolarmente attento. Lasciarsi andare in quel modo richiede una perdita di controllo che permetto raramente. Lo Stronzo non aveva nessuna presa sul mio cuore. Non mi preoccupavo che potesse danneggiarlo e avevo ragione. Alla fin fine ha ferito solo il mio orgoglio.

Con Lewis, l'intimità è come un vortice di sensazioni. Il controllo è l'ultima cosa che ho in mente.

Mi preoccupo di diventare come mia madre, come se ci fosse un gene latente della *sgualdrineria* che si sta attivando di colpo. Non so ancora come ho fatto a fermarmi, alla Cave Rock. L'orgasmo imminente mi ha sicoccato a morte. Con Lo Stronzo, quelle due volte sono state lampi in un orizzonte piatto. Con Lewis e l'intensità di un semplice bacio, potrebbe succedere tutte le volte e sarebbe un male. Se non posso controllare il mio corpo, come farò a proteggere il mio cuore?

Lewis arriva. Indossa un sottile maglione grigio-erica sopra una camicia a quadri, con le maniche sia del maglione sia della camicia arrotolate fino ai gomiti.

Doveva proprio mettere in mostra gli avambracci? Non ha veramente idea di che cosa mi fanno.

Mi tremano le mani quando prendo la borsa e presento Maddie a Lewis.

«Divertitevi» ci dice ammiccando mentre usciamo.

Cristo. Perché ho parlato del pomiciare in pubblico?

«La mamma di Cali sembra gentile» dice Lewis mentre svolta in una strada laterale della strip.

«È fantastica. Cali è veramente fortunata.»

Mi dà un'occhiata. «Non mi hai mai parlato della tua famiglia.»

Esatto. Cerco di evitare quella conversazione. Ma il

motivo per uscire insieme è di conoscerci... «C'è solo mia madre.» Lo guardo di sottecchi. «Niente padre. Non l'ho mai conosciuto.»

Lewis si ferma nel parcheggio di un ristorante che sembra carino, con cespugli potati a spirale, secondo l'arte topiaria, ai lati dell'entrata. «Com'è tua madre?»

E questo è il motivo per cui non parlo della famiglia. Non voglio che la gente presuma che sono come mia madre ma non ho intenzione di mentire a Lewis. «Eccentrica, bella, giovanile.»

«Bella e giovanile era intuibile, guardando sua figlia.»

Pensa che sia bella.

«In che senso è eccentrica?» mi chiede.

Entriamo nel ristorante e mi si irrigidisce il collo alla sua domanda, e per via di questo posto. È francese. Il tipo di ristorante elegante e sopra le righe dove mi trascina mia madre. «Beh,» dico un po' seccamente, «innanzitutto è ossessionata da tutto ciò che è francese. Ha cambiato legalmente il suo cognome in uno francese.»

Lewis studia la mia faccia e segue il mio sguardo, osservando i mobili antichi, le tovaglie bianche, la cristalleria... «Vieni.» Mi afferra la mano e si dirige verso la porta.

«Dove stiamo andando?» chiedo, dando un'occhiata all'addetta al ricevimento che ci guarda stupita.

«C'è un altro posto che andrà meglio per il nostro primo appuntamento.»

Lo guardo scettica. «Davvero?»

«No.» Sorride e mi apre la portiera. «Ma sarai più a tuo agio.»

«Non sei obbligato a farlo.» Tengo la portiera che sta cercando di chiudere.

Lui si china e mi bacia dolcemente sulle labbra. «Voglio che tu sia felice.» Sento una sensazione calda in petto. «Gli appuntamenti non sono il mio forte.» Indica il ristorante alle sue spalle. «Ho sentito che questo posto era carino, ma non mi interessa dove andiamo, purché tu sia con me.»

Wow... Praticamente perfetto.

Lewis chiude la portiera e mi chiedo quanto mi sto facendo coinvolgere e se sia saggio. E che cosa intendeva dire esattamente che gli appuntamenti non sono il suo forte? Ha avuto solo una ragazza fissa, ma immaginavo che fosse uscito con altre.

Qualche mese fa avrei evitato di fare domande indiscrete, ma adesso devo sapere. Con Lewis, voglio sapere tutto. Viaggiamo per un po', prima che mi decida a chiedere: «Perché dici che gli appuntamenti non sono il tuo forte?».

Lewis fa spallucce mentre attraversiamo la linea di confine entrando in Nevada. «Non porto fuori le donne.»

Giusto, quello. Forse questo spiegherà meglio il problema con Mira. «Perché?»

«Uno dei motivi è...» Si schiarisce la voce, dandomi un'occhiata veloce. «Non ne ho mai avuto bisogno, sai, di corteggiarle, di invitarle a cena. Per riuscire a stare con una donna.»

«Allora come facevi... *Ohhh.*» Certo che non ne aveva bisogno. È un dio della montagna. Sono le donne che gli saltano addosso. Gesù, l'ho fatto *anch'io.* «Sei andato a casa con delle donne, non le hai portate fuori.»

Lewis si stringe la nuca. «Ti ho detto che avevo una ragazza al college» dice, come per alleggerire il fatto. «Negli ultimi due anni non ho trovato nessuna con cui avessi un legame abbastanza forte e, beh, ho delle responsabilità.»

Mira è una di quelle responsabilità? L'unica? Non riesco a pensare a niente che possa impedire a un uomo di avere un legame con una donna per un periodo così lungo. Ma è quello che ho fatto io, no? Mantenere le distanze. Ho avuto delle relazioni, ma non ho mai permesso a un uomo di conoscermi, fino a Lewis e solo perché ha visto cose che non volevo vedesse.

«Non sei più attratto dalle donne?» dico scherzando per alleggerire l'atmosfera. Se siamo entrambi novizi in questa situazione, come faremo a sapere che cosa fare? Le sue responsabilità permetteranno a qualunque cosa ci sia tra di noi di crescere?

Lui mi rivolge un'occhiata sardonica. «Sai che non è vero.» Alza un sopracciglio e io arrossisco. Lui sorride, come se fosse felice della mia reazione e riporta l'attenzione sulla strada.

«Okay, allora sei attratto dalle donne. La maggior parte degli uomini preferisce fare qualcosa al riguardo.»

Lui mi dà un'occhiata di sottecchi, con un sorrisetto sghembo.

«Giusto» dico. «Hai fatto cose. Sesso senza impegni.»

Detesto pensare a lui con altre donne. E se fosse tutto quello che stiamo facendo noi? Mi sta portando a cena, cosa che per sua definizione è rara. Ma se stessi presumendo troppo, come avevo fatto con Lo Stronzo quando non avevo fatto domande sulle sue frequenti visite alla sua città di origine? E se volessi di più di quanto vuole Lewis? Sento rombare il cuore nelle orecchie e il respiro diventa affrettato.

«Gen.» Lewis mi prende il polso e fa una smorfia. Sposta continuamente lo sguardo da me alla strada con un'espressione preoccupata sul volto. «Ho detto che non esco con nessuno. È il motivo per cui te lo dico. Tu non sei come nessun'altra. Mi fai...» Emette un sospiro che alla fine diventa quasi un gemito. «Mi fai sentire quasi pazzo, in effetti. Voglio... Ecco, solo ti voglio» finisce guardandomi supplichevole.

Capitolo Venti

Lewis si ferma in quello che si può solo definire una bettola, che potrebbe forse servire del cibo, a secondo della vostra definizione di cibo. C'è l'immagine di una trota accanto all'insegna. Non so se faccia parte del logo del Rotten Roy oppure sia un'indicazione del tipo di cucina disponibile.

All'interno, siamo decisamente le due persone più eleganti. In effetti avrei potuto avere ai piedi le infradito e sarei stata perfetta per il Rotten Roy. Le pareti sono decorate con le pubblicità al neon delle birre. Il maiale rosa con una stecca in mano sopra il tavolo da biliardo è la mia preferita.

Lewis mi guida a un tavolo in fondo. Una risata interrotta da un accesso di tosse, come se la persona divertita fosse anche un fumatore accanito, accentua il rumore in sottofondo di bicchieri che sbattono sui consunti tavoli di legno e della conversazione. Nonostante il baccano, tutti gli occhi sono su di noi mentre passiamo.

Normalmente evito questo tipo di attenzioni, ma non è evitabile quando c'è Lewis. Non è possibile non fissarlo.

Perfino gli uomini lo guardano, probabilmente per ragioni diverse dalla donne, ma comunque...

«Non è sicuramente un posto elegante, ma il cibo è decente.» Lewis mi porge il menu laminato, appiccicoso e con gli angoli arricciati. «Gli uomini con cui lavoro vengono qua spesso.»

Rotten Roy sembra il tipo di posto che serve cibo da tavola calda di basso livello, ma non discuto dei suoi gusti. Chi non vuole del cibo grasso una volta ogni tanto? Controllo il menu e quando arriva la cameriera ordino i nachos.

È ora di fare qualcuna delle mie domande. «Com'è la tua famiglia?» È giusto ripagarlo con la stessa moneta.

Lui fa spallucce. «Ti ho già parlato di mia madre e hai conosciuto mio padre.»

John Sallee. «Tuo padre è stato molto gentile quando sono venuta a chiedere dell'Alpine Mudder.»

Lewis beve un sorso dell'acqua che la cameriera gli ha appena messo di fronte. «Siamo praticamente ai poli opposti.» Lo guardo incuriosita. «Mio padre è un chiacchierone.» E Lewis non lo è anche se ho l'impressione che a me abbia detto più cose che alla maggior parte della gente. «Passa mezz'ora con lui e saprai la storia della sua vita.» Alza gli occhi, come rendendosi conto di come poteva sembrare. «Non che sia una brutta cosa. È un padre meraviglioso.»

«Va tutto bene» gli dico. «Non ho mai conosciuto mio padre, quindi non so che cosa mi sono persa.»

Passa un momento e poi: «Perché non hai mai conosciuto tuo padre, Gen?». Mi dimeno sulla sedia. «Scusami, non volevo ficcare il naso. Voglio solo conoscerti.»

No dovrei dirglielo. Penserà male di me.

«Non conosco mio padre», dico, «perché non so chi è.» Aspetto e lascio che digerisca la notizia. «Mia madre ha avuto... Ha avuto dei compagni. Tanti. Sai che cosa intendo dire?»

Lui annuisce lentamente.

Non so perché gli sto dicendo una cosa che non ho mai detto ad anima viva. Una parte di me vuole che lui sappia. Un'altra parte vuole respingerlo prima che possa veramente ferirmi.

Abbasso gli occhi sul tavolo e passo il dito su un graffio. «Credo che mia madre viva alle spalle dei suoi compagni» dico a bassa voce. Mi metto una ciocca di capelli dietro l'orecchio, poi riappoggio nervosamente la mano sul tavolo.

Passano diversi secondi di silenzio. Non avrei mai dovuto dirglielo. Eccolo, questo è il momento in cui mi scarica. Mi sento invadere dal panico quando mi rendo conto che sono già troppo coinvolta. Se mi lascerà, farà male come mai niente prima.

Lewis allunga la mano sul tavolo e mi stringe le dita. «Sono contenta che i tuoi genitori siano stati insieme, altrimenti tu non saresti qui.» E sorride. È un sorriso impertinente e sexy, e fa sorridere anche me.

Il mio vergognoso segreto non è più un segreto. Lewis non mi giudica, mi sostiene e basta e, di colpo, mi sento più leggera e felice di quanto sia mai stata.

Non ho mai rivelato a nessuno la mia teoria su mia madre, inclusa Cali, e dirla a Lewis mi dà fiducia. Non tanto da andare a gridarla al mondo o roba simile, ma se c'è una cosa che ho imparato quest'estate è che nascondere informazioni agli amici non è mai una buona idea. Dovrò dire tutto anche a Cali.

Non parliamo di mio padre, o di mia madre, o dei genitori di Lewis. Arriva il nostro cibo e sono troppo occupata a strafogarmi di nachos e a chinarmi sul tavolo per dare un morso al procura-infarto di Lewis, conosciuto anche come "il distruttore", un hamburger così massiccio e gocciolante grasso che ho letteralmente paura per lui, abbastanza da aiutarlo a far fuori la bestia.

Lewis ruba dal mio piatto una patatina appiccicata ad altre due, piene di formaggio e salsa. «Che ne dici di fare una partita al biliardo?»

Fisso la patatina che finisce nella sua bocca. «Ehi, la stavo puntando io.»

E lui sorride.

Guardo dietro di me. Il biliardo è libero. Tamburello le dita. Eccola. Questa è la mia opportunità per fare il culo a Lewis. Per tutta la settimana, beh, in realtà per un paio di settimane, ma chi le conta, Lewis ha strapazzato la mia presunta atleticità con il suo campo di addestramento reclute. Ma datemi una stecca e una palla e *lo stenderò*.

«Sì, certo» dico con indifferenza. Non c'è bisogno di avvertirlo della sonora mazzata che sto per dargli.

Prendiamo il mio bicchiere d'acqua e l'affogato che lui ha ordinato dopo l'hamburger da infarto (a quanto pare il suo stomaco è un pozzo senza fondo, cosa che ammiro profondamente) e scegliamo le stecche dalla rastrelliera sulla parete.

Lewis dispone le palle. «Prima le signore.»

Sto cercando di nascondere il mio sorriso compiaciuto, ma è dura. Si merita tanta di quella merda dopo quello che mi ha fatto passare, ma non voglio ancora scoprirmi. «Oh, grazie.»

Do un'occhiata alle palle e arriccio il naso come se fossi incerta.

Mi chino, prendo la mira, tiro indietro il braccio e la palla bianca colpisce la V in fondo al tavolo con un forte crac. Due palle a righe e una monocolore finiscono in buca.

Lewis si accarezza il mento. «Avevi già giocato?»

«Forse.» Sorrido perché non riesco più a trattenermi. Non ho intenzione di dargli la possibilità di tirare.

Mando altre tre palle a righe nelle buche d'angolo, preparando il tiro successivo, quando sento Lewis dietro di me. Sta cercando di distrarmi?

Bel tentativo, ma tutto quell'allenamento da campo reclute mi ha insegnato a concentrarmi. Tiro indietro la stecca, mi concentro sul triangolo formato dalla mia palla bianca, la sponda laterale e la buca d'angolo a destra e... sento il suo profumo.

«In bocca al lupo» mi sussurra all'orecchio, a distanza di un sospiro.

Avevo già cominciato a spingere in avanti la stecca e non posso fermare il movimento, ma l'angolo è sbagliato. Colpisco male la palla bianca che sfiora la viola numero dodici che finisce nella terra di nessuno, mentre la palla bianca finisce nella buca d'angolo.

«Merda» gli dico guardandolo a bocca aperta. «L'hai fatto apposta.»

Lui cerca di nascondere un sorriso, ma le labbra lo tradiscono.

Il resto della partita prosegue allo stesso modo. Io che gli passo la stecca sul polpaccio mentre sta tirando, lui che mi passa le nocche sul sedere quando sto tirando io. Vinco, ma di poco, con tutto quel toccare... Cioè con tutte quelle *distrazioni*.

Siamo parcheggiati sul vialetto dello chalet e sto cercando le chiavi, perché nessuno si ricorda mai di accendere la luce del portico e se scendessi dall'auto non troverei le chiavi nel buio assoluto della notte di Tahoe.

Nuova regola di casa: l'ultima persona che esce deve accendere la luce o pagare pegno lavando i piatti.

Quando finalmente le trovo, Lewis mi ha già aperto la

portiera e mi sta aspettando. Andiamo verso l'ingresso e mi sento di colpo nervosa.

Mi chiederà di entrare? Devo aspettare che lo chieda lui o dirlo io? Non voglio che finisca questa serata. Dire che sono attratta da lui è dire poco, ma Lewis è anche divertente e mi sento legata a lui.

Al buio davanti alla porta, Lewis si china e mi bacia dolcemente sulle labbra. «Allora, possiamo vederci più tardi questa settimana?»

«Sì» dico sognante. Aspettate... Più tardi? «Non vuoi entrare?» Non è risultato indifferente come intendevo, ma mi ha colto di sorpresa con il suo tentativo di andarsene così in fretta.

Lui dà un'occhiata alla porta, sembra combattuto. «È il nostro primo appuntamento, quindi... Ti chiamerò presto, okay?» Si volta per andarsene.

Che diavolo?

«Lewis, la regola "solo baci al primo appuntamento" si applica solo a quelli che non hanno già fatto più che baciar-si.» Sorrido allusivamente. E perché di colpo sono la ragazza disperata che cerca di farsi portare a letto?

Ah, già. Perché è quello che sono.

Lewis afferra la ringhiera del portico, con un'espressione seria sul viso. «Voglio fare le cose nel modo giusto, Gen.»

Abbiamo appena cenato in una bettola e giocato al biliardo-cum-palpate, penso, ma non lo dico. Alzo la mano, confusa. «E il modo giusto è aspettare il prossimo appun-tamento?»

Lewis fa spallucce, con un'espressione incerta sul volto.

«Bene» dico e corro in camera. Mi tolgo in fretta e furia il vestito e prendo i pantaloni di una tuta e una t-shirt dalla cima della cesta della biancheria. Potrebbero essere puliti oppure no. Non sono nemmeno sicura che siano miei.

Non m'importa.

Scopro che i pantaloni sono di Cali, visto che sono dieci centimetri troppo corti, cosa che avrei potuto capire se solo mi fossi presa la briga di accendere la luce.

Ciò che ho intenzione di fare non è né astuto né cauto. È decisamente sfacciato. Ma non c'è niente che mi sembri giusto nel fatto che Lewis se ne vada. E le cose sembrano andare meglio da quando ho deciso di comportarmi secondo quello che mi sembra giusto.

Voglio che resti. Con me. Stanotte. Non c'è niente che abbia mai voluto di più.

Torno indietro di corsa e barcollo contro lo stipite della porta, incrociando le gambe alle caviglie per nascondere i sandali con i tacchi alti che stavo ancora indossando. Lewis dev'essere rimasto per un secondo quando me ne sono andata, perché sta arrivando solo ora alla Jeep.

«Lewis.» Lui si volta. «L'appuntamento è finito.» Indico con la mano i pantaloni della tuta troppo corti e stropicciati. «Vuoi entrare?»

Per un attimo il suo volto resta impassibile, poi la sua espressione diventa concentrata e risoluta. Chiude la portiera, clicca sul telecomando facendo lampeggiare le luci ed entra in casa passandomi davanti.

Capitolo Ventuno

Nella mia fretta di togliermi i vestiti non ho notato la luce tenue che arriva dalla tenda di Cali e Jaeger. Nessun segno di Tyler, però, quindi almeno la casa è tutta per me. Non che mi serva tutta.

«Non voglio darti l'impressione sbagliata, ma ti dispiace se restiamo in camera?» Lewis sembra sorpreso, e sul suo volto appare un sorrisino.

Credo di non darla a bere a nessuno. «Il ragazzo di Cali, Jaeger... Sta con noi» balbetto, perché, accidenti, non voglio che pensi che sono così con tutti. Più sto con Lewis, più voglio saltargli addosso, baciarlo e toccarlo.

È completamente colpa mia. È così dall'inizio e da quella fatidica cena. Ha mandato in tilt la mia pace mentale e ha fatto crollare mura vecchie di decenni. «C'è poco spazio, quindi dormono in una tenda, di fuori.»

Lewis guarda la tenda dalla finestra e annuisce, apprezzando. «Bella.»

«Sì, Jaeger è piuttosto grosso. Comunque...» Gli tiro il braccio e lo porto nella camera, chiudendo la porta. Si siede sul letto perché la camera è grande quanto uno sgabuzzino e, come Jaeger, Lewis non è piccolo. Le molle del materasso cigolano sotto il suo peso e il materasso da una piazza e mezza sembra di colpo uno singolo.

«Vuoi qualcosa da bere? Da mangiare?» Immagino che avrei dovuto pensarci prima di chiuderlo in camera.

Lui appoggia gli avambracci sulle cosce. «Sto bene così, grazie.» Mi sta osservando e ho la sensazione che stia vedendo tutto, un'occhiata furba sul mio petto, la vita, le gambe per poi ritornare sul volto. Avevo acceso la luce perché lasciarla spenta sarebbe sembrato un atto di disperazione... Non lo farei mai.

Quello che vede è una t-shirt e un paio di pantaloni stropicciati, ma non credo che gli importi. Il mio cuore accelera, il seno si gonfia. Deglutisco e faccio un respiro profondo. *Calma, pace, serenità...* Non andrò in iperventilazione al pensiero di Lewis nella mia stanza che fissa i miei capezzoli attraverso la maglietta consunta e il reggiseno di pizzo.

Mi siedo accanto a lui, con lo sguardo che vaga verso la sua bocca come se fosse il centro dell'universo. «Allora, che cosa vuoi fare?» Alzo a fatica lo sguardo.

Lui sta fissando le mie labbra.

Si china in avanti e mi bacia, appoggiandomi la mano sulla guancia. Mi sento subito stordita.

«Va bene così?» La sua voce normalmente tranquilla è profonda e un po' roca, mentre la bocca si ferma appena sopra la mia.

Cosa? «Sì...» Mi chino in avanti e premo le labbra sulle sue.

Come un tornado che tocchi terra, tutto ciò che prima era immobile ed esitante diventa un turbine di moto. Gli sto tirando il maglione, lui sta passando la mano sotto la mia maglietta, stiamo ricadendo sul letto.

Riesco a togliergli il maglione ma mi ostacolano i bottoni della camicia. Mentre cerco di slacciarli, lui mi passa la mano sulla fronte, scostandomi i capelli dal volto. Mi guarda negli occhi. «Gen, non siamo obbligati a farlo proprio adesso. Posso aspettare. Aspetterei.»

Nessun uomo mi ha mai detto che avrebbe aspettato per fare sesso con me. Un paio di volte non ero stata pronta a portare la relazione a quel livello di intimità, ma avevo accettato comunque perché volevo avere un ragazzo. Colpa mia, comunque, perché non ero riuscita a far sentire la mia voce.

Aspettare è l'ultima cosa che voglio in questo momento.

«E se non volessi aspettare? Non mi è mai importato molto del... Era solo una parte di...» Sto agitando le mani come una folle. «E adesso mi stai dicendo che non vuoi?» La mia voce è troppo acuta ma è difficile parlare mentre sono in iperventilazione, sia a causa degli ormoni sia per la paura che Lewis spinga il freno, come aveva fatto quella sera alla rimessa.

Faccio per mettermi seduta e lui mi copre con il suo corpo, appoggiandomi la bocca sul collo. «Lo voglio anch'io» dice sotto il mio orecchio.

Tiro il fiato, rumorosamente. Le mie spalle si rilassano e poi le braccia. Appoggio le mani sulla sua schiena muscolosa. «Oh» dico prima che le sue labbra sfiorino le mie. «Sei abbastanza attratto da me?»

Lewis si tira indietro, incredulo. «Ti ho quasi baciata nel corridoio la sera in cui ci siamo conosciuti, prima di parlare con te. Stai veramente mettendo in dubbio che sia attratto?» Rotola via e si passa le dita tra i capelli, fissando il soffitto. «Gen, stavo ammattendo, cercando di capire come fare ad arrivare a te. Pensavo mi odiassi, che pensassi che ero uno stronzo traditore, e poi ci siamo baciati alle cascate. Dopo quello, non avevo l'intenzione di lasciare che ti tirassi indietro.»

Beh, se la mette così... «Se è vero, perché ti preoccupa il fatto che facciamo sesso?»

Lui si strofina la guancia come se stesse cercando le parole giuste, poi si gira sul fianco, guardandomi in faccia, con la testa appoggiata alla mano. «Non mi preoccupa. Solo... Per me è importante. Non voglio che sembri che ti metta fretta.»

«Allora non capisci. Non sono mai stata così eccitata.» Lui sorride. «Cioè... Sai che cosa intendo dire. Mi piaci anche tu. Per frustrante che possa essere, visto che mi torturi con gli allenamenti» borbotto.

«Okay.» Cattura la mia bocca per un lungo bacio. «Purché sia chiaro. Solo perché lo sappia...» Mi passa le labbra lungo il collo e lecca la parte superiore di un seno. «Dovrò uccidere chiunque ti guardi storto o ti ferisca, ora che sei la mia ragazza.»

Ha detto che sono la sua ragazza... *Basta chiacchiere.*

Lewis solleva la testa e io fisso il vuoto, irritata. «Ero a un pelo dall'uccidere quella testa di cazzo, al Blue.»

«Chi, Drake? Ma è a quello che serve l'Alpine Mudder» mormoro e cerco di arrivare alle sue labbra, che tiene a due centimetri di distanza per quanto cerchi di spingermi verso l'alto. Sbuffo per la frustrazione. «Diventerò una dura e gli uomini non oseranno palpeggiarmi.»

«Di che cosa stai parlando?»

«L'Alpine Mudder.» Gli bacio il mento, leccando la cicatrice.

Lui deglutisce, con gli occhi fuori e di fuoco. «Che cos'ha a vedere il Mudder con gli uomini che ti palpeggiano? *E chi ti palpeggia?*»

Questa conversazione sta facendo scorrere il sangue

nella direzione sbagliata. «Nessuno. Sto solo cercando di diventare più risoluta con gli uomini, ma... Possiamo parlarne più tardi?» Metto la mano sulla sua erezione attraverso i pantaloni. Sono molto interessata all'oggetto enorme che mi ha tormentato sessualmente nelle ultime settimane.

Lewis sembra stordito. Rotola sulla schiena e mi tira sopra di lui, baciandomi.

Dopo avere finalmente slacciato i bottoni, scosto i lembi della camicia, mettendo in mostra la pelle liscia sopra i muscoli e gli passo la mano sul petto e lo stomaco. Il respiro di Lewis diventa affrettato mentre mi guarda aprire la cerniera dei pantaloni e abbassare i boxer, denudandolo.

Non scherzavo dicendo che avevo bisogno di toccarlo. Voglio Lewis in tutti i modi. Non ho mai voluto farlo, non l'ho mai fatto prima, ma adesso sì. Appoggio lo bocca.

Lewis tira indietro la testa e geme, abbassando poi in fretta gli occhi, come se non volesse perdersi niente. «Geneviève.» La sua voce è un sussurro aspro che mi manda una fitta più acuta di desiderio al basso ventre.

D'istinto, lo lecco dalla base verso l'alto, tenendolo con una mano, avvolgendo la bocca intorno alla punta e succhiando. È una situazione nuova per me, ma finora sembra che vada bene. Ha un lieve odore di pino anche qui, misto al profumo dell'ammorbidente e a quel sentore distintamente mascolino che associo a Lewis.

Sta ansimando, le sue cosce sono come granito sotto le mie braccia. «Va bene così?» gli chiedo.

Dalla bocca gli sfugge una parola confusa, più che altro un gemito.

Lo prendo come un sì.

Stringo la base larga e mi riempio la bocca, estraendolo qualche secondo dopo per ispezionare la testa spessa, setosa perché, di colpo, è la cosa più affascinante che abbia mai visto, anche se, di solito, preferivo non guardare.

Mi piace la sensazione della pelle di Lewis contro le mie labbra. Passo la bocca su tutta la lunghezza, colpendo la cerniera con il mento e questo mi rammenta che voglio vedere il resto di lui. Ma non ho ancora finito qui. Forse se facessi in fretta a spogliarlo?

Mi siedo sui talloni e quando lui alza il sedere per aiutarmi, gli tiro i pantaloni fino alle caviglie.

Lewis si mette seduto più in fretta di quanto sembrasse in grado di fare un secondo fa e mi toglie la maglietta, fermandosi per slacciare e scartare anche il reggiseno.

Adesso sono in piedi accanto al letto e cerco con decisione di slacciargli le scarpe per togliergli il resto dei pantaloni, quando lui mi abbassa i pantaloni della tuta sui fianchi, mettendo le mani all'interno delle mie cosce.

Il mio cervello si svuota.

Le sue mani grandi sono a millimetri dalla zona pulsante tra le mie gambe. Le fa scivolare in alto e sul sedere, tirandomi vicina e baciandomi lentamente e sensualmente con un braccio avvolto stretto intorno alla mia schiena. «Togliti il resto dei vestiti.»

«Sì» sussurro.

Lui ridacchia. «I sandali?»

Guardo i sandali ancora ai miei piedi. Con i pantaloni di una tuta, ammucchiati intorno alle caviglie.

Decisamente una visione attraente.

«Ecco...» Lewis si sposta finché sono seduta su una delle sue gambe e mi solleva la gamba, slacciando il cinturino.

Perché vedere le sue mani mascoline slacciare le fibbie delicate è così eccitante? Passo il palmo della mano su e giù sulla sua erezione che mi sta accarezzando il fianco, chiamandomi.

Il suo respiro accelera, insieme alle sue dita sul cinturino. Sento tirare e poi entrambi i sandali volano attraverso la stanza e Lewis mi appoggia sul letto, sdraiandosi sopra di me, questa volta completamente nudo perché ha scalciato via il resto dei vestiti e, Dio, come mi piace.

Gemo e mi bacia la bocca, una mano sul seno, poi lungo il fianco, lo stomaco. Le sue labbra seguono il percorso della mano e mi bacia l'ombelico, il fianco. Le mani e le spalle mi allargano le ginocchia e mi mette le mani sul sedere, sollevandomi...

«*Aspetta.*» Cerco di sedermi, ma in effetti non posso perché ho il sedere per aria con la sua testa tra le mie gambe.

Bacia la piega all'inguine. «Sì?» La sua lingua esce fulminea e mi lecca *lì*.

«*Uuh...* Non sono...» *Wow, è fantastico...* «A mio agio...» Le mie parole escono in un sussurro esitante.

Non mi ero mai sentita a mio agio con il sesso orale. Di solito finivo per strattonare il tizio tirandolo verso l'alto ogni volta che qualcuno si avvicinava a quella zona, ma adesso?

Adesso sembra un'idea eccellente.

Lewis divide le mie grandi labbra e affonda la lingua, girando intorno e trovando il punto che è caldo e sta pulsando a causa sua. Le sue dita abili si uniscono alla festa e... Ecco.

È lì da forse trenta secondi prima che io gridi, e intendo dire che grido e ansimo, e poi Lewis sta risalendo lungo il mio corpo e mi copre la bocca con la sua. Pianta i fianchi tra le mie gambe, con l'erezione che strofina il punto che ha appena sedotto e poi si strofina lentamente e ritmicamente sopra di me, rimettendo in moto il *sto per esplodere.*

Gli afferro il sedere e mi tengo perché di colpo un secondo orgasmo sembra un'idea fantastica.

«*Preservativo?*» ansimo. Prendo la pillola, ma non abbiamo parlato delle altre cose.

Il suo fiato mi accarezza la guancia e mi sfiora l'orecchio con le labbra. «Ce l'ho già.»

Ce l'ha? Wow. Ero veramente... Sì, già, *occupata*.

È l'ultimo pensiero coerente che ho mentre Lewis scivola dentro e fuori, con un ritmo costante e poi ricomincio a gemere e ad ansimare quando mi colpisce un altro orgasmo, più intenso del primo, e non pensavo fosse possibile.

Il suo corpo si irrigidisce e dal petto gli esce un grugnito sexy. Tende le braccia ai lati della mia testa. Il suo respiro è affrettato mentre si tiene sopra di me. Dopo un momento, crolla di lato, facendomi rotolare con lui.

È ufficiale, penso, con le gambe intrecciate con le sue. Sono passata dall'essere una puritana a una sessuomane. Sono appiccicata a lui, respiro il suo odore come fosse una droga mentre mi stringe e non so se vorrò mai lasciare questo posto. Sto prendendo in considerazione di ripetere quello che abbiamo fatto, appena il mio cervello avrà recuperato abbastanza ossigeno.

Gli arti sono pezzi di materia inutile e cedo lentamente al sonno, tra le braccia dell'unica persona al mondo con cui mi sono aperta. Con cui ho condiviso me stessa. L'intera me stessa, le stronzate di mia madre, il corpo, il cuore...

Capitolo Ventidue

Una lama di luce penetra dalle tende beige dal lato opposto al mio letto, scaldandomi il volto e accecandomi. Mi accoccolo contro il muro caldo e liscio vicino a me. Lewis mette indietro una mano, palpandomi la gamba come per orientarsi, tirandomi vicina. Sposta le spalle, bloccando la luce. Torno a dormire, finché suona il mio telefono, disturbando la mattina più perfetta di sempre.

Tasto con la mano per trovare il telefono sul comodino. La combinazione suono-vibrazione sembra una sirena, mi scuote il cervello. Intendo premere *Ignora* ma gli occhi non funzionano bene e finisco per premere *Rispondi*.

«Pronto?... *Pronto?*» sento. «Geneviève?»

«Mamma» gracchio. «È presto. Troppo presto per...»

«Stai ancora dormendo? Avrei dovuto saperlo. Cioè, davvero, come fai a concludere qualcosa se passi la mattina dormendo?»

Ironico. Mia madre ha passato molte mattine dormendo dopo essere stata in giro per tutta la notte con tizi che avevano la metà dei suoi anni.

«Io lavoro fino a tardi, mamma e mi sto allenando. Sono stanca. Possiamo parlare più tardi?»

«Allenando? Per che cosa?»

«L'Alpine Mudder.» Sbadiglio. «Dovresti venire a vederlo. È tra un paio di settimane.»

Lewis scende dal letto e i miei pensieri si raggrumano in un ronzio statico. *Il suo corpo nudo. Il suo sedere... Quello che abbiamo fatto questa notte.*

Mia madre dice qualcosa.

«Ripeti.»

Lei sbuffa e poi smette di respirare. «Aspetta un attimo. C'è qualcuno lì con te?»

«L'Alpine Mudder...» dico in fretta, attenendomi all'argomento precedente e stringendo il telefono.

«È così. C'è un ragazzo con te. Chi è? Lo conosco? Per favore non dirmi che è quel maniaco dell'ordine.»

«Cosa? No, mamma. Devo andare. Non dimenticare l'Alpine Mudder. Hai detto che vuoi venire a trovarmi prima che io torni a scuola. Quello dell'Alpine Mudder sarà un buon finesettimana.» O disastroso. Non ho ancora deciso.

«Avrei dovuto sapere che saresti stata un'atleta» borbotta lei, attirando la mia attenzione. Mi si schiarisce di colpo la testa e mi siedo. «Di che cosa stai parlando? Tu fai schifo negli sport...» dico d'impulso prima di rendermi conto di quanto sia scortese. «Cioè, so che ti piace il golf ed è importante. Non è necessario essere bravi, ma... A che cosa ti riferivi esattamente? C'è qualcun altro atletico nella nostra famiglia?»

«No... No, niente.» Ha la voce tesa. «Hai ragione, ha saltato una generazione. Penso che il tuo bisnonno... Sì, il tuo bisnonno fosse un giocatore di baseball, o era di football?»

«Ma hai detto che avresti dovuto aspettartelo, quindi non avevi qualcuno in mente?»

«Cosa? No, Geneviève. Dobbiamo discutere tutta la mattina o hai intenzione di parlarmi della corsa e del ragazzo nel tuo letto?»

Le comunico la data della gara e ignoro l'ultima domanda. «Ti voglio bene, mamma.»

«Ma...»

«Ciao.» Premo *Fine* e rabbrividisco con il lenzuolo stretto al petto. Quella sulla mia vita sessuale non è il tipo di conservazione che voglio avere con mia madre.

Lewis si è messo i pantaloni ma non la maglietta. È un magnifico spettacolo... Veramente magnifico.

Mi sdraio e sorrido. «Sei sicuro di dover andare?»

I suoi occhi percorrono il mio corpo coperto dal lenzuolo come se fossi nuda. «Sfortunatamente... Devo lavorare...» Sorride, con uno scintillio malizioso negli occhi. «Meno male che sono un socio. Decido io i miei orari.» Si lancia sul letto e rimbalzo in aria, strillando.

Lewis ha mostrato solo di recente questo suo lato, quello scherzoso, divertente, ed è successo quando ero già pericolosamente attratta da lui.

Allunga la mano oltre la mia testa e prende il suo cellulare dal comodino, passandomi la mano lungo il fianco mentre scrive rapidamente con l'altra. Cerco di sbirciare lo schermo, ma lui tiene lontano il telefono e mi dà un'occhiataccia.

Getta il telefono oltre la spalla. «Mi sono preso la mattinata libera.» Mi tira il lenzuolo sotto il seno e io passo le mani sulle sue spalle, sui muscoli delle braccia.

«È questo il motivo per cui lavori con tuo padre? Per decidere tu il tuo orario?» Non mi sto lamentando, per niente. Sostengo completamente la sua etica lavorativa, visto che va a mio vantaggio.

Il telefono di Lewis vibra due volte. «Ignoralo» sussurra, baciando l'incavo tra i miei seni.

Il suo telefono vibra ancora due volte e lui alza la testa da un posto vicino al mio ombelico. Irritato, allunga la mano per prendere il telefono, tenendomi ferma con una mano sulla vita. Lo fissa e sospira pesantemente. Coprendomi con il lenzuolo, mette le gambe giù dal letto.

Mi siedo. «Che c'è che non va?»

Lui mi bacia la guancia e si alza. «Mi ha chiamato il mio architetto, ricordandomi una riunione con un cliente, che è già lì.» Accidenti, deve andare. «E... Mira ha bisogno di qualcosa.»

Sento lo stomaco che sprofonda. Se ne sta andando perché Mira gli ha mandato un messaggio o per via dell'appuntamento di lavoro? Se si tratta di lavoro, perché ha menzionato Mira?

Lewis guarda irritato i pantaloni stropicciati. «Dici che vanno bene? Non ho tempo di passare da casa.»

Faccio spallucce, senza dire molto. «La camicia sembra sia a posto.»

Non so come, la camicia è finita appesa alla lampada invece che ammucchiata sul pavimento. Se la mette, con il maglione in mano e rimpiango la perdita della visione di Lewis nudo e della mia bella mattinata.

È così che andranno le cose? Lewis che se ne va per risolvere qualche problema per Mira? L'idea è deprimente.

Lui guarda il mio corpo sotto il lenzuolo e fa una smorfia, come se rimpiangesse di doversene andare. «Ti chiamerò più tardi, okay?» Annuisco e lui si china a darmi una beccatina sulle labbra, stringendomi la mano. Mi chiedo se stia vedendo qualcosa sul mio volto, perché mi bacia di nuovo, questa volta teneramente, con il pollice che mi accarezza il mento, prima di uscire dalla camera.

Mi lancio attraverso la stanza e sbircio fuori dalla tenda, avvolta nel lenzuolo. Lewis sale in auto e fa retromarcia, guardando un'ultimaa volta lo chalet prima di svoltare nella strada e sparire.

Sento una dolorosa sensazione di vuoto al centro del petto. Non so che cosa pensassi sarebbe successo dopo il sesso, ma certo non era questo disperato bisogno di stare vicino a lui.

Accidenti accidentaccio.

Cerco di tornare a dormire e non ci riesco. Resto a letto, imbronciata. Mi preoccupa che Lewis sia pericoloso per la mia salute mentale. L'ultima volta in cui ho provato qualcosa per qualcuno, Lo Stronzo mi ha tradito e i sentimenti che provavo per lui non erano nemmeno lontanamente il confuso mix che mi provoca Lewis.

Mi metto i pantaloni di una tuta e una canottiera, zoppico in cucina e tento di versare i *Cheerios* senza rovesciarli fino all'ultimo sul pavimento, cosa che si sa che faccio spesso di prima mattina. Sento bussare alla porta.

Cali è uscita per andare al suo nuovo lavoro prima che mi svegliassi, insieme a Jaeger e Tyler non si vede da nessuna parte. Ultimamente, è rimasto assente parecchio. A quanto pare, il giorno in cui si è fatta viva sua madre hanno avuto una specie di discussione sul fatto che lui non voglia tornare al lavoro. Non so che cosa gli stia realmente succedendo.

Sono da sola in casa, quindi questo fortunato ospite si

beccherà un benvenuto coi capelli arruffati. Almeno non sono in accappatoio.

Apro di scatto la porta che si incastra e trovo Lewis sulla soglia. Sorrido come una lunatica finché noto l'espressione preoccupata sul suo volto. «Che succede?»

«È Cali» dice con la voce tesa. «Sono andato in ufficio. Non sta bene.» Guarda la mia canottiera e probabilmente i miei capezzoli che spingono contro il tessuto sottile. Arrossisco, ripensando a quello che ha fatto loro solo qualche ora fa. Lui si schiarisce la voce e indica la mia canottiera. «Dovremmo andare, ma per favore, metti qualcosa sopra quella.»

Corro in camera e prendo una felpa leggera. Se Lewis ha annullato i suoi altri impegni dev'essere successo qualcosa di terribile.

Ho il cuore che batte a mille, le mani che tremano mentre prendo il telefono e la borsa e mi do un'occhiata allo specchio. Ho i capelli che ricordano gli anni Ottanta, ma non me ne posso preoccupare adesso. Li appiattisco con le mani e corro da Lewis. «Che cosa le è successo?»

Lui chiude la porta, con la mano sulla mia schiena, spingendomi verso la Jeep. «Non lo so. L'hanno portata in ospedale.» Guarda diritto davanti a sé, con la bocca tirata. «Sta molto male.»

Capitolo Ventitré

Com'è possibile che la vita sia normale un minuto prima e un disastro quello dopo?

Lewis e io arriviamo in ospedale e scopriamo che Cali è ricoverata in Terapia Intensiva.

Questa mattina, la mia migliore amica al mondo è quasi morta.

Quel pensiero mi fa star male fisicamente e il pericolo non è passato. Cali ha avuto una reazione al Molly, o ecstasy, come diavolo si chiama, qualche folle droga da club che non avevo idea assumesse. Può essere sfrenata, ma Cali non si droga; almeno è ciò che pensavo.

La mamma di Cali lavorava nei casinò. Crescendo, Cali ha sentito mille prediche sui pericoli delle dipendenze. Aveva detto che non avrebbe mai preso quella roba. E al mattino, prima di andare al lavoro?

Non ha senso.

In Terapia Intensiva sono ammesse solo due persone per volta e ci sono sua madre e suo fratello. Mi lasciano dare un'occhiata, ma Cali dorme, ha la febbre e non sono rimasta molto.

Lewis e io aspettiamo notizie nella sala d'attesa. Passo tutto il giorno e la notte su una sedia di plastica, aggrappata al braccio di Lewis, sclerando, senza sapere se i farmaci che i medici le hanno dato per contrastare la sua reazione alla droga funzioneranno o no. Maddie ha detto che Cali ha aspirato il vomito dopo essere stata male ed essere svenuta. Se non fosse stata in ufficio quand'è successo... Se fosse stata da sola... Non posso pensarci.

Con la testa appoggiata alla spalla di Lewis e gli occhi chiusi, sento il cellulare vibrare. Quasi lo lascio cadere nella fretta di controllare il messaggio, sperando siano notizie di Cali.

Jaeger: *È sveglia, stanza 12.*

Jaeger è qui in ospedale? Non mi fermo a pensare a come sia entrato in Terapia Intensiva. Sto correndo verso la stanza con i passi pesanti di Lewis un secondo dietro ai miei.

Maddie è la prima persona che vedo quando entro, poi Cali appoggiata ai cuscini, con i capelli biondo-rossiccio appiccicati alla testa. È quasi seduta e gli occhi sono limpidi. Ha dei cerchi scuri sotto, ma è lucida.

Ringoio le lacrime e vado accanto al suo letto, mentre gli altri escono dalla stanza per darci un po' di spazio. «Sei sveglia.» Sorrido con le mani che giocherellano con la sua coperta. Lei me le schiaffeggia via e io nascondo un singulto. È reattiva. Starà bene.

Jaeger mette la testa nella stanza, con un'espressione tesa sul volto. Dal modo in cui sta aleggiando, immagino che sia così che ha trovato il modo di restare con Cali tutta la notte, insieme alla sua famiglia. Chi avrebbe detto di no a un uomo così sconvolto e così tremendamente grosso?

Il sorriso di Cali sparisce quando intravede Lewis. Molto è cambiato negli ultimi due giorni. Cali non sa che Lewis e io abbiamo una relazione, ma dovrò aspettare finché sia riposata e a casa.

Per ora ho qualche domanda da fare. «Cali, come hai fatto a invischiarti con questa roba?»

Lei lascia ricadere la testa sul cuscino. «Non anche tu! Ho bevuto un maledetto caffè al cioccolato ieri mattina, ed è tutto.»

Spiega nei particolari, a quanto pare per la seconda volta, che non ha volontariamente assunto droghe. È stata drogata. Dalla ex ragazza di Jaeger o qualcuno che conosce la sua ex. La stessa ex che sta occupando abusivamente la casa di Jaeger, obbligandolo a restare da noi. Jaeger pensa che la sua ex sia responsabile di aver fatto mettere della droga nel caffè di Cali ieri mattina quando si è fatta dare un passaggio da un amico per andare al lavoro.

Che cos'è questa storia degli ex che non mollano quando qualcuno ha voltato pagina?

La polizia non crede alla storia di Cali con la stessa facilità dei suoi amici e della sua famiglia. Dopo qualche giorno in ospedale, viene dimessa e immediatamente arrestata.

È un fottuto disastro.

Jaeger ha pagato la sua cauzione (perché, a quanto pare, è pieno di soldi) e Cali è a casa, che riposa mentre io sono dovuta tornare al lavoro.

Controllo l'orologio. Ancora un'ora alla fine del mio turno e all'arrivo di Lewis. Mi ha lasciato spazio in questi ultimi giorni in modo che potessi occuparmi di Cali, ma mi manca.

Ogni anno, il casinò ospita un torneo di golf per le celebrità e, con la folla di questa settimana, è una delle rare volte in cui non mi dispiace servire il retro del Mont Belle

Lounge. Sono presissima e sto guadagnando un mucchio di soldi in mance, e non solo dai clienti regolari. Ho servito diverse celebrità, l'ultima un giocatore di football che è stato alquanto uno stronzo e ha chiesto che gli cambiassi il drink ritenendo che la guarnizione di lime non fosse fresca. Comunque mi ha dato dieci dollari di mancia.

Le celebrità devono mantenere un'immagine. Nessuno vuole la nomea di essere uno spilorcio. Le voci corrono, come sappiamo bene Cali e io, visto che guardiamo religiosamente i canali di pettegolezzi.

Un uomo di mezz'età e sua moglie sostituiscono il giocatore di football a quel tavolo. Sono una bella coppia. Lei è minuta e bionda, l'uomo alto, capelli scuri con le spalle larghe. È in forma e troppo attraente per non essere un'altra celebrità.

Mi avvicino immediatamente al loro tavolo perché questa gente diventa irritabile se la si fa aspettare più di dieci secondi. «Posso portarvi qualcosa da bere?» Mi appiccico sul volto un gran sorriso che, ho notato, porta mance migliori.

L'uomo sbatte gli occhi, dando un'occhiata a sua moglie prima di schiarirsi la voce. «Per mia moglie il vino bianco della casa e io la birra speciale alla spina.»

Okay, forse non sono celebrità. I VIP ordinano i liquori più costosi, non il vino della casa.

«Torno subito.» Metto i tovagliolini sul tavolo e mi volto.

Resto senza fiato e vacillo. Drake è davanti a me, a pochi centimetri dalla mia faccia.

«Geneviève» dice. «Ho bisogno di te in una delle suite.»

Con la gola chiusa e il polso che corre, mi ci vogliono alcuni secondi per trovare la voce. «Non posso, sono molto occupata.»

Lui sorride tranquillo, avvolge le dita lunghe e sottili sul mio braccio, stringendolo da far male e mi tira via dal tavolo. «Parliamo...»

«C'è qualche problema?» L'uomo al tavolo si alza. È trenta centimetri più alto di Drake.

«Ovviamente no» mormora educatamente Drake lasciandomi andare. «Come va stasera, signor Kendrick?»

L'espressione dell'uomo è tesa. «Bene, finché non ha cercato di portarci via la cameriera.»

«Bene.» Drake mi dà un'occhiata gelida. «Non vorrei togliere nulla alla sua esperienza al Blue.» Fa una specie di inchino, con le spalle rigide come il sorriso. Si volta in modo che il cliente non possa vedere l'occhiata di fuoco che mi rivolge. «Troverò un'altra cameriera. Godetevi il vostro soggiorno, signori Kendrick.»

Do un'occhiata imbarazzata alla coppia e vado verso il bar.

Non ho sentito assolutamente niente dalla direzione riguardo la denuncia per molestie sessuali. Fare rapporto non ha impedito a Drake di afferrarmi proprio adesso, ed è una brutta situazione. Molto, molto brutta. Non mi aveva più toccato dopo le sue minacce accanto agli ascensori, ma stasera ha tentato di trascinarmi da sola in un'altra suite. Perché l'ha fatto, dopo la mia denuncia nei suoi confronti?

Perché comanda lui.

Sta mettendomi alla prova per capire fino a che punto ho intenzione di contrattaccare. Se esagero perderò il lavoro. Questa città di montagna è piena di gente che aspetta solo che ci sia un posto lucrativo in uno dei casinò. L'unico motivo per cui Cali e io l'avevamo ottenuto era stato grazie ai contatti di Maddie. Dovrò tornare a dipendere da mia madre e dai suoi soldi se mi licenzieranno.

Lo detesto. Detesto che dipendere da mia madre sia la mia unica scelta, ma disprezzo ancora di più Drake.

Torno con il vino e la birra e un sorriso meno spensierato.

«Va tutto bene?» chiede il cliente con un'espressione preoccupata sul suo bel viso.

«Sì.» Ingoio la bugia. «È difficile nei fine settimana con molta folla.»

Lui dà un'occhiata a sua moglie, che lo guarda con un sorriso di incoraggiamento. «Ti chiami Geneviève?»

Sussulto all'uso del mio nome formale. Fottutissimo Drake. Detesto quello che mi ha fatto. «Sì, ma normalmente mi chiamano Gen.»

L'uomo annuisce, facendo una pausa come se volesse dire qualcosa, ma non ne fosse sicuro. «Lavori qui da molto?»

«Solo per l'estate. Tornerò a studiare a settembre, per la laurea magistrale.»

Il suo pomo d'Adamo va su e giù mentre il suo viso resta impassibile. Troppo impassibile. In effetti sembra pallido per un uomo con i capelli neri... e la pelle chiara. Abbiamo gli stessi colori insoliti.

«Come hai detto che era il tuo cognome, Gen?»

Aspettate, perché mi sta facendo queste domande personali? Lo fisso senza rispondere. Il mio cervello sta cercando di elaborare qualcosa che mi frulla in fondo alla mente.

La donna mi sorride con calore. «Assomigli alla figlia di qualcuno che conosciamo. Sei per caso imparentata con Elizabeth Tierney?»

Il nome originale di mia madre.

La maggior parte della gente non sa del vero nome di mia madre, a meno che la conoscessero più o meno nel periodo in cui sono nata io, quando aveva deciso di reinventarsi. Come fanno a conoscerla? Non ho mai conosciuto questa gente.

L'uomo sembra sul punto di svenire. Ha le labbra tirate, ben visibile un piccolo incavo sulla sinistra. Non è una tradizionale fossetta. È quasi impercettibile, come se si vedesse solo in caso di estrema felicità o di enorme stress. Ne ho una anch'io. Esattamente nello stesso posto.

No. *No, no, no.*

I pensieri rotolano, cadendo come una valanga su un pendio pericoloso. Sento un dolore pulsante dietro la tempia, che mi annebbia la vista, risucchia l'ossigeno dall'aria.

«No.» La parola esce lieve, quasi inudibile. La vista vacilla...

Lewis mi sorride guardandomi dall'alto. Wow, mi piace proprio svegliarmi con lui. Mi potrei abituare. «Ehi.» Gli sorrido. «Ho fatto il sogno più strano...»

Un'altra faccia entra nel mio campo visivo accanto a Lewis e poi li sento: il rumore, le voci, tante voci, campanelli, cicalini. Il casinò, non la mia stanza da letto. Una guardia stringe la spalla di Lewis, parlando in un walkietalkie.

Mi alzo di colpo e mi gira la testa. Mi chino, tenendola tra le mani.

Adesso ricordo. L'uomo. Quello che... Che... Che...

«Stai bene?» Lewis si scrolla di dosso la guardia, con un'espressione irritata.

Mi guardo intorno. Mi stanno fissando tutti. Piego le gambe e Lewis mi aiuta ad alzarmi. «Che cos'è successo?» chiedo.

Lui guarda il cliente, come se stesse accusandolo. «Stavo venendo a prenderti dopo il tuo turno e ti ho visto cadere.»

Faccio una smorfia. «Credo di aver perso i sensi.»

Lo stress di Cali in ospedale, prendermi cura di lei... Non ho dormito molto. E adesso...

Lewis guarda incerto il cliente accanto a lui, che, noto, ha un segno rosso intenso sulla mandibola. «Pensavo che lui...» Guarda imbarazzato l'uomo. «Mi dispiace.»

«Non è niente» dice il mio cliente, che continua a fissarmi preoccupato. Estrae una sedia. «Vuoi sederti?» La guardia sembra ritenerla una prova che è tutto sotto controllo, in particolare quando Maryanne si avvicina e gli fa energicamente segno di andarsene.

«Non posso sedermi. Sto lavorando» dico in tono assente.

«Biancaneve» abbaia Maryanne. «Vai a casa prima di cadere. *Di nuovo.*» Scuote la testa e sfoggia tutto il suo fascino nei confronti dei clienti che stanno fissando da un tavolo di distanza.

«Mi dispiace se ti ho fatto pressione. Per avere il tuo nome» dice l'uomo. Mette la mano sulla spalla della bionda minuta. «Sono Jeb Kendrick e questa è mia moglie, Simone. Sono un vecchio amico di tua madre. Non avevo tue fotografie recenti e volevo essere sicuro che fossi la persona giusta. Speravo di parlare con te di una cosa privata. Sei Geneviève Tierney?»

Esamino i suoi lineamenti, il piccolo neo scuro sul lato dello zigomo... Il mio è più in basso, al centro della mandibola e mamma lo chiama sempre il mio segno di bellezza. Occhi marrone chiaro, viso ovale, capelli neri e pelle molto chiara. I lineamenti non sono proprio esatti, ma i colori sono esattamente gli stessi. E conosce mia madre. Il suo *vero nome*. Quello che ha cambiato vent'anni fa.

Scuoto la testa e afferro il braccio di Lewis. «No.» È l'unica parola che ho per quest'uomo. Tiro Lewis fuori dal lounge verso l'entrata dei dipendenti.

«Gen» dice Lewis quando arriviamo nel salone del casinò. «Che cosa sta succedendo?» guarda indietro verso l'uomo che ci sta fissando con un'espressione tormentata sul volto.

Perdo il controllo a metà strada verso il sotterraneo. Le lacrime mi scendono sulle guance. È stata una settimana stressante, ma questo? Mi sono sempre chiesta se un giorno lo avrei incontrato.

Non riesco ad affrontarlo. Non adesso né mai. Mi sento stringere il petto per il panico, il respiro è corto e sibilante. Se è lui, mi ha abbandonata. Non fa parte della mia vita. Porta chiusa.

Lewis mi prende per le spalle e mi ferma. Tocca una lacrima con il polpastrello e mi tira di fianco a una slot machine, abbracciandomi. Afferro la sua maglietta e nascondo la faccia.

Lewis ha visto tutta la stronzata con Drake. Ha accettato anche la verità su mia madre e mio padre... Ma questo succedeva quando mio padre era un'entità sconosciuta. Se questa persona è quello che dice il mio istinto, la cosa è enorme.

Chi sa con certezza che cos'era mia madre per mio padre? L'unica cosa che so è che lei ha avuto me e lui ci ha lasciate. La mia peggiore paura e l'unica spiegazione logica è che io sia il risultato dell'avventura di una notte.

Dio, che cosa vuole questo tizio? Non voglio conoscere i sordidi particolari. Non dovrei conoscerli.

«Quel tizio ti ha fatto qualcosa?» chiede Lewis. «L'ho colpito. Pensavo che ci avesse provato... Ma sua moglie ha detto che non aveva fatto niente e non sembravi arrabbiata quando ti sei svegliata. Ora mi chiedo...» La sua voce è profonda, un po' terrificante. «Ti ha toccata?» La sua voce si rompe sull'ultima parola.

Ha detto che avrebbe fatto male a qualunque uomo mi guardasse nel modo sbagliato, ma pensavo che fossero solo parole. Non capisco questo tipo di attaccamento. Gli uomini non ti proteggono dal dolore; spesso sono loro che lo causano. E non restano.

Lewis non si sta solo comportando da macho, sembra addolorato, come se l'idea di qualcuno che mi ferisce ferisca anche lui.

«No, niente del genere.» Guardo indietro. Kendrick e sua moglie se ne sono andati. «Penso... Penso che sia mio padre.»

Capitolo Ventiquattro

Lewis mi fissa per un lungo momento. Senza dire niente, mi accompagna alla porta del sotterraneo. «Cambiati. Io aspetterò qui.»

Annuisco e vado al mio armadietto come in una nebbia. Mio padre era sempre questo stronzo senza nome e senza volto. È ciò che mi sono sempre detta, per accettare che ci avesse lasciate. Ma quest'uomo è ricco... E sembra normale.

Ho la mente talmente in subbuglio da star male fisicamente. Sento un'ondata di nausea che mi fa stringere la gola e mi fa bruciare il naso. Mi vesto ed esco dal sotterraneo.

Lewis mi accompagna a casa. Mi tiene stretta tutta la notte e non fa domande. A un certo punto scivolo in un sonno senza sogni.

Quando mi sveglio, la stanza è illuminata dal sole brillante che entra dalle tendine che avevo dimenticato di chiudere. Lewis mi sta ancora abbracciando, ma ha la testa appoggiata su un cuscino ed è completamente sveglio.

«Ehi» dico.

Lui abbassa gli occhi e mi sorride, ma c'è una stanchezza

sul suo volto che mi fa capire che ha dormito perfino meno di me.

«Che cosa c'è che non va?»

Lui chiude gli occhi e sospira dal naso. «Il tizio di ieri sera.»

«Jeb Kendrick?»

Lui annuisce. «L'ho riconosciuto.»

Gli stringo le braccia intorno al petto. Non sono sicura di volerlo sentire.

«Il nome mi sembrava familiare, quindi l'ho cercato online.» Il telefono di Lewis è a faccia in su sopra le coperte. «È un ex giocatore professionista di football. L'ho cercato per assicurarmi che non fosse qualcun altro con lo stesso nome, ma è lui. Jeb, l'uomo che pensi... È stato un quarter-back nella NFL per circa un decennio.»

Mi si riempiono gli occhi di lacrime. Se questo tizio è pieno di soldi ed è così, visto il suo aspetto e ciò che ha detto Lewis, avrebbe potuto aiutare mia madre. Mantenerla. Lei lo sa?

Non riesco a credere che avrebbe frequentato tanti uomini ricchi se non avesse avuto bisogno di soldi. Fino a Fred, non ha mai amato nessuno di loro. Li usava, o loro usavano lei, non so esattamente come funzionasse, ma è così che siamo sopravvissute finanziariamente e ho sempre covato del risentimento nei confronti di mia madre, turbata che non avesse scelto una strada diversa.

Non dovrei essere così dura con lei. Era un'adolescente quando ha avuto me. Chiunque avrebbe fatto fatica a occu-parsi di un bambino e far quadrare i conti.

E adesso scopro che Jeb Kendrick avrebbe sempre potuto aiutarci?

Sto pensando di chiamare mia madre, dirle che quest'uomo si è fatto vivo, ma ho bisogno di riflettere. Jeb mi ha cercato. Perché farlo, se era stato intenzionalmente lontano per tutta la mia vita? Ha cambiato idea?

Bussano insistentemente alla porta della stanza, e poi una voce familiare. «Gen? Ci sei?»

Cali. *Cali!* Mi avvolgo una coperta intorno al corpo e mi siedo.

Lewis aggrotta la fronte. «Problemi?»

«Sì» sibilo. «Cali non sa che stiamo... Che stiamo...»

«Insieme?»

«Sì. Cali è stata malata e non volevo parlarle di noi finché le cose non si fossero sistemate. Non so se l'hai notato, ma è stato un po' caotico da queste parti.»

Lui scuote la testa e io scendo dal letto, portando la coperta con me. Cerco i vestiti, carponi sul pavimento. Sento una risatina dal letto e alzo gli occhi.

Lewis mi sta osservando, ridacchiando. Mi manca il fiato. Ha i capelli arruffati, un sorriso pigro sul volto, i muscoli del torace nudo in piena vista... Non è la prima volta che mi seduce inconsapevolmente con il suo fascino mattutino.

«Vestiti» dico e recupero una felpa da sotto il letto.

Bussano ancora. «Gen, che cosa sta succedendo? Stai bene?» La maniglia si muove. Grazie al cielo uno di noi due aveva chiuso a chiave.

Un paio di boxer fuoriescono dal cestino nell'angolo con la biancheria da piegare e mi lancio a prenderli.

Tyler? Che diavolo... Infila di nascosto la sua biancheria nel nostro cestino? Che scroccone!

Mi metto su una gamba e infilo i boxer sopra le mie mutandine. Non è successo niente ieri notte... Ero troppo sconvolta per parlare o fare qualcosa di più che restare accoccolata, ma ci stiamo entrambi spogliati fino a restare con la biancheria intima prima di infilarci sotto le coperte.

I boxer mi scivolano sui fianchi e quasi cadono, finché li arrotolo e li rimetto a posto.

«È così brutto che sia qui?» sussurra Lewis, tirandosi in alto i jeans.

Altri pugni sulla porta. «Gen, mi sto preoccupando. Apri!»

«Sto arrivando!» dico girando intorno al letto, stringendomi per passare accanto a Lewis che sta infilando le braccia nelle maniche di una t-shirt. Mi afferra per la vita prima che riesca a passare e fa scorrere le dita sulla pelle esposta tra la felpa e i boxer. Rabbrividisco.

«Mi dispiace.» Sorride spudoratamente, poi fa spallucce. «Non proprio.»

«Sei molto più birichino di quanto lasci a intendere.»

Lui si china e mi bacia sulle labbra. «Solo con te.»

Passo il palmo della mano sul rigonfio che si sta formando nei suoi jeans. Proprio così, è un gioco che si può fare in due.

Lui ringhia e mi tira più vicina.

Gli schiaffeggio via le mani. «Non adesso, non adesso!» e apro la porta della camera.

Cali è lì, con il top di un bikini e i pantaloni di flanella del pigiama. Guarda me e poi Lewis. Spalanca comicamente gli occhi, stringendo le labbra come se si stesse impedendo di dire qualcosa. Sbatte gli occhi guardandomi e poi si dirige verso la cucina.

Lewis prende il portafogli dal comodino. «Lascerò che te la veda tu.» Guarda il suo telefono e fa una smorfia.

Gli faccio la stessa domanda che mi ha fatto lui: «Problemi?».

Lui si strofina il mento ruvido. «Forse.»

«Che...»

«Gen» mi chiama Cali dalle vicinanze della cucina. «Esci o no?»

Lewis si mette in tasca il telefono. «Chiamami quando le avrai parlato.» Sorride ma non è tranquillo, come se il messaggio che ha intravisto lo avesse veramente preoccupato. Mi mette le braccia intorno alla vita e mi abbraccia stretta. «Fammi sapere come ti torchia.»

«Potresti restare, sai.»

Mi dà un bacetto sulla fronte e mi lascia andare, andando in fretta verso l'ingresso. «No. Devi vedertela tu.» Si volta a guardare mentre va verso la sua auto. «Avresti dovuto dirglielo» dichiara.

Maledizione. Ha ragione. «Non mi sei di aiuto» mi lamento e lui ridacchia.

Chiudo la porta e raggiungo Cali e Tyler al tavolo da pranzo. Tyler dà un'occhiata fuori dalla finestra, curioso.

Cali beve dalla tazza *Stronza sexy* che monopolizza da sempre. «Allora, vai a letto con Lewis?»

È proprio da lei saltare subito alla parte rilevante. «Già, beh, sai quando ho detto che Lewis e io eravamo solo amici? Le cose sono cambiate poco prima che tu finissi in ospedale. Te lo avrei detto, ma con tutto quello che stava succedendo, la notizia è finita nel dimenticatoio.»

Cali appoggia la sua tazza. «Gen. Non m'importa. Questa settimana è stata folle, a dir poco. So che avevo detto che non avrei interferito, ma... Quella ragazza gli sta appiccicata; sei sicura che non sarà un problema per voi due?»

«Non lo so, ma lui è veramente meraviglioso, Cali.»

Lei guarda Tyler, cercando un alleato.

Tyler fa spallucce. «Tu sei felice?»

Mi si riempiono gli occhi di lacrime perché quando mi ha fatto quella domanda, non ho pensato a Lewis, ma a ieri sera e all'uomo che ho conosciuto. «Non sono mai stata così felice con un uomo prima d'ora.» Ed è la verità. Se non fosse per il problema di mio padre...

Cali spalanca gli occhi. «Allora perché stai piangendo?»

Lascio cadere la testa sul tavolo e la copro con il braccio. Un secondo dopo sento la pressione del braccio di Cali sulla spalla. «Lewis è perfetto, Cali. Non è per lui che sono sconvolta.» Alzo la testa. «Ieri sera penso di essermi imbattuta in mio padre.»

Cali resta a bocca aperta. Un secondo dopo balza fuori dalla sedia e torna con un fazzolettino che ha preso in bagno. «Che cosa significa? Pensavo non parlassi mai con tuo padre.»

Mi asciugo gli occhi. «È così.» Faccio una pausa. «Cali, io non *conosco* mio padre.»

Lei mi guarda stringendo gli occhi. «Vuoi dire che non lo vedi da anni e quindi non sai molto di lui?»

La verità è così umiliante. «Voglio dire che non so *chi* è. E neanche mia madre lo sa. Non l'ha mai detto, ma si è sempre comportata come se la sua identità non fosse importante, quindi è quello che ho sempre pensato. Come se non parlarne fosse il suo modo per salvarsi la faccia.»

Mia madre si è sempre comportata come se l'identità di mio padre non fosse importante, quindi avevo presunto che in effetti non lo sapesse davvero, ma aveva fatto quello strano commento sull'essere atletica come tratto di famiglia. Dopo aver conosciuto Jeb Kendrick e quando Lewis mi ha parlato della sua professione... Mia madre lo sapeva?

Sembra inimmaginabile che me l'abbia tenuto nascosto, ma lo è anche imbattermi nell'uomo che credo possa essere mio padre.

Quando li guardo di nuovo, Tyler e Cali mi stanno fissando. Tyler è il primo a dire qualcosa. «Cavoli, è dura.» Dà una gomitata a Cali, pallida e pietrificata.

Si schiarisce la gola. «Allora, che cos'ha detto questo tizio?»

«Voleva parlare con me. Conosceva il nome di mia madre. Quello vero.» Cali sa tutto sulla passione di mia madre per tutto ciò che è francese.

«Tu che cosa hai fatto?»

«Sono svenuta.»

Cali e Tyler si scambiano un'occhiata. Vorrei che la gente smettesse di farlo.

«Ero più che esausta. Comunque, una volta ripresa conoscenza, ho mormorato qualcosa e son corsa via.» Scuoto la testa. «È finita. Gli ho detto che non conoscevo la persona di cui stava parlando quando mi ha chiesto di mia madre. E anche se non mi ha creduto, deve aver capito che non voglio avere niente a che fare con lui. È probabile che non mi infastidisca più. Solo... Mi ha sconvolto.» Mi scendono altre lacrime sulle guance.

Cali mi afferra la mano. «Gen, devi parlarne a tua madre.»

Ha ragione. Ma se mia madre sapeva di mio padre e sembra che sia così... Mi sento tradita.

La mia mancanza di fiducia non è nata con i boyfriend stronzi. Mia madre aveva fatto entrare nella nostra vita uomini viscidi. I suoi rapporti con loro sembravano non durare mai abbastanza a lungo da richiedere una discussione franca e, anche se gli uomini a volte superavano i limiti, era appena di una sfumatura e mai quando mia madre li poteva vedere. Ero giovane e passiva. La mia incapacità di parlare non mi impediva comunque di incolpare lei. La biasimo ancora, almeno fino a un certo punto. Mi ha cresciuto in un mondo senza la sicurezza fornita da un padre decente e se l'ha fatto volontariamente...

Faccio una doccia e mi siedo fuori su uno dei lettini che

ora sono appoggiati sulla terra nuda, visto che la tenda di Cali e Jaeger occupa tutto il patio. Le gambe del lettino traballano sul terreno sconnesso, ma l'odore pulito di pino degli alberi mi ricorda Lewis e mi aiuta a calmare la tempesta che mi infuria nella mente. Stasera lavoro, ho bisogno di riprendere il controllo prima di andare e significa ottenere risposte alla grossa domanda che mi pongo.

Telefono in mano, scorro i *recenti* e clicco sul contatto di mia madre. La doccia non mi ha aiutato a calmarmi, ma non farò l'errore che ho fatto in passato, di rimandare la discussione su una cosa importante.

Il telefono suona. Sento il cuore che batte nelle orecchie, attutendo il suono.

«Non riesco a crederci» dice mia madre a mo' di risposta. «Sei sveglia prima di mezzogiorno?»

«Chi è mio padre, mamma?»

Silenzio dall'altra pare e poi: «Non è impor...».

«È fottutamente importante. L'ho incontrato ieri sera. Non me l'hai mai detto e l'ho incontrato. Mi ha trovato lui.»

«Cosa?» dice con la voce debole e incerta.

«Jeb Kendrick... Ti suona?»

Il respiro aspro di mia madre è l'unica risposta che ottengo.

«Chi è, mamma? È mio padre?»

«Oh, mio Dio. Aveva promesso...»

«Mamma, rispondimi.»

«Sì» sussurra. «Sì.»

Sto piangendo di nuovo e le lacrime mi rigano le guance. «Perché non me l'hai detto?» La voce mi esce acuta e tremante come quella di una bambina. Detesto le voci vacillanti. Ho lavorato duramente per diventare forte.

«Tesoro, capisco che tu sia sconvolta, ma ti stavo proteggendo.»

«Crescermi come una bastarda significava proteggermi? Sei una specie di prostituta?» Sto cominciando a pensare di essermi sbagliata pensandolo, ma voglio la verità e non ho intenzione di girarci intorno per avere risposte. Basta filtri.

«*Geneviève*» esclama mia madre, inorridita.

«Beh, sì o no?»

«Perché hai pensato una cosa simile?»

«Una squillo? Una escort di lusso?»

«No, niente del genere.»

«Allora, come fai a mantenerci? Non c'è nessuno ricco nella nostra famiglia e tu non lavori.»

«Tuo padre. Tuo padre ha sempre provveduto a noi. Ha insistito.»

Cosa?

«Jeb Kendrick era il mio ragazzo, alle superiori.» Ha la voce nasale, come se stesse piangendo. «Mi ha lasciato per la sua carriera. Mi ha distrutta. Il mio cuore, lui... Non sono mai più...» Fa una pausa e la sento che si soffia il naso. «Il passato è passato. Ho scoperto di essere incinta un mese dopo, ma Jeb aveva già voltato pagina. C'è stata una fila di donne, Geneviève. Ne leggevo nei tabloid. Era un astro nascente. Paparazzi e giornalisti seguivano ogni sua mossa. Quando sei nata c'erano troppe donne per contarle. Non volevo averci niente a che fare.» Sospira piano. «Gli ho detto di te quando avevi circa una settimana. Aveva il diritto di saperlo, ma avevo tutte le intenzioni di allevarti da sola. Mi chiese di riprenderlo, ma non mi fidavo di lui... del modo in cui stava vivendo la sua vita. Ho giurato di essere la madre migliore che potevo essere e proteggerti da quella vita faceva parte di quella promessa.» La sua voce è vacillante, roca.

Non ho mai sentito mia madre così. Lei è la collezionista di uomini, bella, sicura di sé, cui piace tutto ciò che è francese, non la ragazza di una piccola città con il cuore infranto.

«Avresti potuto riprenderlo, mamma. Avrei potuto avere un padre, non è come se non avessi fatto sfilare la tua sfilza di amanti negli anni. Perché l'hai tenuto lontano?»

«C'erano voci sulle droghe e altre dipendenze. Non volevo che ci fossi immischiata. Gli ho chiesto di stare lontano e ha accettato, ma si è tenuto in contatto tramite il mio avvocato e ha sempre provveduto a noi.»

«È sposato.»

«Lo so» mi dice. «Mi ha detto che aveva trovato qualcuno qualche anno fa. Dice che è pulito e che lui e sua moglie hanno un solido ambiente familiare. Ti vogliono nella loro vita. Ho chiesto loro di aspettare un paio d'anni finché ti fossi laureata. Temevo che la verità sarebbe stata troppo da sopportare con lo stress degli studi.»

Gesù. Anche mia madre pensa che sia debole. A parte quello... «Mi sono già laureata, mamma!»

«Lo so! Mi dispiace. Avevo intenzione di dirtelo, ma ero preoccupata.»

«Per che cosa?»

«In parte che saresti stata furiosa con noi.»

«Con te, vuoi dire. Che sarei stata furiosa con *te*.»

«Sì.»

«Avevi ragione. Sono maledettamente arrabbiata!» Mi metto seduta. «Come hai potuto nascondermelo? Mi ha avvicinato e non sapevo chi fosse.»

«Non è così che volevo lo scoprissi.»

«Allora avresti dovuto dirmelo.» Mi manca la voce. *Mi ha mentito in tutti questi anni.*

Mia madre continua a parlare, senza rendersi conto del mio tumulto interiore. «Ha sempre provveduto a noi. Ti sei appena laureata. Mi stavo preparando per dirtelo. Vorrei che Jeb avesse parlato con me prima di cercarti.»

Avevo sempre pensato che mio padre mi avesse abbandonato, ma avevo anche pensato alla possibilità che non sapesse che esistevo. Che se lo avesse saputo mi avrebbe voluta.

Ha lasciato che crescessi credendo di non avere un padre. Anche mia madre è da biasimare... Forse più di lui... Non lo so. Non riesco a pensare a niente con la testa che pulsa. Chiudo la chiamata senza nemmeno salutare.

Capitolo Venticinque

Mia madre ha tentato di chiamarmi una dozzina di volte prima che decidessi di spegnere il telefono. Devo vedere Lewis, sentire le sue braccia intorno a me. Vado nel suo ufficio.

«Ciao, tesoro» dice la receptionist della Sallee Construction. «Vuoi sentire il tuo oroscopo? Stavo giusto per...»

«C'è Lewis?»

Lei smette di sorridere, vedendo le mie spalle rigide, le braccia premute contro le costole. «No, tesoro, non c'è. Posso chiamare qualcun altro?»

Scuoto la testa ed esco dalla porta a vetri, con il campanello che suona dietro di me. Quando torno all'auto, accendo il telefono per la prima volta da questa mattina. Ci sono trentaquattro chiamate perse da mia madre. Chiamo Lewis, che non risponde. Lascio un messaggio, poi gli scrivo.

Gen: *Per favore chiamami. Ho parlato con mia madre di Jeb. Ho bisogno di vederti.*

Non dovrei appoggiarmi a Lewis, ha già tante responsabilità, ma non riesco a farne a meno. Voglio stare vicino a lui in mezzo a tutta questa pazzia.

Quella sera al casinò tengo la testa bassa e mi concentro a servire e a restare lontano da Amber nel lounge. Ho solo bisogno di finire il mio turno.

È quasi finito e Lewis non mi ha richiamato. Non è da lui, nemmeno prima che diventassimo qualcosa di più.

«Biancaneve.» La voce di Amber è secca, agitata. «Hai dieci minuti per fare la tua chiacchierata? Subentro io. E lo faccio solo perché la signora mi ha dato un centone. Ti sta aspettando al tavolo diciannove.»

Alzo gli occhi, confusa, finché vedo Simone, la moglie di Jeb, seduta in fondo al bar.

Indossa un top elegante senza maniche e pantaloni neri e sta sorridendo gentilmente. I capelli biondi sono pettinati di lato e infilati dietro un orecchio.

Finisco di consegnare l'ordinazione e vado incerta verso di lei.

«Ti starai chiedendo perché sono qui» dice dolcemente quando mi siedo. «Sono venuta... Beh... Perché sono una madre. Jeb e io abbiamo una bambina di tre anni.» Simone abbassa gli occhi sulle mani giunte, come se fosse nervosa.

Dove vuole arrivare? La notizia che il mio padre biologico ha voltato pagina e ha prodotto altri figli senza far parte della mia vita non è ciò che voglio sentire.

Lei riporta lo sguardo su di me. «Tua madre ha chiamato Jeb. Ha spiegato la conversazione che ha avuto con te. È molto preoccupata e lo è anche Jeb.»

La furia di questa mattina si riaccende. «Mia madre mi ha tradita e mi ha trattato senza rispetto, nascondendomi informazioni che avevo il diritto di avere.»

Simone annuisce. «Ti capisco. Ma capisco anche il

punto di vista di tua madre. Jeb era anni più giovane di te ora quando sei nata. Allora ha fatto scelte terribili. Non era in condizioni di allevare un figlio e lo sapeva. L'ho sposato e lo amo con tutto il cuore, ma perfino io credo che tua madre abbia fatto la scelta giusta tenendoti lontano da lui quando eri giovane.»

«Perché si è fatto vivo adesso, dopo tutti questi anni?»

«Ha lentamente cambiato vita, ma aveva ferito profondamente tua madre e abbandonato entrambe. Non è stato facile perdonarsi per quello. Per rispetto verso i desideri di tua madre, è rimasto lontano finché non avessi finito il college, ma Jeb aveva espresso il desiderio di far parte della tua vita anche prima che ci sposassimo.» Simone allunga la mano sul tavolo e tocca gentilmente la mia. «Geneviève, so che è difficile da accettare, ma dai una chance a tuo padre. Vuole far parte della tua vita. Vorrebbe dirtelo lui stesso, ma l'ho convinto a lasciarmi fare un tentativo. Pensavo che dovessi sentirlo da qualcuno che è arrivato sulla scena molto dopo e che è in grado di vedere le cose dall'esterno: due genitori che amano profondamente la loro figlia e che tentano di fare ciò che è meglio per lei. Hanno commesso degli errori. *Noi* abbiamo commesso degli errori. Per favore, cerca di perdonarci.»

Scuoto la testa, senza capire. «Come si fa a lasciare un bambino? Com'è possibile che gli importasse di me e l'abbia fatto comunque?»

«Avrebbe dovuto trovare un modo per far parte della tua vita. Allora non credeva di essere all'altezza. Pensava che restare lontano e nel frattempo provvedere finanziariamente a te fosse la cosa migliore da fare. È una decisione che rimpiange ogni giorno e ha fatto grandi sforzi per cambiare.»

Adesso? *Adesso* decide che vuol fare parte della mia vita? «Sono una donna adulta. Che senso ha?»

Simone rilassa le spalle e le mani ricadono in grembo. Sorride. «Per conoscerti, amarti, esserci per te. Lo vogliamo entrambi. Dentro di sé, Jeb l'ha sempre voluto, anche quando pensava di non meritarlo.»

Mi sfugge una lacrima e l'asciugo. «Non mi fido di lui.»

Il suo bel labbro inferiore sparisce per un istante. «Non è stato *affidabile* da giovane. Ma ha imparato dai suoi errori ed è un marito meraviglioso. È anche un padre stupendo. Spero che tu abbia l'opportunità di accertartene da sola.» Respira a fondo. «Era estremamente agitato dopo averti visto ieri. Ha mantenuto la promessa fatta a tua madre di aspettare che ti laureassi e, per la prima volta, ha deciso di avvalersi dei diritti di un genitore e ti ha cercata. Le cose non sono andate esattamente come aveva progettato. Tua madre aveva mandato qualche fotografia negli anni, ma niente di recente. Quando ti ha visto, ti ha riconosciuta immediatamente. Dice che assomigli a sua sorella. È stato uno shock e un piacere insieme e le sue capacità di comunicazione non erano al meglio. Si preoccupa di averti causato un dolore facendosi vivo senza preavviso e senza spiegarsi.» Simone fa un cenno ad Amber, che ci sta fulminando con gli occhi. Sorride e mi porge un tovagliolino con i numeri di cellulare suo e di Jeb. «Grazie per avermi ascoltato. Saremo qui per un paio di settimane, se vorrai parlare.» Sorride di nuovo. «Mio marito ha un forte interesse a prolungare la nostra vacanza al lago Tahoe.»

Prendo il tovagliolo e lo inserisco nel mio porta soldi, guardando la donna elegante uscire dal Mont Belle Lounge. Mi tremano le mani e ho la gola così secca che riesco a deglutire a fatica. Passo davanti ad Amber, che è furiosa, e vado da Maryanne. Devo uscire da qui e devo convincere Maryanne a lasciarmi uscire presto.

Maryanne scuote la testa mentre mi avvicino. Agita una mano. «Vai, vattene da qui.»

Non so perché Maryanne sia così gentile. Forse capisce che cosa ho dovuto sopportare da Drake. Forse ha subito anche lei la sua parte di stronzate. Le sono grata qualunque sia il motivo.

* * *

Passo la settimana seguente lavorando e allenandomi. Uso perfino l'abbonamento temporaneo alla palestra che mi ha procurato Lewis e mi alleno arrampicandomi sulla corda per rafforzare la parte superiore del corpo. Riesco ad arrampicarmi due volte prima di cadere come un sasso e l'allenamento mi impedisce di pensare ad altre cose

Lewis ha chiamato la sera in cui ho ricevuto la visita di Simone, ma era tardi e non avevo visto il messaggio fino alla mattina seguente. Ero andata a casa e mi ero addormentata immediatamente, emotivamente esausta. Avevo parlato con lui il giorno dopo e gli avevo detto della chiamata a mia madre e della visita della moglie di Jeb. È stato solidale, ma distaccato. Ci siamo parlati parecchie altre volte negli ultimi giorni, ma non ci siamo visti. Il mio istinto mi dice che c'è qualcosa che non va e sto andando fuori di testa.

Da parte sua, mia madre non ha smesso di assillarmi. Ha lasciato messaggi minacciando di presentarsi alla mia porta. Non m'importa. Se non avessi l'Alpine Mudder a indicarmi un obiettivo sarei un vero disastro. L'allenamento mi fa sentire fisicamente forte, quindi mi concentro su quello.

Entro nello chalet dopo una lunga corsa, l'ultima prima di riposare per la gara e trovo Tyler e Cali che litigano.

«Maledizione, Tyler. La TV è mia e di Gen.» Cali porge la mano per avere il telecomando. «Sei un bastardo scorbutico...»

«Abbiamo gli stessi genitori, Calzone. Se io sono un bastardo lo sei anche tu.»

«... Un poveraccio senza uno straccio di lavoro. Non puoi avere il controllo della TV. Paga un po' di quello che hai messo da parte con la paga di professore negli ultimi paio d'anni e magari ti permetteremo di guardare quello che vuoi. Se pagherai per la TV via cavo e qualche altra bolletta...»

Tyler solleva sopra la testa il telecomando che Cali sta cercando di prendere e si siede sopra di lei, facendo zapping tra i vari canali sportivi.

Cali urla. «Alzati, somaro, pesi una tonnellata.»

«Niente da fare, Calzone. C'è il Campionato mondiale dei taglialegna e non me lo posso perdere. Ho guardato le semifinali e non voglio vedere i risultati online prima di vedere il video.»

Cali riesce a scivolare via e cade sul pavimento, ansimando. «Allora smettila di stare su Internet. Dio! Quando ti troverai un lavoro e te ne andrai?»

Tyler si gratta la testa. «Non ho programmi per il futuro. Forse un anno?»

Cali mi guarda come per chiedermi aiuto e io faccio spallucce. Dovrei essermene bandata anch'io a quel punto. Dovrei tornare a Dawson tra qualche settimana, per completare gli studi. Ma non ho intenzione di farlo.

Ho tutte le ragioni del mondo per andarmene dal lago Tahoe, tutte le stronzate che devo sopportare al lavoro, la paura che Lewis mi spezzi il cuore, ma ho promesso a me stessa che non sarei più scappata, che non mi sarei lasciata bullizzare o intimidire. Né me ne sarei andata con la coda tra le gambe per via di un uomo.

Quindi ho deciso di restare, indefinitamente.

Dal momento in cui sono partita da Dawson qualche mese fa, ho avuto dei dubbi sulla decisione di prendere la Laurea Magistrale. In quel momento era per via del mio ex e sapere che ci sarebbe stato anche lui, ma adesso ho ragioni diverse. Ragioni importanti, che non sono evitare il mio ex, ma dare un nuovo indirizzo alla mia vita. Mi piace il lago Tahoe, vivere con Cali e perfino avere Tyler intorno, nonostante monopolizzi la TV. Lo Stronzo e io eravamo ancora insieme quando avevo scelto dove continuare gli studi. Frequentava la Dawson e volevo facilitare le cose, quindi avevo deciso di frequentarla anch'io.

Decisione di merda.

Non voglio tornare alla mia vecchia università. Mi sembrerebbe di andare a ritroso. Ci sono cose che non mi piacciono nel lavoro al Blue, ma l'unica veramente importante è Drake. Se non fosse per lui, il Blue sarebbe un ottimo modo di finanziare l'università. Quindi posso permettergli di spaventarmi e farmi scappare, oppure posso lottare e lavorare dove voglio.

Do un'occhiata a Cali, che guarda minacciosa suo fratello dal pavimento. «Cali» dico. Lei alza gli occhi. «Se frequentassi la Facoltà di Psicologia all'Università del Nevada, a Reno, potrei vivere con te? Potrebbe sembrare folle, ma sto prendendo in considerazione di lavorare part-time al casinò e frequentare le lezioni a Reno.»

Cali non è estranea ai cambiamenti di direzione. Si è ufficialmente ritirata dalla Facoltà di Legge di Harvard e si è iscritta ad alcune classi di arte mentre lavora alla Sallee Construction.

Rotola sullo stomaco. «Pensi di non andare alla Dawson per via del tuo ex?»

«No. Lui non ha niente a che vedere con la mia decisione. Voglio solo voltare pagina. E mi piace vivere qui.»

«In inverno dovrai fare la pendolare e Reno è a un'ora di distanza.» Cali entra in cucina e prende gli ingredienti per fare un sandwich, insieme alle olive verdi. Adora le olive verdi. A me fanno vomitare, ma sono curiosa di vedere che cosa farà con quelle e gli ingredienti per un sandwich. Le mangerà come contorno?

Mi chino sopra il ripiano e appoggio il mento alla mano. «Non ci avevo pensato. Pensi che ci sarà tanta neve?»

Lei spalma la maionese sul pane, aggiunge prosciutto e lattuga e poi taglia le olive a fettine sottile e le mette sopra. Puah. «Sì, ma molte facoltà offrono i corsi online. Forse potresti fare quelli nei mesi invernali.» Taglia il sandwich a metà e da un morso.

«Controllerò la roba online.» La guardo un po' schifata. «È buono?»

Lei sorride, sapendo quanto detesti le sue olive.

Cambiare università non è la cosa più semplice da fare a questo punto, ma le cose semplici e la sicurezza sono sopravvalutate. Sono stanca delle cose facili. Voglio qualcosa di significativo ed essere felice.

Capitolo Ventisei

Una veloce ricerca su Internet mostra che la UNR in effetti offre alcuni corsi online per la Laurea Magistrale. Non tutti quelli che mi servono per laurearmi, ma potrei fare i corsi da casa durante l'inverno e frequentare a Reno nei mesi più caldi.

Chiamo l'ufficio ammissioni e spiego la mia situazione. Mi danno le coordinate di diversi professori. Avrò bisogno che uno di loro mi sponsorizzi per essere accettata nel programma. Potrebbe essere difficile, dato che la maggior parte di loro ha già scelto gli studenti per lavorare ai loro progetti.

Lascio un messaggio ai vari professori e parlo con tutti e cinque il giorno dopo. Quattro su cinque non possono accettare un altro studente, ma il quinto è specializzato in Scienze Cognitive e Neuroscienze. Ha bisogno di un assistente per uno studio di riconoscimento facciale computerizzato. Ho partecipato a qualcosa di simile durante uno stage al Dawson. Era stato uno dei progetti più interessanti a cui avevo lavorato al college.

Il professore dice che è disposto ad accettarmi se i miei

voti rientrano nei requisiti del programma, ma non ritiene che sarà un problema, visto il college che ho frequentato. Sta funzionando tutto e sembra destino. Sarebbe tutto perfetto se solo riuscissi a ottenere che al Blue mi passassero da un lavoro temporaneo e a tempo pieno a uno part time senza Drake intorno.

Devo dar seguito alla denuncia per molestie sessuali. È passato troppo tempo senza avere una risposta.

Sono a letto, eccitata per il lavoro universitario nel quale sto per imbarcarmi e a riflettere su chi devo avvicinare per parlare di cambio di turno, quando mia madre entra in camera.

Mi metto seduta. «Mamma, che cosa ci fai qui?»

Lei lascia cadere una grossa borsa di pelle di serpente sul pavimento, si toglie con un calcio le scarpe verdi e sale sul letto. «Fatti in là. Verrò a stare da te per qualche giorno, finché Fred non tornerà dal suo viaggio. Ci vedremo qui per l'Alpine Mudder.»

Ha scelto proprio questo momento per diventare una madre premurosa? «Non puoi semplicemente farti viva senza preavviso e dormire nel mio letto!»

«Perché no?» La sua espressione diventa dura. «Per quanto sappia che ti piacerebbe scambiarmi con una madre nuova, io sono l'unica che hai e ti voglio bene più che a qualsiasi altra cosa al mondo. Smettila di ignorarmi.»

Salto giù dal letto. «Mi hai ingannata!»

«Come? Cercando di proteggerti? Che vergogna! Le madri commettono degli errori.» Espira e la sua voce si addolcisce. «Mi dispiace, Gen. Avrei dovuto parlarti di lui appena Jeb ha detto di voler far parte della tua vita.»

Incrocia le gambe come se fossimo due amiche che stanno chiacchierando. In un certo senso si è sempre comportata più come una sorella che come una madre. Ma ha ragione su una cosa. Non ho mai dubitato del suo amore.

Mi rimetto sdraiata e fisso il soffitto. Lei si sposta, si rannicchia contro di me e la lascio fare. «Ho parlato con Simone» le dico. «Non so che cosa hai dovuto affrontare quando hai avuto me, dato che *io* sono riuscita a gestire con successo gli anticoncezionali.» Le do un'occhiataccia e lei sbuffa. «Ma capisco che non tutte le decisioni sono facili e che hai fatto del tuo meglio.»

«Geneviève.» Mi prende la mano e la tiene tra le sue. «Ho frequentato molti uomini dopo tuo padre, ma non per soldi. Buon Dio, non riesco a credere che tu l'abbia pensato. Tuo padre mi aveva ferito andandosene e volevo dimenticarlo, anche se lo amavo ancora. Specialmente perché lo amavo ancora. Ho permesso al mio dolore di influenzare le mie scelte. La nuova moglie di Jeb è un tipo molto più tranquillo, ed è una buona cosa.» Sorride. «Io avevo troppa salsa per il suo taco.»

«Disgustoso, mamma.»

«Ma tu sei la parte migliore di noi due e gli sarò sempre grata per avermi dato te. Mi dispiace che abbia dovuto pagare per i miei errori. Non posso dire che non ne farò più, ma non ti nasconderò più niente.»

Annuisco e ci teniamo abbracciate per un po'. Sono ancora incazzata per come ha gestito le cose, ma mi vuole bene e gliene voglio anch'io. Mi passerà.

Mia madre si mette seduta, con un'espressione cauta sul volto. «A questo proposito, so di avere scherzato sul matrimonio mio e di Fred, ma sono sincera quando ti dico che *ci sposeremo*. Dopo l'Alpine Mudder, in effetti. È già tutto organizzato e ti voglio al mio fianco.»

La guardo sorpresa. «È una cosa seria? Non è un po' troppo presto?»

Lei sbuffa di nuovo. «Adesso, chi è il genitore? Fred e io siamo insieme da due anni.»

«Vero. Perché sposarvi qui, però?»

«Il lago Tahoe è bello e volevamo stare vicino a te. Non ho bisogno di niente di lussuoso, solo che ci sia mia figlia. Per la prima volta nella mia vita ho una relazione sana con un uomo che amo e che mi ama a sua volta. Fred può essere dall'altra parte della stanza, a risolvere il cruciverba del *New Your Times* e, per qualche motivo, la cosa mi rende felice... Solo averlo lì. Non perché mi sentivo sola, ma perché mi fa sentire in pace. È l'unico modo in cui riesco a spiegarlo. L'amore romantico è complicato, a volte elusivo, ma l'ho trovato con lui. È un brav'uomo.»

«Lo so.» Mia madre mi guarda incredula e sospettosa. «Lo so da un po'. Mi piace Fred e sono contenta che tu abbia trovato una brava persona.»

Mi tira vicino. «Ti voglio bene, tesoro. Mi piacerebbe che fossimo una famiglia, Fred, Jeb, Simone e la loro figlia...»

«Sarà un po' affollato in casa.»

Lei si tira indietro e fa una smorfia. «Sai che cosa intendo dire. Mi piacerebbe una famiglia moderna e *funzionale*. Perdona la mia stupidità e il mio egoismo e dai una chance a Jeb.» Sospira. «Alla fin fine si è rivelato essere una brava persona. Sua moglie è meravigliosa. Non ho mai conosciuto sua figlia, ma sono sicura che sia favolosa anche lei. Mi sento male pensando che avresti potuto avere un padre in questi ultimi anni e te l'ho impedito. Pensavo fosse la cosa giusta.» Mia madre scuote la testa. «Un giorno imparerai che non è facile fare la madre.» Storce la bocca. «Ci sono un mucchio di decisioni difficili e non sempre il risultato è quello giusto. È impressionante come tu sia riuscita bene ed equilibrata.»

«Stai facendo un complimento a me o a te stessa?»

«A te» risponde dandomi uno schiaffetto alla gamba.

Sospiro, frustrata. «Non posso dire di non essere arrabbiata o che ti ho completamente perdonata, perché ci vorrà tempo, ma hai cercato di essere una buona madre ed è più di quanto ha molta gente.»

Penso a Mira e a ciò che mi ha detto Nessa del suo passato.

In confronto ad alcuni a me è andata di lusso.

* * *

Più tardi quella sera, cedo. Abbiamo parlato tutti i giorni ma è passata quasi una settimana da quando ho visto Lewis l'ultima volta, a causa di misteriosi problemi di famiglia di cui non vuole parlare. Un paio di giorni fa ha perfino annullato la sessione di allenamento. Da quando in qua rinuncia all'opportunità di torturarmi con gli esercizi? La situazione mi sta innervosendo e ho fatto ricorso al sotterfugio per ottenere informazioni.

«Nessa, hai visto Lewis?»

Sento una risatina trillante. «Accidenti, Zach, ti ho detto di non farmi il solletico quando sono al telefono. Devo parlare con Gen.»

Quei due devono decisamente trovarsi una stanza.

«Scusa.» La sua voce si addolcisce. «Lewis è con Mira. Pensavo lo avessi saputo. Lei ha perso al gioco tutto quello che aveva guadagnato. È in arretrato di tre mesi con l'affitto e deve un mucchio di soldi a qualche strozzino.»

«*Che cosa?!*»

«Già, siamo rimasti tutti scioccati. Cioè, lavoriamo tutti nei casinò. La tentazione c'è. Immagino che Mira abbia ceduto. Lewis sta cercando di farle avere un aiuto, ma lei è una rompiballe e non ci sta. Da quanto ho sentito, sono a casa di Lewis.»

È per questo che non ho visto Lewis? Perché me l'ha nascosto?

Impegnarsi vuol dire condividere e questa mi sembra una cosa disonesta. A meno che pensi che non sono abbastanza forte per sopportare un po' di quel fardello?

L'ultima volta in cui mi ha visto, sono svenuta dopo aver scoperto chi è il mio vero padre. Quindi, sì, forse è così. Avevo dormito per sei ore in tutto nei due giorni precedenti, tra prendermi cura di Cali e il lavoro, ma lui non conosceva i particolari.

«Lewis non si lamenta dei problemi di Mira, ma sappiamo tutti che cosa ha dovuto sopportare con...» Smette di parlare. «Gen, pensavo che tu e lui... Pensavo che voi due foste...»

«Lo pensavo anch'io, ma non mi ha parlato di questo problema.»

«Non so che cosa stia succedendo, ma ha parecchio in ballo. Dagli tempo, okay. È un bravo ragazzo.»

Non so nemmeno dove vive Lewis e la cosa è piuttosto inquietante. Mi riporta alla mente i ricordi della mia ultima relazione e le omissioni nelle storie dello Stronzo. Ma non voglio paragonare Lewis al mio ex.

A Lewis importa di me e sono la sua ragazza. Andrò io da lui. «Dove abita Lewis?»

* * *

Il cottage dove parcheggio è piccolo, nascosto in mezzo ai pini e nuovo, con la tradizionale forma dal tetto spiovente. È un triangolo perfetto, con un tetto di metallo rosso vivo e tronchi impilati sotto il portico anteriore. C'è un mucchio di ghiaia di lato, insieme a travetti di legno coperti da un telone, come se qualcuno avesse smesso i lavori dopo aver finito la casa e tutto il resto: il cortile e le fondamenta (per un garage?) sono rimasti incompleti. La casa è elegante e insieme rustica, il perfetto posto da scapolo. Che non sapevo esistesse.

Parcheggio accanto alla Jeep di Lewis e salgo i tre gradini per arrivare al portico. Il sole è tramontato, i cielo è quasi scuro. C'è luce all'interno e permette una bella visione del piano inferiore attraverso le finestre panoramiche su tutto il davanti della casa. Mira è in cucina, davanti a me, ma non sembra accorgersi che sono qui. Lewis è seduto di fronte a lei alla piccola isola della cucina. Una delle finestre è aperta e arriva il suono della loro conversazione.

«Non è stata colpa mia, Lewis» dice Mira mentre sbatte qualcosa in una ciotola. «Hai deciso tu di diventare un membro responsabile della tribù. Sapevi che i ragazzi e io avevamo intenzione di evitare la riunione. Il falò è stato fantastico.»

Lewis allunga la mano sul ripiano e prende qualcosa dal tagliere, mettendoselo in bocca. «Avreste potuto dare inizio a un incendio boschivo.»

Dovrei bussare, ma non ci riesco. È come guardare una farfalla emergere dal bozzolo. Una parte di me sa che sono testimone di qualcosa che mi darà un'idea del loro rapporto e non posso rovinare questo momento.

«Impossibile. È nel mio DNA, puro nativo. Noi indigeni conosciamo il terreno come il *dorso* della nostra mano.» Trascina le parole in modo scherzoso. Non sapevo che Mira avesse il senso dell'umorismo.

Lewis ridacchia e Mira gli getta in testa un grumo di qualcosa bianco e polveroso. Non riesco a vedere l'espressione del suo viso, ma Lewis sta ridendo ed è un bel suono.

Così spensierato. Il sorriso di Mira illumina la stanza, trasformando il suo viso già splendido in qualcosa di magico.

Non ho mai visto Mira così. Non è mai felice. Ma essere da sola con Lewis la trasforma. Sta cucinando per lui, a quanto pare, e non c'è niente che parli di depressione o difficoltà finanziarie che appesantiscano i suoi lineamenti.

Lewis si china sopra il ripiano e Mira gli passa le dita tra i capelli, togliendo la polvere bianca. Lui si sposta e vedo il lato del suo viso. Sta sorridendo, con un'espressione di puro affetto.

Mi sento un'intrusa e... Non è giusto.

Mira era in difficoltà, ma adesso evidentemente non è più così, eppure Lewis sta passando il tempo con lei invece che con la sua ragazza, che non vede da quasi una settimana. E dopo aver fatto l'amore per la prima volta? È così che andrà? Io che faccio a gara con Mira per accaparrarmi il suo tempo? Io voglio venire al primo posto.

Perché non mi ha raccontato quello che stava succedendo nella sua vita?

Non è giusto. Non c'è niente di giusto. Mi si stringe lo stomaco e premo il braccio contro il nodo che si è formato. Faccio un passo indietro, inciampo in un pezzo dell'arredo esterno e barcollo giù dalle scale. Il battito del cuore nelle orecchie annulla qualunque altro suono mentre mi precipito verso la mia auto.

Lewis dice che è come una sorella per lui, ma in questo momento vedo l'uomo che amo che mette un'altra donna al primo posto, mentre io vengo accantonata. Di nuovo.

Capitolo Ventisette

Cali è sdraiata sopra Jaeger sul divano, come se *lui* fosse il divano, quando apro la porta.

Lei sorride dal suo comodo posto sopra il suo ragazzo e poi spalanca gli occhi. «Che cosa c'è che non va?» Si alza di colpo e Jaeger la imita, abbassando il volume della TV.

«Avevi ragione.» Lascio cadere la borsa sul ripiano della cucina e apro il frigorifero. Poi mi chiedo perché lo sto facendo, visto che il pensiero del cibo mi fa venire la nausea, e lo sbatto per richiuderlo.

Cali è in piedi accanto al bancone, con le braccia lungo i fianchi. Jaeger mi fissa dal bordo del divano, con la faccia tesa per la preoccupazione.

«Li ho visti insieme.»

Cali mi guarda senza capire. «Chi?»

«Lewis e Mira.»

«Li hai visti... Fare sesso?»

«Cosa? No. Erano solo insieme, ma Lewis mi ha nascosto troppo. Mi sta mentendo, o omettendo delle cose...

Non lo so. Nessa mi ha detto che uno strozzino sta cercando Mira. Quando Lewis non ha chiamato sono andata da lui.»

«Chi sta cercando Mira?» Cali dà un'occhiata a Jaeger. «Gen di che cosa stai parlando? Quello che dici non ha senso.»

Cali è confusa. *Io* sono confusa.

Quella che ho visto non sembrava in effetti una donna indebitata e sotto stress. E Lewis non sembrava preoccupato per lei. Sembrava che andasse tutto bene. Ma se le cose sono a posto, perché non è venuto? Che cosa ci è successo?

«Hai parlato con lui?»

«No, sono scappata.»

Cali sospira.

Ignoro il suo biasimo. «L'avevi detto anche tu che avrei dovuto restare alla larga da lui. Per lui non sarò mai importante quanto lei.»

Cali appoggia il fianco contro il bancone. «Abbiamo stabilito che non so tutto quello che credevo di sapere in fatto di relazioni.»

«Hai scelto Jaeger, che è il boyfriend ideale.»

«Grazie, Gen» dice Jaeger sorridendomi dal divano.

Cali scuote la testa guardandolo. «Non mi stai aiutando.» Poi si rivolge a me. «Mi è andata bene con Jaeger, ma non prima di un profondo esame di coscienza e un doloroso percorso di apprendimento. Guarda, Gen, mi sbagliavo a impicciarmi della tua vita amorosa e dicendoti con chi dovevi uscire. Per favore, non pensare che io sappia ciò che è meglio per te. Parla con Lewis. Scopri la verità prima di rovinare una cosa che potrebbe essere bella.»

«Adesso Lewis va bene per me?»

Lei fa spallucce. «Beh, all'inizio non capivo questa faccenda di Mira, ma sembra che si sia impegnato con te.

«No. Non sembra pronto. Non funzionerà.»

«Mi hai detto che si è riferito a te come alla sua ragazza. Se non ha intenzione di impegnarsi, perché l'avrebbe fatto? Non mi sembra un bugiardo.»

Stringo i denti. Non ho una risposta da darle e non sono ancora pronta a ragionare razionalmente, anche se quello che dice ha senso. Avrebbe potuto chiamarmi e dirmi che avrebbe cenato con Mira, per sostenerla o per qualunque altro motivo, ma non l'ha fatto. Mi ha lasciato fuori, figurativamente e letteralmente.

È una brava persona, che c'è sempre per gli amici e lavora sodo. Ma alla fin fine, che cosa resta per una relazione? Che cosa resta per me? Non abbastanza.

Cali allunga una mano, ma ho bisogno di spazio. Scuoto la testa e le passo davanti per andare in camera... E trovo mia madre addormentata nel mio letto.

Impreco sottovoce. Sono in crisi, quindi ovviamente mia madre è qui per aumentare i problemi.

Dopo essermi cambiata in silenzio, mi infilo sotto le coperte, cercando di calmare il respiro e smettere di pensare. Le lacrime cominciano a scendere e stringo forte gli occhi.

Lewis ci tiene a me, so che è così, ma fa male essere lasciata in disparte. Non voglio sentirmi in colpa o come se stessi facendo qualcosa di sbagliato perché voglio più di quello che lui sembra disposto a dare. Eppure lo amo e non voglio lasciarlo andare.

È tutto così complicato.

Mia madre mi tocca il braccio. Si sposta più vicino e io mi asciugo in fretta la faccia. «Che cos'è successo?» mi chiede con la voce più sveglia di quanto mi aspettassi.

«Niente.»

«Gen, non chiudermi fuori perché ho fatto un errore. Grosso, lo ammetto, ma ci sono sempre per te. Sono qui in questo letto bitorzoluto e stretto, con delle lenzuola da schifo. Se non è una prova del mio amore, non so che cosa lo sia.»

Ridacchio. Ha ragione, per lei questo è vivere in modo spartano. «Ho scelto l'uomo sbagliato. Ancora una volta.»

«Ci tieni a lui?»

Non rispondo. Non ci riesco. Sto cercando con tutta me stessa di ignorare il dolore che sento nello stomaco.

Mia madre sospira e si rannicchia vicino a me. Mi addormento così, abbracciata a lei. È la prima volta da molto tempo che mi conforta, senza che glielo chieda e senza giudicarmi. E ne ho bisogno.

Un suono disturba il mio sonno. Mi ci vuole un minuto per capire dove sono. Do un'occhiata a mia madre sdraiata accanto a me. Fa una specie di miagolio e si gira nel letto, portando con sé le coperte. Dev'essere stato il suo russare che mi ha svegliato.

Chiudo gli occhi e mi volto sul fianco, ma il suono arriva un'altra volta. Un colpetto... Non è mia madre. Dalla finestra? Che diavolo?

Scendo dal letto e tiro la tenda. Fuori dalla finestra c'è Lewis.

Indica la porta e annuisco.

Prendo una felpa ed esco in silenzio dalla stanza. In casa c'è un silenzio di tomba. Non so che ora sia, ma dev'essere dopo l'una del mattino, perché non c'è nessuno sveglio, nemmeno Tyler e lui di solito resta alzato fino a tardi.

Apro la porta. Lewis è appoggiato al palo del portico e mi sta guardando. Sento le farfalle nello stomaco.

La mia reazione alla sua presenza è sempre stata esagerata, e adesso non è diverso. «Ehi.»

Lui si avvicina. «Che cos'è successo stasera?»

Mi avvolgo le braccia intorno alla vita. «Non ci vediamo da parecchi giorni. Sono venuta a vedere come stavi. Ho avuto il tuo indirizzo da Nessa, perché non mi hai mai detto dove vivi.»

Sembra veramente confuso da questa dichiarazione. «Immagino che siamo stati presi... E a me piace venire qua.»

Mi guardo attorno. «Preferisci la mia catapecchia da tre metri per tre, vomitata dagli anni Settanta, al tuo cottage da copertina nei boschi?»

Lui fa spallucce. «Ci sei tu. Non noto molto altro. Andremo a casa mia, ho...» Fa un passo avanti e io uno indietro. Mi guarda confuso. «Gen, che cos'è successo? Sembri sconvolta. Prima, perché te ne sei andata senza entrare?»

Ovviamente ho fatto casino inciampando nei mobili. «E rovinare il vostro momento?»

«Cosa... Mira?» Alza gli occhi al cielo. «È venuta a trovarmi, ecco tutto. Non c'è mai stato niente tra di noi.»

Sospiro e addolcisco la voce. «So che non mi stavi tradendo. Cioè, la mia prima impressione, istintiva, è stata quella, ma non è quello che credo veramente.»

Cerco di mettere ordine al caos di pensieri che mi frullano in testa. «Sei legato a Mira, incapace di fare qualunque cosa possa disturbare la sua pace mentale. Hai una ragazza per la prima volta da anni e Mira si auto-distrugge, quindi tu abbandoni tutto per andare a salvarla.»

«Mira ha bisogno di me.»

Sto andando alla carica lungo un percorso che potrebbe cambiare le cose per sempre, ma non posso indietreggiare perché, così come stanno, le cose non vanno bene per me e perché qualcuno lo deve dire a Lewis. «Dipende da te fino al punto in cui tu non stai veramente vivendo. Pensaci. A un certo punto, Mira dovrà combattere le sue battaglie. È così per tutti. Capisco che abbia dei problemi e che ci sei sempre stato per lei. E sei un uomo meraviglioso per averlo fatto. Effettivamente è una bella cosa che abbia qualcuno come te nella sua vita, solo... Io non posso...» Mi premo le dita sulla bocca per soffocare un singulto. «Non ce la faccio.»

Mira richiede troppo aiuto e io non gli chiederò di scegliere tra di noi. Al contempo, io merito di più. Ho sempre meritato di più. Con Lewis, non posso sopportare il pensiero di accontentarmi di meno.

Lui scuote la testa. «Che cosa significa che non ce la fai?»

«Sei stato distaccato e distratto. Non mi hai parlato di una cosa grossa che stavi affrontando. Riguardava Mira, ma coinvolgeva anche te. Avresti dovuto dirmelo. Devo sapere quando le cose sono difficili per te, quando sei stressato. Voglio far parte della tua vita, di tutta la tua vita.»

Lui sbatte la mano sul palo. «Geneviève, mi sono impegnato. Che altro ti posso dare?»

Sussulto, sorpresa per questa reazione fisica. Normalmente le sue emozioni sono così sotto controllo. «Essere monogamo per te è una cosa grossa, viste le tue abitudini, ma dire che non vedi nessun altro non basta. Io voglio di più, essere la persona più importante per te. Voglio tutto.»

Lewis si passa la mano sul viso e non dice niente per un lungo momento.

«Lewis?»

«Dammi tempo.»

Che cosa significa?

Fa un passo avanti, come se volesse abbracciarmi e io indietreggio, scuotendo la testa. Rientro e chiudo piano la porta. Comincio a singhiozzare scivolando a terra contro la superficie di legno e tenendomi il volto tra le mani.

Perché non sa già ciò che vuole? Chi ha bisogno di riflettere per decidere se mettere o no la sua ragazza al primo posto? O lo vuole oppure no.

Resto lì, immobile, aspettando di sentire che cosa farà ma il suono dei passi sulla ghiaia si allontana, poi l'auto si mette in moto.

Le lacrime mi rigano il viso. Se ne sta andando.

Non potevo restare lì, a implorarlo di concedermi una parte maggiore del suo mondo. È deprimente. Ma ora che se n'è andato, il cuore mi duole. È veramente finito tutto?

Capitolo Ventotto

Questa potrebbe essere la mia ultima serata di lavoro prima della gara, tra pochi giorni. Una parte di me si chiede perché mi sto sottoponendo a questa tortura, visto ciò che è successo, ma volevo uscire dai rigidi confini cui si era ridotta la mia vita e finirò la gara, dovesse uccidermi. Per dimostrare che sono abbastanza forte, fisicamente ed emotivamente.

Con quel pensiero in testa, metto tre buste di cioccolata calda nel mio caffè. Ho bisogno dello zucchero extra per superare la serata. Senza il torneo di golf delle celebrità e la sua intensa energia, il lounge è zona morta. Mi sono chiesta se Maryanne mi assegna sempre qui per tenermi d'occhio, come se fosse meglio tenere lontana dal salone principale la ragazza piangente, incline agli svenimenti. La maggior parte delle cameriere può scegliere tra l'area delle slot machine o il lounge, ma, nonostante tutte le volte in cui ho chiesto di essere assegnata alle slot, sono incastrata qui.

Potrebbe essere anche colpa di Drake.

Non so per quale il motivo, Drake frequenta il lounge

ed è possibile che si assicuri che io sia stazionata qui. Il lounge è meno frenetico, ci sono meno occhi indiscreti. Non che gli occhi indiscreti lo abbiano mai fermato in passato, ma sembra aver scelto con cura il posto dove molestare le donne. Angoli bui, la privacy delle suite... Non vedo l'ora di cambiare turno. Ce ne dev'essere uno in cui lui non lavora.

Gli uomini della Sallee Construction gironzolano a questo piano questa sera e mi fanno pensare a Lewis, non che non l'abbia già costantemente in mente. Ho preso la decisione giusta di affrontarlo riguardo a Mira. È fatta. Gli ho detto che mi serviva di più e lui non ha detto niente. Se n'è andato. Non rimpiango le mie parole, almeno la maggior parte del tempo. Lo amo, ma se offro tutta me stessa, merito che lui dia tutto di sé. Il resto del tempo, mi sento morire lentamente dentro.

È passato solo un giorno da quando abbiamo parlato nel mezzo della notte, ma quella conversazione sembrava definitiva. Ovviamente non può darmi di più. Se fossi rimasta con Lewis, i suoi rapporti con Mira avrebbero lentamente rovinato ciò che abbiamo insieme, o mi avrebbero distrutta.

Non mi ero resa conto di quanto poco io conceda di me stessa finché non ho conosciuto lui. È stato solo quando i muri e la distanza sono evaporati, cancellati dalla passione, che la cosa è diventata chiara. Nessuno ha mai avuto una chance con me prima di Lewis. Con lui ero me stessa, la parte buona, quelle cattive, le parti più tenere... Tutta quella roba, in una relazione a tre mi schiaccerebbe.

Cali dice che mi sto comportando da idiota, buttando via quella relazione. Non lo capisce. Qualunque cosa Lewis e io abbiamo condiviso non supererà mai la sua dedizione per Mira. Moralmente, è diverso dal mio ex con la sua ragazza a casa, ma la sensazione è quella. Lewis è distaccato e distratto e, come gli ho detto, non riesco a sopportarlo. Non con lui. Mi fa troppo male.

In passato sarò anche stata ingenua e avrò scoperto troppo tardi che non venivo al primo posto, per un uomo, come pensavo, ma questa è la prima volta in cui avevo preso in considerazione di continuare comunque. Solo per stare con Lewis. Solo per far parte della sua vita. È totalmente incasinato. Devo obbligarmi a non chiamarlo. Pensare a lui è la peggiore delle torture quindi cerco di non farlo, ma le magliette giallo vivo della ditta di costruzioni non mi aiutano di certo.

Gli operai stanno riparando le prese elettriche, o qualcosa di simile; non lo so con esattezza. Se non fossi così conscia del nome della ditta, avrei potuto non notarli. Nonostante il colore vivace delle loro divise, gli operai sono stati molto discreti, si sono tenuti fuori dai piedi dei clienti e hanno mantenuto un basso profilo. Sono arrivati un paio d'ore prima della fine del mio turno, quando il casinò è meno affollato. Lewis non è tra loro. Lui non fa parte delle squadre degli operai, ma questo non mi ha impedito di cercarlo comunque.

Sospirando, risistemo le banconote nel porta soldi, irritata con me stessa.

Il barista alza gli occhi. «C'è qualcuno per te.» Si volta e svuota la lavastoviglie dal suo carico di bicchieri puliti.

Ficco i contanti nel vassoio e mi volto per aiutare il cliente, irrigidendomi immediatamente.

Lo sguardo di Drake percorre velocemente la sala, come per avere la conferma che è deserta.

Perché non ho dato seguito alla denuncia per molestie? E perché non sono andata alla polizia?

Giusto, perché, ultimamente, sono successe un mucchio di cose. Cali è quasi morta, ho scoperto di avere un padre, ho perso il mio ragazzo, tutto in una settimana. La vita è stata un caos completo.

Non so come leggere l'espressione di Drake: calcolatrice, compiaciuta... Niente di buono, quello lo so. Detesto lavorare con Amber, ma quasi vorrei che stasera fosse qui.

Do un'occhiata dall'altra parte della sala, ma Maryanne non è nella sua postazione. È in pausa? Maledizione.

Faccio un respiro profondo. Non ho bisogno che qualcuno mi salvi. Posso farlo da sola. Ho dimostrato la mia forza durante l'allenamento e non mettendomi in contatto con Lewis quando ogni cellula del mio corpo insiste che devo farlo. È tardi, ma c'è gente e ci sono le guardie intorno. Finché resterò in vista sarò al sicuro.

«Geneviève, finalmente soli.» Lo sguardo di Drake cade sui miei shorts. Li sta fissando come se stesse rivivendo il momento in cui mi ha toccato dove nessun uomo ha il diritto di toccare una donna senza il suo permesso. Fa un mezzo sorriso.

Potrei vomitare, o picchiarlo. «Che cosa vuoi?»

Lui scuote la testa. «È questo il modo di rivolgerti al tuo capo?»

Non è il mio capo. E lo sa. Il suo rango supera di parecchio il mio. Il mio supervisore è Maryanne. «Lasciami in pace, Drake.»

Mi guarda socchiudendo gli occhi. «Non fare la difficile. Ho parlato con il barista.» Di che cosa sta parlando? Il barista era con me quando Drake si è avvicinato. «È una serata calma. Ho bisogno di te di sopra per venti minuti, forse mezz'ora. Non ci vorrà molto.»

Nonostante continui a ripetermi quanto sono forte e che sono in grado di combattere le mie battaglie, sento il sudore freddo colarmi lungo la schiena. «No.»

Drake si avvicina, troppo vicino, finché quasi il suo

petto sfiora il mio. «Comando io qui» ringhia, afferrandomi il braccio e stringendo.

Merda, merda. Faccio una smorfia e mi guardo attorno. Il barista è sparito. Era qui un minuto fa. Dove diavolo è andato?

La stretta di Drake sembra una morsa di metallo, la mano è più lunga della circonferenza del mio braccio. Agitarmi aumenta solo il dolore. Romperà un'arteria se non allenterà la presa. Non mi aiuta il fatto di avere sempre avuto le braccia sottili, sono sempre la parte più debole del mio corpo, per quanti esercizi faccia.

«Verrai.» Mi trascina verso l'uscita posteriore.

Intravedo il barista che torna e sorride a un cliente in fondo al bancone. Non sta guardando dalla mia parte. Lo chiamo: «Crai...» ma la voce finisce in un gemito.

Il fiato caldo di Drake mi brucia l'orecchio. «*Fallo...*» dice scuotendomi. «Ce l'ho in pugno, come tutti gli altri.» Ho le dita insensibili e chiudo gli occhi per il dolore. Sono convinta che abbia strappato qualcosa di importante. Drake sospira attraverso il naso. «Voglio solo parlare con te. Non ti porterò di sopra, affare fatto? Sai che non posso fare niente qui dabbasso.»

Non può? No mi fido di lui. Che cosa dicono... Mai trattare con i terroristi? Si applica la stessa regola agli stronzi?

Sì. Lascio cadere il mio vassoio e cerco di staccare le sue dita. Lui aumenta la stretta e vedo puntini bianchi dietro gli occhi mentre mi trascina verso l'uscita.

Siamo in un corridoio usato dai dipendenti e Drake commette l'errore di allentare le dita abbastanza a lungo perché io riprenda il controllo di me sessa. «*Lasciami andare!*» urlo.

Un cameriere mi dà un'occhiata, poi vede Drake. Distoglie in fretta lo sguardo ed esce da porta girevole.

Cosa!? Capisco perché la direzione sostenga Drake e abbia ignorato la denuncia per molestie. Drake fa parte della direzione. Ma i dipendenti con cui lavoro... Che diavolo? Di colpo, permettere a Drake di trascinarmi in un'area meno affollata, braccio rotto o no, sembra una pessima idea.

Drake mi lascia andare il braccio, schiacciandomi contro la parete. Non ho più la sensibilità nelle dita, nemmeno l'afflusso di calore per dimostrare che mi ha lasciato andare. I suoi occhi sono scuri, le pupille dilatate. «Mi piace quando combatti. Per favore, non fermarti. Rende tutto molto più bello.»

Cazzo! Mi sposto velocemente di lato e lui mi afferra per la vita, così stretto che riesco a malapena a respirare,

Proprio come alle elementari, quando la bulla di turno mi sceglieva come bersaglio perché ero un tipo tranquillo, mi lascio cadere, molle. Questa reazione è istintiva, primordiale e completamente inefficace. La bulla mi sollevava da terra e mi lanciava in giro nel campo giochi come fossi una bambola di pezza. Allora non aveva mai funzionato.

E non funziona nemmeno ora.

Drake mi solleva e prima che possa sbattere gli occhi o urlare, mi spinge attraverso la parete dietro la schiena, e mi rendo conto ora che è una porta. Atterro sul fianco e provo una forte fitta di dolore lungo la gamba. La luce scompare quando sbatte la porta.

Un secondo dopo mi è sopra e mi inchioda appoggiando le mani sul pavimento freddo.

«Togliti!» Piego forte il ginocchio, mirando alla cieca alle sue parti più vulnerabili. Mi blocca come se si fosse aspettato la mossa e afferra entrambi i miei polsi con una mano. Mi copre la bocca e il naso con l'altra e un grosso anello mi taglia il labbro.

Non riesco a respirare.

Ha intenzione di uccidermi.

Sgroppo e scuoto la testa da una parte all'altra per liberarmi della sua mano.

«Shh, mi piace la lotta, ma non il rumore. Zitta e ti lascerò respirare.»

Smetto di dimenarmi, perché la sopravvivenza sembra più importante. Mi scopre la faccia e inspiro ansimando.

Tenendomi saldamente i polsi, mi tira su a metà, accende la luce e poi chiude a chiave la porta. «Preferisco le stanze di sopra, ma possiamo farlo anche qui.»

«No!» Cerco di nuovo di dargli una ginocchiata. «Aiuto! *Aiuto!*» Che cos'ho fatto? Com'è possibile che stia succedendo?

Lui mi afferra per la gola e mi spinge sul pavimento. «Ho detto *stai zitta.* Non essere stupida, Geneviève. Nessuno ti sente. Il casinò è costruito per essere insonorizzato. Tutte le stanze sono isolate, perfino i magazzini.»

Pensavo di esser stata attenta. Non mi ha portato di sopra, ma non ne aveva bisogno.

«Abbassa la voce e farò in fretta.» Armeggia con i pantaloni.

Mi si stringe la gola, le gambe tremano. «Fermati, Drake. Non farlo. Andrò alla polizia.»

Lui ridacchia. «Piccola Geneviève.» Mi tira il bustier, ma l'aggeggio alla Houdini è fatto per resistere ai tornado e si sposta appena. «Come una bambola di porcellana dai capelli scuri. Ti fotterò e ti spezzerò. Quando avrò finito, sarai un bell'animaletto docile e mi pregherai in ginocchio.»

Mi si annebbia la vista, i miei movimenti diventano scattosi e inefficaci. Scuoto la testa per schiarirmela e fingo di lanciarmi verso destra, poi nella direzione opposta, verso la porta. Ma è una mossa stupida, con il corpo pesante di Drake sopra il mio. Mi sposto di pochi centimetri prima di perdere le forze e crollare sotto di lui, ansimando.

Lui ridacchia, passandomi la bocca lungo il collo, leccando e mordendo. «Lascia che ti dica un segreto.» Morde il lobo del mio orecchio, rompendo la pelle. La sua lingua brucia. «Nessuno farà niente con il modulo che hai riempito di sopra, tranne stracciarlo. Lo hanno già fatto. Mi coprono le spalle e io copro le loro. Conosco gente in città.» Lo dice con tanto orgoglio che quasi provo pietà per lui, come se l'unico modo in cui può ottenere potere sia abbattendo gli altri.

Non può avere ragione. Dev'esserci qualcuno con un grammo di moralità in questo posto. Ma anche se c'è non mi aiuterà qui sotto, dove nessuno può vedere quello che sta per succedere.

Dio, qualcuno mi aiuti!

Una mano forte, dalla manicure perfetta, si chiude sopra la mia bocca, bloccandomi anche il naso. «Ho detto *stai zitta!*»

Mi brucia la gola. Perché ho urlato? Allora le urla non sono solo nella mia testa. Ma le urla mi hanno svuotato i polmoni e Drake non mi permette di inspirare.

La stanza e gli oggetti intorno ondeggiano e sbiadiscono. Sono stordita, ho la nausea...

Di colpo, il peso opprimente sopra di me sparisce. L'aria entra raschiando nei mei polmoni. La luce sopra di me torna a fuoco e sento i suoni del casinò...

Guardo lungo il mio corpo e vedo un uomo che non conosco in piedi sulla soglia, con una maglietta gialla della Sallee Construction e un mazzo di chiavi che gli pende dalla mano.

L'uomo guarda minaccioso Drake. «Ho bisogno di questa stanza, per le prese elettriche.»

«Possono aspettare» dice Drake a denti stretti, con un ginocchio alzato e la mano appoggiata sul pavimento come se fosse rotolato via da me e si fosse immobilizzato. «Vattene.»

Il dipendente della Sallee Construction stringe le labbra e scuote la testa. «Niente da fare, capo» dice, spalancando la porta.

Drake si alza in piedi mentre passa qualcuno, fissandoci a bocca aperta. «Ti licenzieranno!» Mi tira in piedi e mi gira la testa per il movimento brusco. Il braccio che ha stretto è gonfio, debole e pulsa a ogni battito.

«Vieni con me, Geneviève.»

«Oh, lei resterà qui con me» dice l'operaio.

Il mio sguardo vira su di lui come se fossi su una barca in balìa delle onde.

«Scusa?» la voce di Drake è gelida.

«È la ragazza del mio amico quella che hai qui. Lui non vorrebbe che la toccassi. Se avesse visto quello che ho appena visto io, tu non staresti più nemmeno respirando. Ti suggerisco di lasciarla andare.»

Drake mi tira dietro di lui come un cane che stia lottando con una succosa bistecca. «Sei licenziato. *Fuori*.»

«Certo.» L'operaio getta a terra le chiavi, con le mani enormi che si contraggono ai fianchi in modo minaccioso. È qualche centimetro più alto di Drake e largo il doppio. «Però porto la ragazza con me.»

Drake sibila furioso. Mi lascia andare e si precipita fuori dalla porta.

Sto tremando e sostenendomi il braccio ferito con una mano.

«Prenditi un minuto» dice l'operaio della Sallee. «Puoi restare qui o andare a casa, ma non ti toglierò gli occhi di dosso finché non sarai uscita dal casinò.» Prende il telefono e scrive, come se stesse mandando un messaggio.

Crollo sul pavimento e cerco di controllare i brividi. Mi fa male la testa. Non riesco a concentrarmi e la stanza mi gira intorno. Mi sdraio e chiudo gli occhi.

Sento che l'uomo si accuccia accanto a me. «Hai bisogno di un medico?» Tocca l'interno del mio polso, poi cerca di passarmi le mani sotto le ginocchia, come se avesse intenzione di sollevarmi. Mi siedo di colpo, cosa che non aiuta il giramento di testa. «Posso camminare. Puoi portarmi a casa?» Tossisco, ho la gola ruvida e dolorante. Andrò in ospedale, perché non ho intenzione di farla passare liscia a Drake e voglio la prova della violenza, ma ho bisogno che con me ci sia la mia migliore amica.

L'operaio della Sallee Construction mi segue oltre una nuova cameriera nel lounge. È carina e fresca per il suo turno. Il barista distoglie gli occhi, ma la cameriera mi fissa a bocca aperta.

Mi cambio nel seminterrato mentre l'operaio aspetta fuori dall'ingresso dipendenti. Con gli abiti normali, nessuno presta attenzione a una ragazza con i capelli in disordine e il mascara sbavato che attraversa il salone del casinò per uscire.

In garage, l'operaio indica un vecchio pick-up grigio una corsia più in là. «È quello.» Non so nemmeno come si chiama ma non ha permesso a Drake di violentarmi e lavora per Lewis. Pensa che sia la ragazza di Lewis.

Saliamo sul pick-up e mette in moto. Usciamo dal garage e più ci allontaniamo dal casinò, più tremo forte. La gola chiusa, il naso che brucia per le lacrime che non sono scese, trattengo l'emozione che minaccia di esplodere. Voglio solo andare a casa.

Suona il telefono nella borsa che ho in grembo. Lo

prendo e guardo lo schermo. Tre chiamate perse e un messaggio.

Lewis: *Joe mi ha detto quello che è successo. Sto arrivando.*

Anche i messaggi in segreteria sono di Lewis, il primo una chiamata chiaramente nel panico nella quale Lewis dice che sta arrivando al casinò e parla di contattare la polizia. Il secondo deve averlo lasciato mentre guidava. Dice che ha parlato con Joe e che ci vedremo a casa mia. Il terzo messaggio è del genere frenetico *dove sei?*

Lewis sembra sconvolto e preoccupato e non riesco nemmeno a curarmene. Sono inebetita.

Quando arriviamo a casa mia, Lewis sta parlando con Cali davanti alla porta. Cali ci vede per prima e corre verso il pick-up, con Lewis un passo dietro di lei.

«Oh mio Dio, Gen.» Apre la portiera e mi tira verso di lei. Grido. «Che c'è? Sei ferita?» Mi guarda in volto e poi il suo sguardo scende mentre mi volto istintivamente per proteggere il braccio. «*Merda*» dice. «È gonfio e blu... E il collo... Quel figlio di puttana!»

Il braccio mi fa un male cane, ma riesco a muoverlo, quindi non credo sia rotto.

Lewis passa accanto a Cali e sostiene il mio peso con un braccio intorno alla vita. «Sto bene» dico gracchiando. Lui sussulta, preoccupato. Ho la voce rauca per le urla e la pressione della mano di Drake alla gola.

Lewis cerca sempre di sostenere il mio peso: quello fisico, quello emotivo. È questo il motivo per cui ha mantenuto per sé le difficoltà di Mira col gioco d'azzardo? Per non condividerne il peso?

Lewis ringrazia Joe e mi aiuta a entrare nello chalet.

«Cali, puoi prendere del ghiaccio istantaneo o la borsa del ghiaccio? Della verdura surgelata se non avete altro.»

Mi siedo sul divano e lui mi mette un cuscino dietro la testa. Si inginocchia accanto a me e mi gira il braccio, controllando l'ematoma. Mi solleva la maglietta come se volesse controllarmi dappertutto e io la tiro giù in fretta. «Devo vedere dove sei ferita» dice. Spalanca gli occhi, stringendo le labbra. «Non ti ha... Non...»

«No, il braccio è quello che ha avuto la peggio.» Mi chino indietro e chiudo gli occhi. Le lacrime scendono lungo le guance, senza che esca un suono dalla mia gola martoriata.

Drake non mi ha stuprata, ma aveva intenzione di farlo.

Lewis preme il volto sul mio collo, respirando affrettatamente. Mi sta tenendo la testa, con gli occhi che sbattono in fretta contro la mia pelle. «Vorrei essere stato lì per te.» Alza gli occhi, c'è qualcosa di squilibrato nella sua espressione. «Promettimi che non ci tornerai.»

Credo nell'espressione dei suoi occhi, quella che dice che tiene tanto a me che farebbe di tutto per migliorare le cose, ma non basta. Non voglio che sia solo un protettore. «Non preoccuparti per me. Hai degli altri obblighi. Io starò bene.»

«Gen...» Mi passa le dita rigide nei capelli e si china in avanti, schiacciando i cuscini a entrambi i lati del mio corpo. Il suo gesto dovrebbe intimidirmi, ma la sua espressione, amorevole e tesa, nega quell'effetto. E come se volesse che guardi nella sua anima. «Sono qui adesso.»

«Ma non ci sarai sempre. Ci saranno momenti in cui avrò bisogno di te e i tuoi obblighi verso qualcun altro ti impediranno di venire.»

La porta si apre ed entra mia madre, con un sacchetto di

alimentari tra le braccia e un sorriso sul volto. Dietro di lei, Jaeger con altri quattro sacchetti.

La mamma ha preso un aereo per Tahoe e avrebbe potuto noleggiare un'auto, ma avrebbe avuto troppo senso. Scroccare un passaggio al bel ragazzo della mia coinquilina o a me è molto più nelle sue corde. Potrà anche essere innamorata di Fred, ma non è cieca.

Il suo sorriso svanisce mentre guarda Cali e Lewis, per poi finalmente concentrarsi su di me. «Geneviève?» Lascia cadere il sacchetto e si inginocchia vicino al divano, quasi spostando di peso Lewis per raggiungermi. «Che cos'è successo?»

Lewis si alza e si volta; vedo la sua schiena che si alza e si abbassa mentre respira profondamente, come se stesse cercando di mantenere il controllo. Jaeger appoggia i sacchetti della spesa sul ripiano e mette un braccio intorno a Cali. Lei lo abbraccia e gli sussurra qualcosa. Lui mi guarda, con le labbra strette.

Jaeger ha intercettato lo scontro di Cali con Drake e conosce l'essenza di quello che mi è capitato nella suite. Diciamo che non è un grande fan di Drake.

Non so perché avessi pensato che Drake mi avrebbe lasciato in pace se solo fossi rimasta lontana da lui. È molto peggiore di quanto avessi immaginato. Le cose che mi ha detto... Quello che ha tentato di fare...

Da un metro di distanza, Lewis torna a guardarmi e il suo sguardo è così intenso che per un momento non sento nemmeno le incessanti domande di mia madre, che finora sono riuscita a ignorare. Lewis distoglie gli occhi e lo guardo impotente mentre va verso la porta.

Mi sento invadere dal panico. Non vorrà...

Mi metto diritta e guardo il ragazzo di Cali. «Jaeger...» fisso Lewis senza parlare.

Jaeger annuisce e prende Lewis per una spalla, mormorandogli qualcosa all'orecchio. Lewis stringe la mano sulla maniglia, con le spalle rigide. Si libera della presa di Jaeger, che però continua a parlargli sottovoce.

Lewis spalanca la porta ed esce deciso. Jaeger guarda Cali, come per chiederle che cosa fare. Lei fa un cenno con la testa e lui segue Lewis.

«Geneviève, parla con me!» dice mia madre stringendomi la mano.

Chiudo gli occhi ed escludo il mondo.

Capitolo Ventinove

Mia madre russa. Forte. Qualche giorno fa, quand'è arrivata, ho comprato i tappi per le orecchie, ma non sono serviti a molto. Ieri ho dormicchiato un po' durante la giornata, per recuperare il sonno e far riposare il braccio, che è diventato viola-verdastro dalla spalla al gomito. Orribile da guardare, ma fa meno male. Alla fine è risultato che Drake non ha fatto scoppiare un'arteria né mi ha menomata per sempre.

Cali è venuta con me all'ospedale quando Lewis e Jaeger sono usciti. La storia che ho raccontato a mia madre è che sono caduta dalle scale al lavoro. L'ha quasi bevuta. E anche se non è così, è tutto quello che saprà. Darebbe di matto se le dicessi la verità e non potrei sopportare i suoi drammi, oltre ai miei.

L'infermiera all'ospedale ha dato un'occhiata al mio braccio e ha chiamato la polizia. Ho raccontato un'altra storiella del cazzo a mia madre riguardo al motivo per cui la polizia aveva bisogno di una dichiarazione, l'ho mandata a prendere il caffè e ho raccontato all'agente quello che era successo. Pensavo che Drake fosse un pervertito, ma questo?

Non so perché non avessi pensato che sarebbe arrivato fino a questo punto. I segnali c'erano, ma li ho ignorati.

L'idea di un'indagine mi terrorizza, ma ho smesso di stare in silenzio. Il dipendente di Lewis è disposto a testimoniare, diversamente dai testimoni nella suite dell'albergo, che erano complici di Drake. Sono stata passiva e spaventata in passato, ma sto incanalando la durezza che mi ha portato ad allenarmi per l'Alpine Mudder e combatterò contro Drake, e il casinò se servirà. Ciò che ha tentato di fare... Non sono solo umiliata, sono *incazzata*. Non gli permetterò di farla franca.

Jaeger aveva seguito Lewis a casa di Zach la sera dell'aggressione. Gli aveva fatto promettere di restare tranquillo, ma Cali mi ha raccontato che a un certo punto era stato Zach a dover convincere entrambi a non andare ad affrontare Drake. Lewis aveva convinto Jaeger che bisognava fare qualcosa e che toccava a loro due.

Zach dev'essere un mago a persuadere la gente perché, fisicamente, non è all'altezza né dell'uno né dell'altro. Non so come sia riuscito a distoglierli da tutta quella rabbia da testosterone.

Lewis c'era per me. L'espressione sul suo volto quando il suo dipendente mi ha portato a casa... Prova qualcosa per me, forse qualcosa di profondo, ma non so che cosa fare con quest'informazione. Non basta per il tipo di relazione che voglio avere. Lewis mi ha nascosto cose importanti e sono stanca di segreti e omissioni. Voglio tutto o niente.

Chiusa nel nostro piccolo bagno, mi preparo per l'Alpine Mudder e guardo il sole che sorge lentamente attraverso la finestra. Per la prima volta in vita mia non mi è dispiaciuto alzarmi presto. C'è pace al mattino e ho bisogno di calma per prepararmi a quello che ho davanti.

Bussano forte alla porta, facendomi trasalire e lasciare

cadere nel lavandino il barattolino di pittura blu. «Datti una mossa, Gen» mi dice Cali.

Sono qui da un'ora a vestirmi e ad applicare con cura la pittura per il corpo blu e nera che ha scelto la mia squadra. Apro la porta e le do un'occhiataccia. «Non così forte» borbotto. Sa che non è il caso di fare troppo rumore così presto la mattina.

«Sembri una vera dura» dice guardandomi dalla testa ai piedi. «Oggi li farai neri, vero?»

Sembrare una dura ed esserlo sono due cose molto diverse, ma ho un bisogno bruciante di dimostrare qualcosa, quindi forse ha ragione. Voglio vincere. Per me. «Tenterò.»

Rialzo la cerniera della felpa sulla maglietta aderente azzurra con la scritta MUDDER AND DESTROY sul davanti, la stessa dei ragazzi. Lewis ha insistito che per la corsa indossassimo indumenti ad asciugatura rapida, aderenti, spiegando che le normali magliette assorbono il fango e l'acqua, appesantendo chi le porta. Leggings neri sotto il ginocchio completano l'insieme.

Dati i premi in denaro di quest'anno, i coordinatori stanno cercando di trattare la gara come fosse un triathlon. Ho attaccato il mio numero alla maglietta e l'ho scritto con la pittura per il corpo lungo le braccia e i polpacci. Ho delle strisce di pittura blu sugli zigomi, come i ragazzi, per rendere più facile individuarci a vicenda. La pittura nera sotto gli occhi bloccherà il riflesso e gli zig-zag sui polpacci sono un simbolo Washoe.

Cali abbassa la cerniera della mia felpa e controlla il braccio ferito, ruotandolo ed esaminando il simbolo che ho aggiunto.

«È un simbolo Washoe per augurare buona fortuna» le dico. «I ragazzi hanno pensato che sarebbe stato un bel tocco. L'ho messo sul braccio perché... Beh, è ovvio.»

Anche senza l'ematoma, le braccia sono il mio punto debole. Non sono fatta come un uomo e niente cambierà questo fatto, nemmeno i mini-muscoli che ho sviluppato con l'allenamento di Lewis. Sto concorrendo contro un gruppo di maschi muscolosi che si arrampicano sulle pareti verticali usando i mignoli. Li sorpasserò facilmente nella corsa, perché non devo portarmi in giro il peso di tutti quei muscoli, ma gli ostacoli da superare a braccia saranno un inferno.

«Sicura di essere pronta?»

Sposto il gomito e ammiro la colorazione accesa del punto dove ha stretto Drake. Il mio corpo si è ripreso quasi completamente dall'aggressione. Il resto è un'altra storia. «È indolenzito ma più che altro è orribile da vedere. Penso che il livido mi faccia apparire più dura, e lo considero un bonus.»

Lei sbuffa. «Sono preoccupata per il tuo braccio, ma stavo pensando a quello che è successo.»

«Sto bene.» Più o meno. Non proprio. Non sono sicura che supererò completamente ciò che Drake ha cercato di fare. L'ansia di sapere a quanto era arrivato vicino a violentarmi mi fa svegliare di notte, coperta di sudore. «Mi sento meglio se non ci penso. Se resto a casa, depressa e spaventata, avrà vinto lui, lo sai, vero?»

«Non mi stavo riferendo solo a Drake» dice esplicitamente. Mi sento stringere lo stomaco. Si riferisce al fatto che Lewis non è più venuto.

Scuote la testa e mi tira fuori dal bagno. «Sarà meglio che andiamo. Jaeger ha già messo in moto l'auto. Fred è appena venuto a prendere tua madre. È arrivato col primo volo stamattina. Sono tutti su di giri...» Fa un saltello davanti alla porta e unisce le mani mentre prendo il telefono e la carta d'identità.

Sto vibrando per il nervosismo, quindi quello spiega la scarica di adrenalina, ma, davvero, come fa Cali ad avere quel tipo di energia al mattino? Non è umana. La sua eccitazione e sapere che guarderanno tutti non mi sta aiutando a calmarmi.

Niente pressioni.

Ci fermiamo nel parcheggio affollato sotto Heavenly nella nuova auto sportiva di Cali, regalo del suo ragazzo, sexy e generoso. Non sono davvero gelosa della sua auto, ma del devoto, innamoratissimo ragazzo? Diavolo sì!

Jaeger ha comprato un'auto a Cali perché voleva che fosse al sicuro e perché ha una quantità folle di soldi e può permetterselo. Era preoccupato che chiedesse passaggi quando si è scoperto che qualcuno con cui viaggiava aveva drogato il suo caffè, facendola finire in ospedale. Jaeger non è troppo cauto, vuole solo prendersi cura di lei e c'è qualcosa di romantico nel gesto che mi fa venire le lacrime agli occhi. Sono super emotiva, cosa che non aiuta la mia immagine di guerriera.

Avrei potuto avere quel tipo di amore. Forse. Lewis *sarebbe stato* un ragazzo devoto, tranne quando si tratta di Mira.

Ho fatto la scelta giusta.

Gli ski-lift deserti scintillano al sole come scheletri di metallo contro il paesaggio bruno mentre ci inseriamo nella coda al tavolo del check-in. In un certo senso, senza la neve invernale la montagna è un cimitero. Firmo al tavolo degli organizzatori e mi sposto al centro della folla, immersa nell'adrenalina della competizione.

L'aria intorno a me sembra cambiare, vibrare, mandandomi un brivido lungo la schiena, un'energia più forte del trambusto di attività che ho intorno. So che Lewis è vicino prima di notare la sua testa, parecchi centimetri sopra quelle dei concorrenti. Come la prima volta in cui ci siamo incontrati, la sua presenza mi disarma, mi stordisce.

Guardo da una decina di metri mentre si avvicina alla nostra squadra. Ha il corpo dipinto come il mio, ma su di lui ha tutto un altro effetto, come se fosse nato per portare i colori di guerra e combattere. Gli indumenti aderenti mettono in mostra ogni muscolo e la linea della sua figura virile, ereditata da generazioni di Washoe, usi alla caccia nel terreno sotto i nostri piedi.

Volta la testa e mi vede. Continua a fissarmi mentre si avvicina. Il mio cuore comincia a battere a un ritmo spastico. Distolgo gli occhi che cadono istintivamente sul fianco della collina. Essere qui con lui... È troppo. Mi manca e lui è perfetto per questo posto.

Lewis guarda nella direzione del mio sguardo e si avvicina. «Terreno sacro. È lì che gareggeremo» dice.

Mi concentro sugli ski-lift e il fianco brullo della collina... E vedo il resto. Tronchi di legno a metà della salita... Un ostacolo?

Ai concorrenti non vengono date informazioni sul percorso, ma Lewis ha già partecipato a questa gara. Sa che cosa cercare e conosce il terreno, dato che è cresciuto qui. «È un'altra storia paurosa per farmi sbroccare del tutto?»

Lewis fa spallucce. «È vero. Questo posto veniva usato per i rituali.» Arriccia le labbra. «Non so bene quali, forse gli spiriti d'acqua.»

Spiriti d'acqua? Che diavolo? Sono stressata per la gara e un bel po' sconvolta per ciò che è successo con Drake. Non ho bisogno di preoccuparmi di uccelli mangia uomini o di bambole native americane assassine che mi inseguono.

Lewis prende un barattolo di pittura blu da un piccolo zaino. Apre il contenitore e passa un dito caldo lungo il mio collo. Sussulto per il brivido. L'assenza di questi tocchi negli ultimi giorni mi ha portato a desiderarlo da morire. La mano grande mi tiene ferma appoggiata al braccio buono e finisce il disegno con le dita gentili.

Lo guardo per un momento negli occhi e Lewis mi restituisce lo sguardo con una tale intensità che per parecchi battiti dimentico dove sono. «A che cosa serve?» Immagino che abbia disegnato un altro simbolo, ma non riesco a vedere il collo.

Lewis rinfila il barattolo nello zaino. «Protezione. Prosperità.» Si allontana di qualche passo e consegna la borsa agli organizzatori.

Sento arrivare le lacrime. Che problema ho? Certo, sono stata quasi stuprata, è apparso all'improvviso nella mia vita il padre che non sapevo di avere e l'uomo di cui sono innamorata è troppo oberato di obblighi e impegni per una vera relazione. Okay, è un vero casino, ma non posso permettere a queste cose di paralizzarmi.

Tiro indietro la testa e guardo il cielo azzurro. Non posso paragonare il simbolo di protezione che Lewis ha disegnato sulla mia pelle al gesto di Jaeger di comprare un'auto per Cali. Non sono la stessa cosa. Non è possibile. Sto immaginando delle cose perché voglio stare con Lewis, anche se alla fine mi farò solo del male.

Attacchiamo le cavigliere che terranno nota dei nostri tempi e Cali mi abbraccia talmente forte da togliermi il fiato. «In bocca al lupo!» grida e fischia per incoraggiare i miei compagni di squadra e me.

Mi allineo alla partenza. Siamo una delle ultime batterie, i nostri tempi vengono registrati dalle cavigliere e divise per uomini e donne. Dato che siamo uno degli ultimi gruppi, dovremmo sapere subito se siamo andati bene.

Lewis si avvicina a me. «I ragazzi hanno deciso di formare delle coppie. Tu sei con me.»

Lo guardo stupita. «Cosa?» Lui sta fissando diritto davanti a sé. «Lewis, di che cosa stai parlando?»

«Preparati, stanno per partire.»

Mi guardo attorno e noto che i nostri compagni di squadra si dividono a coppie. «Avresti potuto chiedermelo. Non siamo ben assortiti» gli dico, frustrata.

Lewis agita ogni frenetico atomo dentro di me, mettendo la mia intera esistenza in uno stato di sovra stimolazione. Non è la presenza tranquillizzante di cui ho bisogno adesso. Decisamente il partner peggiore che avrei potuto avere.

Lewis stringe i denti, lanciandomi un'occhiata. «Ti sbagli, Geneviève. Ti sbagli su quanto sei importante per me.»

«Se mi sbaglio, perché te ne sei andato quando ti ho spiegato che ho bisogno di più?»

«Ciò che hai detto su Mira era giusto. Non mi ero dato abbastanza da fare per farle avere l'aiuto di cui ha bisogno. Dovevo sistemare le cose ed è ciò che stavo facendo.»

Che cosa sta dicendo? Dio, non ci posso pensare in questo momento. Mi divorerà e ho bisogno di tutte le mie facoltà per la gara.

Mi concentro sulla collina brulla. «Non è il motivo per cui penso che dovresti fare coppia con qualcun altro. Avresti dovuto scegliere un partner che può stare al passo con te.»

«L'ho fatto» dice e parte.

Un istante dopo mi rendo che hanno sparato il colpo di pistola e la gente mi sta sorpassando di corsa.

Merda. Mi lancio per raggiungerli, sforzandomi di mantenere costante il ritmo del respiro, rilassando le mani che avevo stretto alle parole di Lewis.

Le prime due miglia sono in salita e una volta che ho

cominciato a controllare il respiro, riesco a raggiungere Lewis e mi avanza energia. Non è la prima volta che analizzo troppo quello che mi ha detto e che cosa significa per noi. Se non mi concentro sulla gara non riuscirò a finirla.

La folla di partecipanti è enorme e non riesco a capire dove comincia e dove finisce la nostra batteria, ma stiamo sorpassando gente a destra e a manca. Mi concentro, cerco di rimanere rilassata e di conservare energia per correre veloce e fare attenzione al terreno, che è pieno di sassi e buche in grado di slogare una caviglia mettendo fuori gioco un concorrente.

Il primo ostacolo che incontriamo assomiglia a una di quelle strutture per arrampicarsi che ci sono nei parchi gioco dei bambini, solo che è in salita. Segue immediatamente una serie di barre parallele. Entrambi gli ostacoli erano cosparsi di fango e grasso.

Salto per raggiungere la prima barra e quasi cado nella fossa piena di fango. Quella piccola scossa mi fa concentrare completamente sulla gara e non sull'uomo davanti a me, che supera due barre per volta, come Tarzan. Io non riesco a fare altrettanto, ma mi sono allenata per gli ostacoli sporchi di grasso. Una tecnica che richiede velocità e un particolare modo di aggrapparsi mi fa superare il primo set. Lewis è quasi arrivato all'ostacolo successivo, una parete a quattrocento metri di distanza, prima che io finisca il secondo.

Il mio primo test della forza della parte superiore del corpo è composto da tavole piatte, verticali coperte dal fango di quelli che non sono riusciti a superare quelli precedenti senza fare un bagno. Il mio cuore manca un battito. La parete è due volte l'altezza di Lewis.

Mi passa immediatamente per la mente l'immagine di

Lewis sopra di me alle cascate, insieme a quel secondo netto nel quale stavo cadendo e precipitando.

Lewis agita freneticamente la mano per dirmi di sbrigarmi e accantono le mie paure, corro a tutta velocità e salto sul muro. Lui mi dà una spinta sotto il piede, catapultandomi finché arrivo a mettere una gamba sopra la cima.

È questo il motivo per cui non volevo fare coppia con lui. Lo sto rallentando.

Un tizio a caso dà la spinta a Lewis che ricambia aiutandolo a superare la cima. Okay, forse abbiamo tutti bisogno di un po' di aiuto in questa gara.

«Vai!» mi grida Lewis all'orecchio e mi spinge dall'altra parte.

Figlio di puttana! Si è arrampicato fino in cima al muro e ha aiutato l'altro tizio nel tempo che ci ho messo io a superarlo senza cadere, cosa che faccio comunque.

Ci sono delle balle di fieno che attutiscono la caduta, ma il colpo è comunque forte, lo sento in tutta la schiena. Lewis rotola via accanto a me e si precipita verso l'ostacolo successivo.

Io barcollo dietro a lui, superando della gente lungo il percorso. Anche a questo stadio i concorrenti hanno l'aria stanca.

Un collo di bottiglia più avanti mi impedisce di vedere l'ostacolo successivo e riesco a dare una bella occhiata solo quando sono quasi arrivata. Il bagno di ghiaccio.

Una ragazza davanti a me entra nell'acqua e urla.

Nessun problema. Lewis mi ha preparato con la tortura della Cave Rock. Ovviamente, tutto ciò che ricordo di quel giorno non è l'acqua gelida, ma il modo in cui mi ha scaldato dopo.

Concentrati!

Supero il bordo e *Maria madre di Gesù!* Gambe e

braccia si bloccano, le mani diventano artigli. Sono nell'Artico, con i cubetti di ghiaccio che mi bruciano la carne. Stringo i denti e mi dirigo verso l'altra parte, con le braccia e le gambe che si muovono come stecchi. Mi butto oltre il bordo e cado sul sedere. Fa male anche quello.

Lanciandomi con un salto, tento di far circolare il sangue nei ghiaccioli che sono le mie gambe e mi dirigo verso il fossato di fango appena avanti.

La gente esce marrone dal fossato, lamentandosi e, coperta di schizzi dalla testa ai piedi. Qualche anima sfortunata sembra un mostro della palude. Il primo passo mi fa capire perché i concorrenti sembravano camminare sul posto. Il fango si comporta come sabbie mobili. A ogni passo barcollo e affondo con le scarpe risucchiate come spugne. Mi fanno male i quadricipiti, la schiena... Finora è l'ostacolo più faticoso.

La nostra squadra si è allenata a camminare nel fango allacciando strette le scarpe e facendo un triplo nodo in modo da non perderle. Emergo dall'altra parte esausta, ma con tutti i vestiti. Sono coperta di melma marrone e tremo perché il fango era fottutamente freddo e, dopo il bagno di ghiaccio, non ne avevo decisamente bisogno. Ignoro il pezzetto di sporcizia che ho ingoiato e mi metto a correre, aumentando la velocità man mano che le gambe si scaldano.

Non so se gli altri si sono ritirati oppure se sono solamente indietro io, oppure se mi trovo tra una batteria e l'altra, ma i concorrenti lungo questa parte del percorso sono molti meno. Lewis appare appena avanti e sta rapidamente avvicinandosi all'ostacolo che mi ha fatto sclerare durante l'allenamento perché non c'è letteralmente modo di prepararsi.

Cavi in tensione pendono da una superficie di legno, costruita al solo scopo di dare la scossa alla gente.

Alcuni concorrenti rallentano, forse per capire come hanno fatto gli altri a superare con successo l'ostacolo.

Io aumento la velocità.

Lewis guarda indietro. «Abbassa il mento, metti avanti le braccia. Corri forte» grida prima di lanciarsi tra i cavi qualche secondo prima di me.

Non abbiamo potuto allenarci con gli elettrodi, ma ne abbiamo parlato. Lewis e Zach hanno deciso che la strategia migliore è non rallentare. Se vai adagio è più facile venire colpito da una scarica.

Faccio quello che dice Lewis e corro a tutta velocità quando un tizio sulla mia sinistra, che sta usando una specie di strategia per evitare i cavi, si muove di scatto e poi cade come un sasso.

Merda! Il mio ritmo vacilla, la paura mi sta incasinando la testa. Una scarica mi colpisce il braccio già malandato. Urlo e quasi cado.

Con le mani appoggiate sulle ginocchia, alzo gli occhi, sbattendoli. Mi ha colpito una scarica, ecco tutto. Il braccio in effetti non sta cadendo.

Lewis è dall'altra parte e mi sta urlando di correre. Alzo le braccia davanti alla faccia e con un grido di battaglia mi precipito fuori e tra le sue braccia. Lewis mi stringe forte, poi mi dà uno spintone verso il prossimo tratto del percorso.

Davanti a noi ci sono chilometri di pendio roccioso. Lewis mi supera ma ci stiamo muovendo entrambi in fretta in confronto ad altri. Come la falesia alle cascate, la roccia forma dei gradini ripidi e taglienti.

Centro di gravità, gambe non schiena. Ripeto mentalmente le istruzioni di Lewis e spingo finché mi bruciano le gambe. Funziona perché lo sto raggiungendo.

Un tizio grosso e muscoloso mi blocca il percorso. Ha più muscoli in un avambraccio di quanti ne abbia io in tutto il corpo, ma è lento. Mi sposto appena un po' in cima a un masso per passargli attorno.

Succede qualcosa. Il tizio perde l'equilibrio e mi usa per riprenderlo, oppure fa una mossa per bloccarmi. L'unica cosa che so è che tira indietro la mia coda di cavallo, mandando il centro di gravità a farsi fottere.

Questa volta non urlo, sto solo cadendo, con le braccia che mulinano. Atterro con uno scricchiolio sulla mano e sul gomito e il ginocchio riceve l'altro colpo.

I concorrenti passano di corsa, nelle orecchie ho il suono di respiri e passi pesanti. Un tizio mi guarda aggrottando la fronte mentre passa. «Stai bene?» chiede.

Incamero un po' d'aria e mi rimetto in piedi. Dal ginocchio sgorga il sangue e c'è una buona probabilità che abbia rotto qualcosa nella mano, ma tutto il resto sembra funzionare, inclusa la mia rabbia.

Coglione di merda. Dove diavolo sono i controllori in più che hanno assunto gli organizzatori?

Risalgo il metro da cui sono caduta e sorpasso la gente che mi ha superato un momento fa. Mi brucia la faccia, ho il sudore che cola lungo le tempie. Non dovrei usare tanta energia fino allo sprint finale, ma sono rimasta indietro a causa di quella caduta.

Il prossimo chilometro e mezzo è in discesa, che prendo a una velocità pericolosa che i tipi grossi non rischiano, incluso quello che mi ha fatto fare il capitombolo. Mi guarda storto quando lo sorpasso, il sentiero qui è più largo e non può afferrarmi per sostenersi o per darsi una spinta. Logicamente, probabilmente non dovrei correre così forte nemmeno io, ma la paura è sparita e questo dovrebbe aiutarmi, o forse farmi ammazzare.

Mi metto di fianco a Lewis parecchi minuti dopo, prima di raggiungere un'altra serie di ostacoli. Ne abbiamo completati una dozzina, o forse di più. Prego che questo sia l'ultimo gruppo. Anche se l'adrenalina mi aiuta e la mia resistenza è forte ancora, non posso non preoccuparmi della mano. Pulsa e non so come farò ad affrontare il prossimo ostacolo senza usarla.

Davanti a noi c'è un campo di tronchi. Salto da uno all'altro mantenendo l'equilibrio. La mano non serve per l'esercizio seguente, strisciare sotto il filo spinato, e avanzo appoggiandomi al gomito.

Lewis scivola sulla mia destra. Ha una cinquantina di chili di muscoli e non so quanti centimetri in altezza più di me, ma si muove come una maledetta lucertola, con lo stomaco piatto sul terreno. Guarda direttamente la mano che non sto usando e storce la bocca mentre passa accelerando. Non mi ha visto cadere, ma è perspicace, troppo.

Emergo dall'altra parte dietro di lui, ma lo raggiungo con il segmento di corsa veloce, finché arriviamo al trasporto del tronco. Ha il diametro del mio torso, lungo sessanta centimetri e devo trasportarlo per una trentina di metri.

Usando la mano buona e il polso di quella che non funziona, sollevo il tronco e quasi mi schiaccio le dita dei piedi quando scivola e precipita a terra. Lewis ci ha insegnato a metterci i tronchi sulle spalle, ma con una mano sola è fuori questione. Riesco a portarlo sul petto accucciandomi e usando il braccio buono. Sto ansimando quando arrivo a lasciarlo cadere e seguo le urla verso quello che presumo sia l'ultimo tratto verso il traguardo.

Stiamo gareggiando da un paio d'ore e sono così vicina a finire la corsa. Cioè, avevo sperato di farcela, ma non l'ho mai saputo per certo.

Trascinando il culo per la salita che spero sia l'ultima, quasi ricado all'indietro quando vedo che cosa c'è in fondo.

Sono completamente fottuta.

Una parete da scalare più alta delle altre e oltretutto concava blocca il traguardo. Le poche persone che riescono a superarla lo fanno con l'aiuto di almeno un'altra persona, nella maggior parte dei casi due o tre. Controllo la dozzina di uomini che mi circondano. Lewis non si vede né nessun altro dei miei compagni di squadra, che non vedo dalla partenza.

La parete è troppo alta, non ci riuscirò mai.

Sono arrivata fin qua... Quasi sicuramente mi sono rotta una mano... Ed è così che finirà?

Mi sento invadere dalla rabbia che fa aumentare il battito e pulsare la testa. *Nemmeno per sogno.*

Volo giù per la collina, sperando con tutta me stessa che la velocità mi dia abbastanza spinta per arrivare in alto sulla parete. Sembra altissima, impossibile. Accantono quel pensiero e salto oltre la parte concava, aggrappandomi con la mano buona, con le dita che affondano nei piccoli solchi. Mi arrampico, con il gomito e l'avambraccio del braccio malandato, ma i piedi non fano attrito e comincio a scivolare.

Mi sfugge un grido di frustrazione quando graffio il ginocchio buono e scivolo fino in fondo lungo la parete curva. Raccolgo le ginocchia sanguinanti contro il petto e tengo ferma la mano che pulsa. Due tizi mi scavalcano con un balzo e saltano sul muro.

Sembro patetica, seduta lì come una cosina debole, spezzata, come un peso, non la persona forte che ho fatto tanto per diventare. Non è *così* che voglio finire.

Alzandomi, scuoto le gambe doloranti e stringo al petto la mano ferita. Non è possibile che riesca a scalare la parete senza aiuto, ma nessuno mi dà nemmeno un'occhiata. Gli unici concorrenti rimasti sono un gruppo di uomini che sembrano stanchi e sparuti come mi sento io.

Corro indietro un paio di metri e mi lancio contro la parete con tutto quello che ho. Le scarpe fanno attrito sul lato e questa volta fanno presa. Il braccio buono e il gomito dell'altro mi sollevano in modo costante.

A metà strada, il pensiero che potrei veramente riuscire a scalare questa cosa mi distrae per un secondo. Le dita scivolano, il centro dalla mano ferita brucia per l'uso che ne sto facendo quando non dovrei. Sto cadendo e questa volta non ho la forza di atterrare con grazia, per piagnucolare o gemere per il mio fallimento. Le schegge si infilano nella punta delle dita che scivolano sulla superficie, la testa ricade all'indietro...

Una mano mi afferra per il polso e mi tira su come fosse un sacchetto di patate.

Conosco la sensazione. So chi è prima di guardare.

Lewis mi tira in grembo, tenendomi stretta per un attimo prima di spingermi oltre la cima in una vasca di acqua gelata che mi porta via il fiato.

Il freddo dà uno shock ai miei muscoli che riprendono a rifunzionare. Non so come abbia fatto Lewis a scoprirmi o perché sia tornato indietro. Non riesco a pensarci in questo momento. Mi spingo verso la superficie e striscio fuori.

Una scarica di adrenalina mi fa esplodere verso l'arco del traguardo, con l'urlo degli spettatori che mi romba nelle orecchie. Li escludo. Ho solo una breve distanza per superare una dozzina di corpi prima del traguardo. Questi concorrenti potrebbero essere della mia batteria, o di una precedente, non mi interessa. Correre è il mio forte e voglio sconfiggerli tutti quanti prima della fine.

Sto correndo senza preoccuparmi dei sassi che potrebbero farmi rompere qualcosa se cadessi male, spingendomi con tutto quello che ho, superando una persona dopo l'altra.

Non sto correndo bene, il mio corpo è surriscaldato, il petto ansante. Sono al massimo in termini di sforzo.

Non so dov'è Lewis. Potrebbe essere dietro di me. O davanti. Tutto quello che so è che ne ho bisogno. Ho bisogno di finire la corsa, gambe sanguinanti, ossa rotte, petto che brucia, con tutto quello che mi resta, devo finire questa gara. Per dimostrare che posso superare il dolore, l'umiliazione e lottare per me stessa.

Sorpasso due, tre, quattro uomini in forma, il loro respiro pesante che svanisce mentre gli urli della folla diventano più forti, annullando ogni altro suono. Il tizio che sto per sorpassare, capelli a spazzola, bicipiti che si gonfiano con un tatuaggio di filo spinato, mi dà un'occhiata e accelera un po'. Non riesce a mantenere il passo e lo supero.

Prima di accorgermene, supero il traguardo, con metà degli spettatori dietro di me. Le gambe rallentano, ho i crampi nelle cosce. Corro lentamente sul posto per raffreddarmi e riprendere fiato. Poi finalmente mi fermo e mi piego in avanti, ansimando, cercando aria e tenendomi stretto il polso.

Braccia forti mi sollevano in un abbraccio. Lewis mi passa la bocca sul collo, la barba appena ricresciuta mi sfiora la clavicola. «Ce l'hai fatta.» Mi stringe, facendo uscire la poca aria che avevo incamerato.

«Non respiro» ansimo.

«Scusa.» Allenta la presa e mi rimette a terra, con le mani intorno alla mia vita per proteggermi.

È sudato e sporco, ma ha un così buon odore, il solito di Lewis, mischiato con il sale e la terra. Adesso dovrei lasciarlo andare. Ho detto che non posso essere la sua ragazza, ma mi sono quasi uccisa per completare questo dannato Mudder e ho bisogno del suo abbraccio. Ho bisogno di *lui*.

Strofino la faccia contro il suo petto e lui mi appoggia la mano sulla nuca. Non c'è mai stato niente di più bello di Lewis che mi tiene abbracciata. Quando lo fa, gli spigoli del mondo si smussano.

«Guarda.» Lewis allenta un po' le braccia e mi volta di fianco.

Oltre la fune che delimita il percorso, mia madre sta saltando su e giù e urlando il mio nome, con Fred che sembra ugualmente felice accanto a lei. Ci sono anche Jeb e sua moglie, che si tengono per mano con enormi sorrisi sul volto. I capelli di Jeb sembrano un po' scomposti, come se se li fossi tirati. Si asciuga l'angolo dell'occhio e alza un pugno al cielo.

Stavano guardando. Tutti insieme: mia madre, il suo futuro marito e il suo ragazzo delle superiori, mio padre. Dio, questa giornata fa parte di una realtà alternativa.

Torno a nascondere la faccia contro il petto di Lewis. Forse sono le sue braccia che mi stringono, o questo quadretto di famiglia che non ho mai pensato fosse possibile, ma mi vengono le lacrime agli occhi.

Lewis abbassa la testa verso il mio orecchio e mi tiene stretta. «Non lasciarmi, Gen. Dammi una possibilità di dimostrarti quanto sei importante per me. Quest'ultima settimana mi ha ucciso. Mi sei mancata così tanto.» Mi stringe forte e mi bacia la testa. «Per favore, voglio solo dirti tutto.»

Annuisco, con la faccia schiacciata contro il suo petto, ampio e caldo. Lewis era stato lì per me quando meno me lo aspettavo. Pensavo di non essere abbastanza importante per lui, ma adesso non lo so più.

La cosa più sicura da fare sarebbe dirgli di no e andarmene, per tenere il cuore chiuso nella sua gabbia come faccio sempre.

A quanto pare, non ho più intenzione di evitare i rischi.

Capitolo Trenta

Beh, accidenti.

Ho vinto l'Alpine Mudder.

Non tutta la gara. Quella è andata a un triatleta, che sembra il campione nazionale e che ha fatto l'Alpine Mudder solo per divertirsi, e per i cinquemila dollari del primo premio. Io ho fatto il tempo migliore tra le donne. Certo, le donne erano solo un decimo dei concorrenti maschi, quindi avevo migliori probabilità, ma ho comunque ricevuto il premio di mille dollari per essere arrivata prima tra le donne.

Mia madre, Jeb e i loro compagni avevano seguito la gara tramite una qualche app per gli spettatori. Hanno sempre saputo che avevo la possibilità di vincere. Lewis era in lizza per il quinto posto e avrebbe vinto un premio uguale al mio, ma si è fermato per aiutarmi. Mille dollari non sono pochi spiccioli e ci ha rinunciato. Per me.

I paramedici dell'organizzazione mi hanno consigliato di vedere un medico per la mano, spiegandomi che era probabilmente rotta. Mi hanno messo un tutore, hanno medicato le ginocchia sbucciate e tolto le schegge. Quando la mamma ha ricevuto la solenne promessa di Lewis di portarmi in ospedale per far vedere la mano dopo i festeggiamenti, lei e Fred sono andati a mangiare con Jeb e Simone, tutti e quattro come vecchi amici. Completamente bizzarro e non so che cosa pensare, quindi non ci penso.

Bevo litri su litri di acqua e una birra. La birra è obbligatoria, una tradizione del Mudder. Per un minuto ho temuto che tornasse su. Ho scoperto che spingermi fino al limite e poi ingurgitare alcol non è una buona idea.

Cali mi porge la borsa. A un certo punto si è mesa la pittura nera sotto gli occhi, per entrare nello spirito della gara. «Sei sicura di non volere che resti con te per accompagnarti in ospedale?»

Mi metto la borsa a tracolla e scuoto la testa.

«Ci assicureremo che arrivi a casa» grida un po' troppo forte uno dei miei compagni di squadra, completamente ubriaco. Nessuno di loro ha vinto un premio, ma dopo la gara hanno bevuto come se l'avessero fatto.

Non ho nessuna intenzione di farmi dare un passaggio da uno di quegli imbecilli ubriachi, ma Cali e Jaeger hanno dei programmi e non voglio interferire. «Andrà tutto bene» le dico.

La mia squadra e io festeggiamo per un'oretta con gli altri concorrenti, crogiolandoci nella gloria di esserci allenati come un Navy SEAL, o un Berretto Verde, o roba simile. Per me significava superare i miei limiti e reggere il confronto in un ambiente dominato dagli uomini.

Nessa e la sua segreta saggezza buddista. Aveva ragione. *Sono* più forte. La forza è cominciata il momento in cui ho deciso di affrontare la paura. Poi è proseguita a valanga, trasformandomi. Non potevo trovarla senza affrontare la paura. E questo mi riporta a Lewis.

È l'incarnazione di tutte le mie paure: quella di aprirmi,

di farmi spezzare il cuore, di fidarmi. Ho afferrato al volo tutte le opportunità per respingerlo, ma mi ha chiesto di dargli una chance. Mi è stato vicino come non ha mai fatto nessun uomo. Ed è il motivo per cui ascolterò quello che ha da dire.

Perché lo amo. La persona che è, come mi fa sentire... Tutto.

Un po' in disparte, Lewis chiacchiera esitante con un'altra partecipante che gli sta sfacciatamente sbattendo in faccia le sue tette coppa doppia D. Non la biasimo nemmeno un po'. Infangato, coperto di pittura blu e con i muscoli gonfi dopo la gara è davvero il pacchetto completo. Lewis è un po' misterioso e completamente sexy. Io sbavo alla sua presenza e ovviamente lo fanno anche le altre donne.

Lui beve l'acqua a piccoli sorsi, guardandomi ogni pochi secondi attraverso la calca.

I miei compagni di squadra ubriachi stanno festeggiando in un angolo. Prendo dell'altra acqua e torno da loro.

«È la ragazza che ha vinto!» Un tipo buffo, con una fascia verde in testa, mi ferma mentre passo, mettendomi un braccio sulle spalle. «Bella, mi hai umiliato su una delle salite.» Pende un po' di lato, ha ovviamente approfittato dell'alcol gratis per un bel po' e mi tira verso il fusto di birra, nella direzione opposta a quella di Zach e degli altri. «Come ti...»

Lewis mi prende per la mano buona, si china e mi getta sulla spalla, con la borsa ficcata nel fianco. «È con me» dice al tizio allontanandosi.

Che diavolo?

Guardo indietro. Il tizio mi ha dimenticato in fretta e si sta avvicinando a una donna mezza nuda che sta facendo body shot.

«Ehi.» Do uno schiaffo alla schiena di Lewis e lo sguardo mi cade quasi per caso sul sedere muscoloso che mi sta portando via. «Che cosa stai facendo, cavernicolo?»

«Ti porto via da qui.»

Ho accettato di ascoltarlo, non di essere la sua ragazza anche se chi voglio prendere in giro? È quello che voglio. «E la ragazza con cui stavi parlando? Sicuro di non voler avere il suo numero?»

«Oh, so bene che riuscirei a farmelo dare.»

Me la sono cercata, ma comunque... «Arrogante.»

«No, è semplicemente la verità.»

Non era interessato alla ragazza che lo aveva avvicinato. Non ha mai smesso di cercarmi con gli occhi. Lo so, razionalmente, ma qualcosa di questa discussione mi ha fatto incazzare. Non è così che si rassicura qualcuno, se vuoi che funzioni. Mi dimeno sulla sua spalla e cerco di scivolare giù.

«Smettila, Geneviève. Potrei lasciarti cadere.»

«Allora mettimi *giù*.»

Lewis mi dà una spinta come se volesse lanciarmi, poi mi riprende e cammina verso il parcheggio, con le braccia strette sotto il mio sedere. Mi guarda negli occhi, petto contro petto. «Andiamo a far controllare la tua mano e poi parleremo.»

«La mia *mano*, cavernicolo. Le gambe funzionano bene.» Allungo un piede per dimostrarlo.

Lui sbuffa. «Sì, quelle funzionano fin troppo bene. Devo dirti qualcosa prima che tu te ne vada un'altra volta.»

«Ehi, io c'ero. Sei tu che eri distante.»

Lui si ferma accanto alla portiera del passeggero della sua Jeep. Siamo naso a naso, così vicini che riesco a vedere il sudore lungo l'attaccatura dei capelli, il fango, la pelle liscia, gli occhi scuri. Solo in quel momento allenta la stretta e mi permette di scivolare lungo ogni cresta e avvallamento del suo corpo finché tocco terra. Lewis mi sostiene per la vita, tirandomi vicina come se non volesse lasciarmi andare. «Mi dispiace. Stavo cercando di sistemare le cose, ma ci è voluto tempo e parecchia coordinazione.»

Non ho idea di che cosa stia parlando, ma immagino che sia quello di cui abbiamo discusso. Faccio un passo indietro e vacillo, perché se Lewis è sexy da lontano, da vicino è un inferno. «E i ragazzi?» Guardo indietro, ricordando un po' in ritardo i nostri compagni di squadra ubriachi che hanno bisogno di un passaggio. Nessa ha dovuto sostituire qualcuno oggi, altrimenti sarebbe stata qui per accompagnarli a casa.

Lewis apre la portiera e aspetta che salga. «Ho già provveduto. Zach ha trovato loro un autista sobrio.»

La Guardia Medica è più vicina del Pronto Soccorso, quindi è lì che andiamo. Il dito medio in effetti è rotto proprio sotto la nocca, e la stecca che mi mettono è decisamente da vedere. Farò un gestaccio a chiunque incontri per le prossime tre settimane.

Il medico ha detto che l'osso è allineato e non è una frattura severa. Dovrebbe guarire bene se terrò la stecca, ma è la mano destra, quindi, ovviamente, non posso scrivere o lavorare come cameriera, non che intendessi tornare al Blue. Drake ha reso men che ideale lavorare lì, ma non avevo idea di quanto fosse pericoloso.

«Perché stiamo andando verso nord?» I miei occhi seguono i casinò cui passiamo accanto. Casa mia è nella direzione opposta.

«Pensavo che casa mia fosse un posto migliore per parlare senza un pubblico. Va bene?»

Annuisco e guardo fuori dal finestrino, senza realmente vedere qualcosa. Sono spaventata ed eccitata. Due emozioni divergenti, ma sono la norma per me quando c'è Lewis. È una miscela inebriante.

Seguiamo la curva di una lunga strada in direzione est verso quello è che il quintessenziale chalet montano di Lewis, annidato tra massi antichi e la foresta. Lame di luce filtrano tra gli alberi e si riflettono sul tetto rosso di casa sua. Il bruciore al petto torna prepotente, quello che mi ha tenuto compagnia dalla sera in cui l'ho trovato con Mira e mi sono resa conto che sarebbe sempre stata una barriera tra di noi.

Lewis toglie la chiave dal quadro e andiamo verso il piccolo portico. Apre la porta e mi fa segno di entrare.

Ho visto bene l'interno la sera in cui sono venuta, quindi ci sono poche sorprese. L'unica parte della casa che non ero riusciva a vedere era la scala e il secondo piano. Visto che il soggiorno, con l'enorme divano e la cucina di legno di pino e granito occupa il pianterreno, è probabile che sopra ci sia una camera. La casa è una struttura ad A, non ci starebbe molto altro.

Lewis mi passa accanto andando in cucina e appoggia il suo zaino sull'isola. La cucina è piccola e l'isola è piuttosto una penisola, attaccata alla parete dove c'è il forno, ma i materiali sono di qualità eccellente, granito maculato di grigio e armadietti di pino nodoso.

Lewis arriccia le labbra virili, facendomi pensare a un contatto ravvicinato e personale con quella parte di lui. Volta leggermente di lato la testa. Espira lentamente e mi guarda. «Dovremmo fare una doccia.»

Sento il calore salirmi alle guance e il respiro che diventa affrettato. «Scusami?» dico con la voce soffocata.

Lui attraversa in fretta la stanza e sale, sparendo nella tromba delle scale.

«Lewis?»

«Vieni. Gli asciugamani sono di sopra» mi risponde.

Mi chiedo come fare una doccia possa migliorare la situazione.

Da sopra arriva il suono di una porta che si apre, insieme al rumore della doccia. Sono coperta di sporcizia e immagino che *potrebbe essere* più confortevole farsi una doccia prima di parlare.

Al diavolo. Getto la borsa sul ripiano e salgo dietro a lui.

Il piano di sopra è occupato dal letto più grande che abbia mai visto e da un bagno. Non c'è nessun altro posto dove andare, tranne che nella sua stanza.

Lewis prende una maglietta bianca da una cassettiera e me la porge. «Andrà bene? Ti darei dei boxer ma sono piuttosto sicuro che cadrebbero. La maglietta dovrebbe arrivarti alle cosce.» Il suo sguardo si attarda lì e lo fulmino con un'occhiataccia.

La maglietta è semplice e pulita, ma, senza nient'altro addosso, non coprirà molto. Avevo in programma di andare a casa dopo la gara e non ho portato un cambio di vestiti. «Siamo venuti qua per parlare, giusto?»

Lewis appoggia la t-shirt sul letto. «Sì, dopo esserci ripuliti. Il fango comincia a prudere.»

Giusta osservazione. Guardo in basso e mi rendo conto che ho lasciato una scia di sporcizia sulla sua moquette pulita. Mi tolgo le scarpe e prendo l'asciugamano che mi sta porgendo.

Alzo la stecca. «E questa? C'è una vasca in quel bagno? Forse sarebbe meglio se lasciassi pendere fuori la mano.» Lewis aggrotta le sopracciglia e mi rendo conto che sembra che gli stia facendo un gestaccio. Comincio a sorridere.

«Niente vasca, ma potremmo avvolgerlo in un sacchetto. E potrei aiutarti a lavarti.»

Oh, immagino come mi aiuterebbe. «Niente da fare.»

«Non c'è niente di strano, Gen. Ti ho già visto nuda.» Non riesce proprio a nascondere il sorriso malizioso che gli alza gli angoli della bocca.

«Sei pazzo se credi che mi metta nuda con te.» È la via sicura verso il sesso. Non ho sufficiente autocontrollo. Okay, non ne ho proprio con lui.

Il suo sorriso svanisce. «Potrebbe funzionare, se cercassi di capire quanto sono serio riguardo a te e ci dessi una possibilità.»

Scuoto la testa. «Mira.»

«Sto definendo le cose con Mira. Le cose cambieranno.»

«Mi hai tenuto lontana e non lo posso accettare. Ho bisogno di avere un vero compagno.»

«Hai ragione e...» Si gratta il braccio e cadono pezzetti di fango. «Guarda, facciamo una doccia e poi parliamo. Puoi anche tenere la biancheria se vuoi.»

Non c'è niente di romantico in questo momento. Non credo che fare una doccia insieme sia la cosa più sicura da fare, ma ha ragione, ci siamo già visti nudi. E ho già buttato fuori dalla finestra l'idea di stare sul sicuro. «Okay.»

Il bagno è sorprendentemente grande per la metratura del secondo piano e la doccia occupa un'intera parete, con un sedile incorporato. Lewis mette la mano dietro la testa e si toglie la maglietta. Resto per un attimo ipnotizzata dal suo petto nudo prima di distogliere a forza gli occhi e abbassare la cerniera della felpa. Lui si abbassa i pantaloni... E resta completamente nudo.

«Uhm?»

Lui alza gli occhi. «Tu puoi tenerti le mutandine. Io mi voglio lavare... Che c'è? So che non tenterai di palparmi.» E sorride.

Resto a bocca aperta e lo fisso stringendo gli occhi. Ah, è così che vuole giocare?

Mi tolgo il top, non in modo elegante, dato che la dannata stecca è ingombrante, e mi dimeno un po' per togliermi i leggings finché resto in mutandine e reggiseno sportivo. Lewis fa il bravo e non guarda, finché gli chiedo aiuto.

«Puoi aiutarmi a slacciare il reggiseno?» È massiccio, industriale direi, con una chiusura a quattro ganci dietro e per niente sexy, ma dentro ci sono le tette. Non ho intenzione di evitare la sfida che mi ha lanciato.

I suoi occhi si abbassano per una frazione di secondo prima che riprenda un'espressione impassibile e ruoti un dito per dirmi di voltarmi. Il gesto è indifferente, ma la mano che sgancia il reggiseno trema e accarezza per un momento la mia spina dorsale prima di staccarsi. Quando mi volto, si è girato e sta sistemando i soffioni della doccia.

Sogghigno. Può fingere quanto vuole, ma le erezioni non mentono.

Mi tolgo le mutandine e le aggiungo alla pila di indumenti sudici sul pavimento di ardesia pulito. Non so perché, ma ho voglia di metterlo alla prova e non ha senso, dato che sono io quella che vuole mantenere platonici i nostri rapporti, almeno finché non avrò capito come stanno le cose. Ma c'è qualcosa in Lewis che trova difficile non toccarmi che mi attira, dopo tutte le volte in cui l'ho aggredito.

Mi indica di entrare e il suo sguardo non lascia la mia faccia, anche se intorno agli occhi c'è una tensione che prima non c'era.

Entro nella doccia e abbasso la testa sotto l'acqua, tenendo la mano con la stecca sopra il flusso. Mi sono completamente dimenticata di avvolgerla in un sacchetto impermeabile, ma non è un problema. Lewis mi guida di lato, il suo petto contro la mia schiena e fa tutto il lavoro, versando lo shampoo e massaggiando la cute.

Lascio cadere indietro la testa, appoggiandola a lui e chiudo gli occhi perché, Gesù, sentire le sue mani addosso è una meraviglia. Poi sono più vicina di quanto pensassi e sfioro la sua erezione col sedere.

Le mani di Lewis si fermano.

Guardo indietro e vedo che ha gli occhi chiusi. Quando li riapre sono neri e le palpebre sono semi abbassate. Ricomincia a massaggiarmi la cute un po' meno gentilmente, con più urgenza. Sciacqua lo shampoo e ripete l'operazione con il balsamo, poi fa lo stesso con i suoi capelli.

Il fango finisce nello scarico, ma la pittura per il corpo sulle facce, il collo e le gambe è impermeabile.

Lewis prende una saponetta e la fa schiumare, senza mai smettere di guardarmi. Io fisso le sue mani mentre si passa la saponetta sopra il petto, sotto le braccia, sui rilievi dello stomaco, oltre la sua enorme erezione e lungo le gambe muscolose. Si infila sotto il soffione della doccia, lasciando che l'acqua scorra sulla schiena e le spalle, poi inarca le sopracciglia come per dire: *è il tuo turno*.

Mi do mentalmente una scossa perché, mio Dio, è stata una pessima idea. Perché ho pensato che avrei potuto guardare uno spettacolo simile senza andare in sovraccarico di ormoni? È Lewis, l'uomo che ha preso il mio culo frigido e l'ha mandato a fuoco.

Si insapona le mani. «Chiudi gli occhi.»

Ubbidisco e le sue dita lisce ed efficienti passano sugli zigomi, sul collo e sulle spalle.

La mia schiena diventa gelatina.

«Sciacquati la faccia e io farò il resto.»

Oh, Dio, *il resto*.

Tenendo la mano ferita fuori dall'acqua, mi metto sotto

il soffione. «Per ora va bene così» dico. «Mi laverò di nuovo dopo.» Non so per quanto riuscirò a resistere senza appiccicarmi a lui. Il mio piano per farlo crollare mi si è ritorto contro.

«Hai la pittura sulle braccia e sulle gambe. Ci vorrà solo un secondo.» Mi mostra la saponetta.

L'autocontrollo di Lewis si è dimostrato testardamente resistente. Una parte di me vorrebbe metterlo ancora alla prova, per vedere chi cede per primo, ma temo che sarei io. Dobbiamo parlare ma di colpo questa cosa, la tensione fisica, sembra importante. Chi dice che non possiamo connetterci in altri modi e parlare dopo? Non c'è una logica in quello che sto pensando, dovrei evitare ogni contatto fisico finché non avremo chiarito le cose, ma non sto pensando con il cervello.

Annuisco e Lewis comincia con le braccia, poi il collo. Le dita si attardano sulle clavicole, guardandomi negli occhi prima di passarmi le mani sul seno e le costole sotto. Stringo le labbra, reprimendo un gemito.

Lewis non sembra notarlo. Si sta concentrando come se stesse dipingendo un capolavoro, o se si stesse trattenendo.

Grazie al cielo non sono l'unica.

Si insapona nuovamente le mani e passa le dita lungo le gambe, piegandosi su un ginocchio. Mi percorre col palmo i polpacci e si prende un attimo per sfiorare delicatamente il cerotto sulla gamba. Poi le sue dita si muovono dietro le cosce, sul sedere.

Chiudo gli occhi e rotolo la testa contro le piastrelle, cercando di mantenere il controllo. Mi ci vuole un secondo per accorgermi che le sue mani si sono fermate. Quando guardo in basso, ha il volto all'altezza dell'apice delle mie gambe. Sta respirando in fretta, stringendomi forte.

«Gen?» Mi guarda negli occhi. L'espressione sul suo volto è una domanda silenziosa: *va bene?*

«Sì» sospiro in risposta.

Lui si china in avanti e preme il naso proprio tra le mie cosce. Ansimo nello stesso momento in cui lui geme.

Mi alza la gamba, mettendosela sulla spalla e io mi appoggio con una mano alla parete. A ogni movimento le sue labbra sfiorano il punto ipersensibile, che reagisce pulsando.

Non riesco a credere di essere io e che lo sto facendo. Ho sempre evitato il sesso orale e adesso la cosa che desidero di più al mondo è la bocca di Lewis su di me.

La sua lingua umida esce e lecca. Io gemo e appoggio la mia mano buona sull'altra sua spalla mentre fa qualche acrobazia che sfida la logica con la lingua e mi lascia tremante. Alza le braccia, le appoggia sul seno e passa il polpastrello del pollice sui capezzoli. Mi inarco, strofinando il bacino contro la sua bocca. Sto gemendo, stringendogli i capelli e così vicina a un orgasmo che sto rabbrividendo. Lewis infila le dita dentro di me e io esplodo, scuotendomi e gridando.

Lewis grugnisce e sfrega il punto che la sua lingua ha torturato finché l'ultimo fremito non è passato, poi la sua bocca risale lungo il mio corpo. Si porta la mano con il dito rotto intorno al collo e mi solleva passando le mani sotto le mie cosce. Mi bacia con passione.

Abbasso la mano e lo afferro con la mano buona, guidandolo verso la mia entrata.

Lui si irrigidisce. «Cazzo, non ho...»

«Prendo la pillola. Ma tu ti sei fatto controllare?»

Lewis non aspetta che muova la mano, è dentro di me e mi sta baciando la faccia e il collo. «Sì.»

Dopo un secondo, si stacca dalla parete con i nostri

corpi ancora uniti e mi porta sul letto, ignorando l'acqua che continua a scorrere. Cadiamo sul materasso e ansimo per la penetrazione da questa angolazione.

Lewis si ferma, come per accertarsi che stia bene e io muovo i fianchi, invitandolo a darsi una mossa.

Lui imposta un ritmo costante, toccandomi i fianchi, la vita, il seno, dovunque riesca ad arrivare, come se non potesse mai averne abbastanza. Gli metto le mani sul suo petto e accarezzo ogni rilievo fino alla spalla, al collo muscoloso, fino ad appoggiarla alla guancia. Lui abbassa la testa e mi bacia e tutto ciò che riesco a pensare è: *questo è vero amore. È questo che mi mancava.*

Il suo ritmo diventa frenetico. I muscoli delle sue braccia si contraggono e Lewis interrompe il bacio, il volto teso. Geme e il suo corpo trema nell'orgasmo. Preme la guancia sulla mia tempia, con le labbra che sfiorano l'attaccatura dei capelli. Il suo respiro rallenta e mi tira vicina, rotolando su un fianco, con la mia testa infilata sotto la sua.

Non avrei dovuto lasciare che succedesse. Dobbiamo parlare, ma il sesso dopo il Mudder mi ha tolto l'ultimo grammo di energia. Non riesco letteralmente a muovermi e non riesco a tenere gli occhi aperti.

Vagamente sento che Lewis si alza e va a chiudere l'acqua della doccia. Qualche secondo dopo mi sistema le gambe, perché sono una zombie. Ed è così che mi addormento, tra le sue braccia.

Capitolo Trentuno

Mi sveglio con un naso che mi sfiora l'orecchio, labbra morbide che mi baciano il collo. Il cuore di Lewis batte contro la mia schiena, un braccio muscoloso avvolto intorno alla mia vita che mi tira vicina al suo corpo duro. Rotolo e premo la faccia sulla sua pelle liscia, ascoltando il ritmo costante del suo cuore che sembra accelerare di colpo quando le mie dita scendono verso il suo inguine.

Appoggia il peso sulle braccia e si china sopra di me, con un ginocchio tra le mie gambe. Mi passa la bocca lungo il collo fin sopra il seno. Dovrei essere comatosa dopo il Mudder di ieri e quello che abbiamo fatto nella doccia, ma sono travolta da pensieri erotici, finché ricordo perché siamo qui.

Lewis mi sfiora tutto il corpo con lo sguardo. «Ehi.» Gli do un colpetto sulla spalla e lui alza gli occhi. «Avremmo dovuto parlare *ieri*. Stai cercando di sottomettermi a furia di orgasmi?»

«Mmm.» Si concentra sulle mie labbra, come se stesse veramente prendendolo in considerazione.

«Lewis...» Gli appoggio le mani sul petto perché è così vicino e mi sta stuzzicando con quel suo aspetto sexy, e come faccio a non toccarlo? «Dobbiamo parlare.»

«Okay.» Mi accarezza il seno come sto facendo io con il suo torace. Lascio cadere la mano e aggrotto la fronte. Lui mi fissa, tutto innocenza. «Hai cominciato tu.»

Tiro le lenzuola tra di noi e questa volta fa una smorfia, tirando più vicino me e il lenzuolo. «Bene.» La sua espressione diventa introspettiva. «La sera in cui sei venuta a casa mia, stavo ospitando un intervento.» Mi guarda, accusandomi scherzosamente. «Se fossi rimasta in giro, avresti visto i miei genitori arrivare qualche minuto dopo. Ho cercato di chiamarti, ma il telefono era spento o roba simile. Le chiamate finivano subito in segreteria. Non potevo venire via, perché l'avevo organizzato io.»

Sorrido imbarazzata. Ero stata un po' impulsiva quella sera. Le mie paure avevano avuto il sopravvento.

Lewis si passa la mano tra i capelli e sorride. «Mira è un disastro, è sempre stata fragile, fin da quando l'abbiamo trovata.»

«Quando aveva tre anni.»

Lui annuisce, stringendo le labbra. «Nonostante quello che lei vuole che pensi la gente, è come una sorella per me. Quando ci siamo solo noi due, scherziamo e ridiamo e non è appiccicosa come quando c'è altra gente intorno. È solo... Mira. Ma non riesce a sopportare il pensiero di perdermi. E non è quello che pensi» aggiunge in fretta. «Non è *così*. Flirta per tenere lontana la gente e, credimi, è maledettamente irritante. Le ho detto di piantarla, ma... Non è che mi ascolti veramente. Forse una parte di lei crede che sarei una persona sicura con cui stare, ma non pensa razionalmente. Nessuno di noi due prova un sentimento di quel genere per l'altro.»

Lewis è il suo porto sicuro? Wow, come siamo diverse.

«Siamo legati, più di quanto lo sia con i miei genitori. Il padre di Mira è morto quando era una bambina e sua madre è un vero disastro. Quella donna ha fatto del suo meglio per rovinare sua figlia. Le ho detto che non mi perderà, ma non lo capisce. È una paura completamente irrazionale.»

Lewis rotola sul fianco e si sposta verso il basso finché la sua faccia è a qualche centimetro dalla mia. «Io voglio stare con te. Sempre. Se non pensassi che andresti fuori di testa, ti chiederei di trasferirti da me. Non ho mai provato niente di simile per qualcuno. Detesto aver lasciato che il mio rapporto con Mira si mettesse tra di noi e ti abbia fatto pensare di essere qualcosa di secondario. Sto facendo tutto il possibile per fare avere un aiuto psicologico a Mira in modo che cambi e tu non debba mai più sentirti in quel modo, ma non ho intenzione di abbandonarla.»

Io sono rimasta indietro di parecchie frasi. *Vuole che mi trasferisca da lui?*

Ho il cuore in sovraccarico e sto cercando di farlo rallentare e smettere di rombarmi nelle orecchie, in modo da sentire quello che sta dicendomi Lewis. «Non voglio che tu l'abbandoni. È il motivo per cui...»

Lewis mi preme il dito sulle labbra. «Lasciami finire. Mira è perspicace. Mi conosce e vede come sono con te. Sono convinto che sia quello il motivo per cui si sta comportando da pazza, ma c'è di più. Ha bisogno di vedere uno psicologo. È tanto che ne ha bisogno, ma il fatto che abbia cominciato a giocare d'azzardo toglie ogni dubbio.»

Sospira e si strofina la fronte. «Avrei dovuto dirti che cosa stava succedendo. Pensavo che sarebbe stato meno complicato se avessi sistemato io le cose, ma le ho solo peggiorate. Non sono mai stato così serio con qualcuno in passato e ho fatto un casino. Non c'ero per te quando ne avevi bisogno.»

«Non potevi sapere...»

«Non al casinò. Avevo delle persone che controllavano la situazione e meno male! Se quel bastardo...» Scuote la testa e poi respira qualche volta dal naso. «Parlo di quando hai scoperto tuo padre. Avrei dovuto farmi vivo più spesso, assicurarmi che stessi bene. Non volevo scaricarti addosso i miei problemi mentre stavi già affrontando una situazione difficile.»

«Ma io voglio che condivida i tuoi problemi. Nonostante l'apparenza, non sono debole.»

Lui mi guarda, incredulo. «Stai scherzando? Sei la ragazza più forte che conosca, ma questo non cambia il fatto che voglia istintivamente proteggerti.»

Okay, è piuttosto dolce. E sexy. Lo bacio sulle labbra. «Devi coinvolgermi. Non chiudermi fuori.»

Lewis fa una risatina autoironica. «Credimi, ho imparato la lezione.»

«Che cosa succederà a Mira?»

«Lo psicologo ha detto che giocare d'azzardo è un modo per riempire il vuoto dentro di lei. Mira vede che mi allontano per passare il tempo con te e non sa come darmi spazio.»

«E i tuoi genitori? Non possono aiutarla?»

«Lo fanno, ma lei si è aggrappata a me quando eravamo piccoli e non mi ha più lasciato andare.» Si accarezza distrattamente la cicatrice che ha sul labbro.

È frastagliata e sembra rabbiosa. «Come hai fatto a fartela?»

Lewis mi scosta una ciocca di capelli dalla fronte. «Avevo sedici anni. Mira voleva andare a trovare sua madre. Dopo qualche ora non era tornata ed ero preoccupato per lei, quindi sono andata a cercarla.» Deglutisce, e la sua mano si ferma. «La porta della casa di sua madre era aperta. Ho sentito dei rumori. Sono entrata e lui stava picchiando Mira... Il fidanzato di sua madre. C'era sangue dappertutto. Pensavo che fosse morta.»

Mi bacia la fronte, respirando il mio profumo come per calmarsi. «Ero alto per avere solo sedici anni. L'ho tirato indietro e gli ho dato un pugno in faccia, più forte che potevo... Gli ho rotto il naso. Pensavo che avrebbe smesso. Quando mi sono accucciato per aiutarla, Mira stava piangendo. Ero così contento che fosse viva che non ho sentito la bottiglia che si rompeva né ho visto il tizio che si avvicinava alle mie spalle, ma ho visto Mira che spalancava gli occhi. Mi sono voltato e gli ho spazzato via il vetro dalla mano prima che mi pugnalasse nella schiena. Uno spigolo mi ha colto all'angolo della bocca.»

Bacio la cicatrice e premo le labbra sulle sue. «Mi dispiace. Sono contenta che avesse te.»

«È stato tanto tempo fa» dice. «Voglio che si faccia veramente aiutare. Pensavo che stesse migliorando.»

Lo guardo incredula.

Lui sbatte gli occhi e poi distoglie lo sguardo. «Non completamente bene, ma meglio di com'è adesso. Sono uscito con alcune donne e per lei era più o meno okay. È stato solo quando ho incontrato te che mi sono reso conto che non stava bene, non dopo aver visto la mia reazione dopo averti incontrato. È spaventata, teme di non avere nessuno.» Intreccia le nostre dita e tiene le mani tra di loro. «Geneviève, penso di essermi innamorato di te quella prima sera.» Si strofina la fronte e sorride con aria colpevole. «Forse è stato desiderio al primo sguardo. Comunque sia cominciato, è cresciuto ed è diventato qualcosa che non avevo riconosciuto perché non mi ero mai sentito così.

Quando sei vicino a me mi sento più leggero, felice. Mi metti alla prova e sei meravigliosa e così bella, dentro e fuori, tanto da accecarmi. Per favore, dacci una chance. Lascia che ti ami.»

Non piangerò davanti a questa dichiarazione dolce. Questa conversazione non è finita. «Non ho mai permesso a nessuno di avvicinarsi tanto a me. Non tenermi in disparte. *Devo sapere* che ci siamo tu e io, insieme.»

«Sì.» Si preme le nostre mani unite sopra il cuore e mi bacia finché rabbrividisco. «Sempre.»

Si china in avanti e io lo bacio con tutto quello che ho. «Ti amo» dico. «Mi sei mancato tanto. Questo è tutto ciò che ho mai voluto. Solo *noi*.»

Capitolo Trentadue

Guardo la mia immagine nello specchio, stupefatta. «Mamma, ti sei veramente superata.»

Lei sorride fiera, una visione di sofisticazione chic in un tailleur di seta color panna che Jackie O sarebbe stata orgogliosa di possedere. Chi è questa donna? E sta cercando di trasformarmi nella vecchia Chantelle? Perché questo vestito... Alzo la mano per spingere, o tirare, ma non c'è veramente nessun punto da afferrare senza spostare il tessuto da parti essenziali del corpo che devono restare coperte.

Mia madre aveva scelto l'abito da damigella prima della sua visita, in previsione del matrimonio a Tahoe, dopo il Mudder. È un tubino aderente, argento metallico, a stampa animalier con degli oblò e un top incrociato. I lati della vita, in mezzo ai seni e tutta la schiena la pelle è nuda. Ah, e il vestito arriva solo a metà coscia. Non oso piegarmi in avanti per non mostrare al mondo il colore delle mie mutandine.

Porca paletta, posso indossare quest'affare in pubblico? Cioè, lo sto indossando perché è il giorno del matrimonio di mia madre e l'ha scelto lei, ma mi arresteranno?

«È carino, mamma.» Ed è vero, le parti che esistono. Sorrido e l'abbraccio. È tutta mattina che svolazza qua e là, mettendo in acqua i nostri bouquet fino al momento del matrimonio, controllando gli ultimi dettagli con il ristorante che lei e Fred hanno prenotato per il ricevimento privato con gli amici stretti e la famiglia. Non c'è segno di nervosismo da parte sua, solo pura gioia.

Sono ancora arrabbiata che mi abbia tenuto nascosto Jeb una volta che lui si è ripulito, ma non posso biasimarla per aver voluto proteggermi. Si proteggono le persone che si amano.

La mamma e io scendiamo dalla limousine che ha affittato Fred. Lewis, Cali e Jaeger sono già di fronte alla piccola cappella in stile chalet di montagna. Gli uomini indossano completi, Cali un abitino lilla, aderente, a portafoglio che accentua le sue curve.

Lewis si volta e nota immediatamente il mio vestito. Il suo sguardo diventa ardente, non smette di guardarmi negli occhi mentre ci avviciniamo.

Conosco quello sguardo. Forse dovrei ringraziare mia madre. L'espressione del mio ragazzo è tutta maschio sexy e sarà una vera sfida aspettare fino alla fine della cerimonia e del ricevimento per approfittarne.

Cali si morde il labbro, cercando di non sorridere. «Ehi» dice, con gli occhi che scintillano. «Bel vestito.»

Le do un'occhiataccia e lei copre il sorriso con le dita. «No, davvero. Posso prenderlo in prestito?»

È il tipo di vestito che indosserebbe lei. Sta ridendo perché normalmente non lo porterei nemmeno morta. «Sei una tale stronza» le dico e lei ridacchia.

«Stai benissimo, Gen» dice Jaeger. Lewis gli dà un'occhiataccia. «Che c'è? È vero.»

«Tieni gli occhi al di sopra del collo» borbotta Lewis.

Gli metto un braccio intorno alla vita e gli bacio la guancia. Sono sicura che questa cosa del ragazzo possessivo sia una novità per Lewis, quanto quella di avere una ragazza fissa.

Jaeger stringe Cali al suo fianco. «Non mi serve. Ho tutto quello che mi serve proprio qui.» Le bacia la testa biondo fragola, fissandola adorante.

Grazie al cielo Jaeger è tornato a casa sua. Cali sta con lui quasi tutte le notti ed è una buona cosa. Non ho mai sentito rumori molesti provenire dalla tenda, ma visto come si guardano, come se stessero facendo sesso con gli occhi, ringrazio la mia buona stella che non si siano trasferiti nel soppalco.

«Sei bella.» Lewis mi bacia le labbra. «Mi hai tolto la capacità di parlare, pensare o agire in modo responsabile quanto ti ho vista seduta al tavolo di Zach. Sei sexy con un paio di pantaloni a mezz'asta e i tacchi. Con questo vestito poi...» Mi guarda dalla testa ai piedi. «Sono morto.»

«Non sono in molte a far bella figura con i pantaloni troppi corti di una tuta e i tacchi alti» dico, impertinente.

«Esattamente quello che volevo dire.»

In un certo senso, gli ho messo la vita sottosopra. Gli ho ovviamente causato delle complicazioni. La sua vita era bloccata. In un certo senso l'ho sbloccata io, a forza. E lui ha cambiato in meglio la mia.

Mi alzo sulla punta dei piedi, non ci vuole molto perché mia madre ha scelto tacchi da dodici centimetri per intonarsi al vestito, e lo bacio sulle labbra, soffermandomi. «Grazie per averlo fatto funzionare, anche quando io ti avrei allontanato.»

«Sempre, solo, cerca di non farlo più» dice. «Sarebbe meglio avere vita facile, per una volta.»

«Facile è il mio secondo nome.» Lewis mi dà un'occhiata

di sottecchi. «Guarda solo il vestito...» Indico l'abito. «Dice "facile".»

I suoi occhi si annebbiano per un attimo mentre fissa l'abitino animalier. «Mmm» mi mormora all'orecchio e bacia il punto appena dietro. «Mi piace questo vestito.»

«Geneviève» mi chiama mia madre dall'interno della cappella.

Merda! Sono già entrati? Non ho nemmeno notato che uscivano, grazie ai pensieri sporchi sul mio ragazzo malizioso.

Da quando mia madre è diventata quella rispettabile? Oddio, come si sono invertiti i ruoli. E mi piace.

Epilogo

Tre settimane dopo

Jeb chiama la cameriera del Beacon, indicando che vuole un altro tè freddo. «In questo momento la polizia sta interrogando Drake.»

Il patio del ristorante e la spiaggia vicina sono affollati di turisti, ma è come se fossero un sottofondo rispetto all'annuncio di Jeb.

Una settimana fa, Lewis e io siamo andati all'ufficio personale del Blue Casino e Lewis ha riferito loro quello di cui era stato testimone nella suite dell'hotel. Il casinò era già stato contattato dalla polizia riguardo all'incidente nel magazzino e Drake era stato convocato per essere interrogato. Avevo riferito al casinò la mia versione degli eventi nel magazzino e ogni altro incidente nel quale Drake mi aveva spaventato o fatto male. Tremavo in continuazione, ma non avevo tralasciato nemmeno un singolo particolare. Messo davanti ai fatti, fratellanza o no, il casinò era stato obbligato e dare il via a un'indagine interna della loro direzione.

Drake non se la caverà per quello che ha fatto. Cali ha

intenzione di parlare con la polizia e spiegare quello che era successo la sera in cui eravamo andate al club. Da sola la sua storia non avrebbe meritato l'attenzione della polizia, ma, unita alla mia, mostra una storia di violenza e di premeditazione da parte di Drake.

L'assistente sociale che la polizia ha assegnato al mio caso mi ha convinto a raccontare a mia madre quello che era successo al casinò. La cosa non mi piaceva molto, ma, con un inaspettato colpo di scena, mia madre non era diventata una furia. Aveva stretto la mano di Fred fino a fargli male mentre le riferivo i fatti, ma aveva mantenuto il controllo, poi aveva immediatamente informato Jeb.

A quanto pare, mia madre non era stata molto costante nell'inviare mie fotografie a Jeb. Arrivavano a lotti, e a volte nessuna per anni e anni. Ma era metodica e aveva sempre inviato rapporti bimestrali sui miei progressi, da quando ero nata. Jeb non avrebbe accettato di meno, aveva bisogno di sapere che ero okay. E l'aggressione di Drake ricadeva nella categoria *non okay*.

In breve, il calmo e sofisticato Jeb aveva dato di matto sapendo dell'incidente di Drake.

Avevo seguito l'indagine della polizia per l'episodio nel magazzino con i miei genitori al fianco e, con l'aiuto di Jeb, avevo assunto un investigatore e un avvocato.

È veramente strano avere un padre. O rendersi conto di averne avuto uno per tutti questi anni, senza mai saperlo.

Jeb mi offre uno stuzzichino e io scuoto la testa. «Quindi adesso aspettiamo? Pensi che ci sarà un processo?»

«È probabile, dopo tutte le prove che sono state raccolte» dice. «Le cose potrebbero diventare difficili quando si tratterà di dimostrare la complicità del casinò.»

Arrivano i nostri hamburger e Jeb mi passa il ketchup. Ha ordinato un Beacon Burger, un antipasto di calamari e un'insalata. Nelle poche settimane in cui siamo stati in contatto via Skype e la manciata di volte in cui è venuto a trovarmi dopo la gara (per passare tempo di qualità con me, dice) ha dimostrato che il mio enorme appetito ha un'origine certa. È comune nella famiglia di Jeb. È eccezionalmente in forma per un uomo della sua età, quindi spero di continuare a prendere da lui in quanto a metabolismo.

Appoggio il mio hamburger nel piatto, con la gola improvvisamente secca. «Dovrò andare in tribunale e raccontare a tutto quello che è successo, vero?»

Lui annuisce, con un'espressione preoccupata sul volto. «Okay, allora lo farò.»

Non vorrei farlo, ma lo farò. Quante donne sono state intimidite, *toccate*, da Drake prima di me? Il boccone di carne che ho appena mangiato diventa di piombo nel mio stomaco. Io sono stata fortunata, ma altre no.

Jeb appoggia lentamente il bicchiere di tè freddo. «Non posso prendermi il merito per la donna meravigliosa che sei diventata, ma capisco quanto coraggio ci voglia per combattere questa battaglia e sono fiero di te.»

Ha avuto a che fare con la mia educazione più di quanto riconosca. Più di quanto sapessi io ed è una cosa che ho cominciato a capire in tutta questa vicenda. Jeb non mi ha pulito il nasino moccioso quand'ero bambina, ma si è assicurato che mia madre e io avessimo un tetto sulla testa e cibo in tavola. Mia madre non aveva mai dovuto preoccuparsi per i soldi. Aveva qualcuno a cui rivolgersi se aveva bisogno di sostegno.

Jeb finisce rapidamente la prima metà del suo hamburger e la seconda metà segue in fretta. Si pulisce le dita nel tovagliolo. «Allora, hai pensato alla mia offerta?»

Bevo un sorso d'acqua e penso a una risposta. Quando Jeb aveva scoperto che volevo trovare un altro lavoro per pagare l'università, si era offerto di coprire i costi in modo che non dovessi lavorare.

«Non lo so. Apprezzo che tu abbia provveduto a me e alla mamma in tutti questi anni. In effetti, se ci penso, la mamma ha avuto la vita facile.»

Jeb fa spallucce. «Ha dovuto sopportare parecchie difficoltà quando me ne sono andato. Avrebbe potuto avere una vita completamente diversa se non fosse stato per la mia incuria.» Non sono certa che la colpa sia tutta di Jeb. Conosco mia madre e il concepimento richiede due persone. «Era mio dovere provvedere a lei e sei mia figlia. Non c'era il minimo dubbio che avrei provveduto a te.» Jeb mi fa un cenno quando prendo il portafogli per pagare. Dà alla cameriera la sua carta di credito. «Tua madre adesso è sposata con Fred, che è una brava persona. È anche un uomo molto ricco. Vorrei che tenesse la casa che le ho comprato, ma ne abbiamo parlato e non le pagherò più quelli che consideravo una forma di alimenti, anche se non ci siamo mai sposati. Tu, d'altro canto, sei in una situazione completamente diversa. Sei mia figlia e ti manterrò finché potrai stare in piedi da sola, pagherò l'università, ti aiuterò ad avere una casa. Simone e io siamo abbastanza benestanti da poterlo fare per tutti i nostri figli.»

Probabilmente sta facendo ciò che considera essere una sua responsabilità, ma... «Non è mai stata quella la cosa importante per me. Volevo un padre.»

Jeb espira lentamente. «Lo capisco ed è ciò che voglio anch'io. Lo voglio da molto tempo. Spero che ti renda conto che le cose sono diverse adesso.»

Jeb è venuto a trovarmi spesso da quando la verità è venuta a galla, quindi sì, l'ho notato.

«Vorrei poter cambiare il passato» dice. «Tua madre e io abbiamo commesso degli errori e tutto quello che posso dire è che da ora in poi ci sarò sempre per te. Sarà difficile da credere, ma ho sempre pensato a te, sei sempre stata mia figlia, anche se non sapevi che ero tuo padre.»

L'unico motivo per cui volevo pagarmi da sola gli studi era perché pensavo che mia madre si stesse prostituendo per noi. Teoria piuttosto folle, ora che ci penso, ma che cosa avrei dovuto credere? Date le apparenze e il fatto che mi aveva tenuto nascosto mio padre, era ovvio che elaborassi teorie estreme.

Sono riuscita a mettere da parte un po' di soldi, lavorando al casinò, ma non abbastanza. Ho donato al Washoe Foster Care Program i mille dollari vinti al Mudder. Lewis si era ritirato dalla corsa per aiutare me, ed è quello che avrebbe fatto lui con i soldi vinti. Ero in debito con lui, anche se lui non lo credeva.

«Aiutarmi con le spese per l'università sarà una bellissima cosa. Grazie, Jeb. Ma intendo trovare un lavoro per pagare le spese vive. Sono un'adulta ed è responsabilità mia.»

«Come vuoi, ma ci sarà un fondo fiduciario a tuo nome quando ti sarai laureata.»

«*Jeb.*»

«È quello che stiamo facendo Simone e io per l'altra nostra figlia, che vorremmo conoscessi il più presto possibile. Ha tre anni e un gran bel caratterino.»

Sorrido. Quando avevo saputo di avere una sorellastra, ero furiosa perché mio padre aveva voltato pagina senza di me. Ora tutto ciò che provo è gratitudine. Ho sempre voluto una sorella.

Finiamo di mangiare e Jeb mi accompagna all'auto. Mi abbraccia per salutarmi. È un po' strano, ma mi sto abituando ai suoi forti abbracci paterni. Mi bacia le testa. «Ci vediamo tra un paio di settimane.»

Jeb è in pensione e dice che questi viaggi non sono un problema. Anche Simone è venuta a trovarmi. È un nuovo mondo bizzarro. Si ferma mentre sta andando all'auto e si volta. «Ehi, che ne dici di una partita di golf la prossima volta?»

Ovviamente la mamma gli ha detto che giochiamo a golf insieme. «Certo, solo... Non prendertela a male, ma qual è il tuo handicap?»

«Tre, e il tuo?»

Sospiro di sollievo. Voglio bene a mia madre ma giocare a golf con lei è una tortura. Va un pochino meglio ora che c'è Fred con cui posso lamentarmi. «Cinque.»

Jeb piega la testa di lato come se stesse riflettendo. «Sai, con le tue capacità atletiche potresti...»

«Papà, Laurea Magistrale in Psicologia, ricordi?»

Lui sorride, un sorriso lento che arriva fino agli occhi e mi rendo conto di cosa ho detto.

L'ho chiamato papà.

Tutti questi anni senza un padre e nel giro di poche settimane non solo ho qualcuno che posso indicare come fonte dei miei geni paterni, ma mi sembra proprio un papà. Pazzesco.

«Non farò pressioni perché diventi una professionista, ma potrei iscriverci al torneo padre-figlia, quindi lucida le mazze. Mi farebbe comodo una buona giocatrice al mio fianco.»

Scoppio a ridere. «Affare fatto.»

* * *

Lo chalet appare così pacifico dall'esterno, a parte tutte le auto parcheggiate nel vialetto. La porta urta contro il borsone di Tyler e devo spingerla parecchie volte finché la borsa si sposta.

Jaeger, Cali e Lewis sono seduti sul divano, Tyler sulla poltrona reclinabile e tutti e quattro stanno urlando contro la TV. Ci sono popcorn sparsi su tutto il pavimento. Lattine vuote di birra formano una piramide instabile accanto al divano.

Che cos'è diventata casa mia? Un covo di cavernicoli? Che cos'è successo al nostro nido per ragazze?

Lewis alza finalmente gli occhi e sorride. Vado da lui e mi siedo sulle sue gambe. Non c'è un altro posto, pavimento a parte, e non sembra gli dispiaccia il facile accesso quando risale con una mano sulla gamba, stringendomi a sé.

La grande rivelazione, dopo l'Alpine Mudder, è stata che non avevo veramente bisogno di padroneggiare la gara per aumentare la mia fiducia in me stessa. Dovevo solo affrontare le mie paure. La peggiore: lasciare avvicinare Lewis.

«Che cosa sta succedendo?» sussurro.

«Stiamo guardando il football secondo le regole australiane» dice.

«Presa!» urla Tyler.

«Ha fatto un pasticcio!» lo contraddice Cali. I ragazzi lanciano urla di scherno alla TV.

A quanto pare, una presa è quando la palla viene colta a mezz'aria. Il gioco in sé sembra un misto tra calcio europeo e football americano.

Accarezzo la guancia di Lewis. «Questo sport è folle.»

«Non è fantastico?» mi chiede, completamente serio.

Scuoto la testa e guardo Cali. «Tu sai che cosa sta succedendo?»

«Nemmeno per sogno. Dico semplicemente il contrario di quello che dicono loro e li fa infuriare.» Si ficca in bocca una manciata di pop-corn e mi rendo conto che non sta nemmeno guardando la TV. Sta aizzando i ragazzi ed è così che si diverte.

Adoro questa ragazza.

La tasca di Lewis vibra, mandandomi una scossa al sedere. «*Gahh.*»

«Scusa.» Mi solleva con un braccio e prende il telefono, rimettendomi poi seduta. «Che c'è, papà?» Lewis fa uno scatto quando sullo schermo c'è un placcaggio, prima di fermarsi e abbassare gli occhi. «Dov'è andata Mira? Esattamente dove?» C'è una pausa e poi: «Merda».

Dopo l'intervento della famiglia, Mira aveva accettato di vedere uno psicologo. Ci va tre giorni alla settimana e sta facendo progressi. Non mi guarda più storto quando siamo in gruppo e sta lavorando bene per superare i suoi problemi.

Lewis mi stringe la mano, poi mi solleva gentilmente e si mette in piedi. Va dall'atro lato della stanza, lontano dalla TV e scambia qualche altra parola con suo padre prima di rimettere in tasca il telefono. Ci guardiamo negli occhi e capisco che c'è qualcosa di veramente brutto in ballo.

Vado da lui. «Che c'è?» Lui mi tira vicino.

Dall'altra parte della stanza, Tyler abbassa il volume, fissando Lewis, appoggiato sul bordo del sedile. Anche Cali e Jaeger ci stanno guardando.

Lewis guarda il gruppo, continuando a tenermi vicina, perché, qualunque cosa stia succedendo, lo affronteremo insieme. «Ho appena finito di parlare con mio padre. Mira è sparita e penso che sia coinvolta sua madre. L'ultima volta in cui era sparita e l'ho trovata con sua madre...»

Mira era stata quasi uccisa, finisco io mentalmente.

Tyler impreca e ci voltiamo tutti a guardarlo. «Penso di sapere dov'è» dice.

* * *

Non perdetevi il nuovo volume della serie Never Date.

Pensate di conoscere Mira e Tyler, ma non avete idea di che storia contorta abbiano insieme e le ferite profonde che ha lasciato. Scaricate **_Mai con la tua ex_** e scoprirete una storia di amore ed emozioni che non dimenticherete molto presto.

Procuratevi oggi _Mai con la tua ex_

Anteprima: Mai con il tuo ex

Mira

Sei anni fa

Le mie paure si sono sempre messe in mezzo a ciò che voglio. Ma non stasera.

No One di Alcia Keys risuona altissima dal sistema audio del soggiorno di Holly Walker; la casa è piena di facce che riconosco dai corridoi della nostra scuola superiore.

Il motivo per cui sono qui, quando di solito evito queste feste come la peste, è perché Tyler Morgan ha detto che sarebbe venuto.

Sono venuta con Zach (un buon amico che proviene dalla riserva Washoe di Dresslerville) che frequenta le superiori con me e il mio fratello adottivo, Lewis.

Lewis studia e basta. Non viene mai a queste feste, ma Zach partecipa a tutte. In questo momento sta puntando Ella, o Bella, una ragazza della mia classe d'inglese il cui nome finisce con la *a* come quello di tutte le ragazze popolari.

Tecnicamente anche il mio finisce in *a* ma se la gente mi conosce è per le ragioni sbagliate. Al *mio* nome sono state associate le parole *stronza* e *feccia*.

«Zach, sembra che ti stia per tuffare» dico. «Esiste una cosa chiamata *finesse*. Potresti parlare con quella ragazza. Conoscerla.»

Zach piega la testa, mostrando la mandibola cesellata. «Perché dovrei farlo? Rovinerebbe l'alone di mistero.»

Da quando lo conosco, Zach ha sempre tenuto a distanza le ragazze. Emotivamente, non fisicamente. Il ragazzo si dà da fare. Non posso biasimarlo. Faccio lo stesso anch'io, cioè mantengo la distanza emotiva, non faccio sesso. Quelle voci sono false.

Zach alza il mento. «Tu stai bene qui? Io sto per lanciarmi.» Flette i pettorali. «Che ne dici? Vanno bene?»

Scuoto la testa. «Sei fuori di testa.»

Lui mi stringe amichevolmente. «Ti voglio bene, Mir. Vai a pomiciare o roba simile. Fa bene al corpo.»

Le mie spalle si irrigidiscono. Non hai idea di quanto sia vicino alla verità.

Zach mi dà una scossa. «Lasciati andare, ragazza. Sei tutta tesa.»

Condivido tutto con Zach e Lewis. Tranne la mia vita amorosa. Sarebbe veramente strano.

Quel puttaniere di Zach ci fornisce ore di divertimento, ma è diverso parlare di me e dei ragazzi. È quello il punto dove avere amici maschi diventa un po' bizzarro.

«Allora, te ne vuoi andare?» Il fatto che resti qui vicino mi rende nervosa e ho già abbastanza cui pensare.

Zach si bacia i bicipiti e ammicca prima di allontanarsi,

angolando le spalle larghe per superare tutti i ragazzi che affollano il soggiorno.

Mi guardo attorno, cercando la mia preda.

Da quando Tyler è arrivato, un'ora fa, lo sto osservando come una stalker. Non è proprio il mio stile, ma il mio tempo sta per finire. Partirà per il college tra poche settimane e se non faccio adesso la mia mossa, temo che perderò la mia chance.

Mi passo la mano tra i capelli, lunghi e scuri e porto qualche ciocca ondulata sopra la spalla. Mi arrivano quasi in vita. Intravedo il tizio accanto a me che mi sta fissando.

Non mi interessano gli altri ragazzi. C'è solo una persona che ha la mia attenzione ed è quella verso cui sto andando.

Sono come Zach, stasera: a caccia.

Normalmente lascio che siano gli uomini a venire da me. Posso anche non essere popolare tra le ragazze, ma coi maschi è tutta un'altra cosa.

Lewis e Zach mi trattano come una sorella, ma gli altri ragazzi... Beh, vogliono *qualcosa*. Non che io gliela dia. Nonostante quello che dicono alcuni. Ho solo baciato qualche ragazzo, fatto qualcosina di più con un paio di loro, ma non sono mai arrivata in fondo.

Non so perché mi sia tenuta stretta la mia verginità. Nessuno se lo aspetta da me e non mi sento pura. È possibile che vivere con Lewis e la sua famiglia mi abbia contagiata. Che sia cresciuta con degli standard senza nemmeno saperlo. Ma penso ci sia un motivo diverso per cui non ho fatto sesso quando ne avevo la possibilità.

C'è solo una persona con cui voglio farlo.

Un anno fa, il mio consulente scolastico mi aveva assegnato Tyler come tutor di matematica. *Potrei* averlo richiesto io quando avevo scoperto che cercava studenti da aiutare.

La gentilezza negli occhi azzurri trasparenti di Tyler quando aveva fatto scappare il gruppo delle ragazze prepotenti quando ero alle medie aveva lasciato in me un'impressione duratura. Non l'ho mai dimenticato.

Sono piuttosto sicura che lui non ricordi quel giorno. Non ne ha mai parlato e anch'io non gliel'ho rammentato durante le nostre numerose lezioni.

Lo guardo mentre controlla il bagno al pianterreno, appena fuori dal soggiorno di Holly Walker. Si è irrobustito dopo le medie, le spalle sono ampie, il petto muscoloso. È più alto della maggior parte dei ragazzi nella nostra scuola. È anche attraente, ma non è quello il motivo per cui mi piace.

C'è qualcosa in Tyler che lo rende diverso dagli altri. Sono conscia di ogni suo movimento, del modo in cui profuma di menta e lubrificante per bicicletta, per via della sua mountain bike, misto alla fragranza del detersivo per il bucato. È disinvolto ma attento e mi piace stare con lui quanto stare con Lewis e Zach. Forse di più.

Quando Tyler mi mostra come risolvere le equazioni mentre studiamo insieme, vorrei passare le dita sui calli che ha sul pollice, dove tiene troppo stretta la matita.

A volte, quando non sta guardando, fisso la barba che gli ombreggia il mento e brilla rossastra alla luce e mi chiedo come sarebbe strofinare le labbra contro quella parte ruvida e baciargli il collo.

Mi distrae.

Tyler se ne andrà presto. Dovrei aspettare e ignorare i miei sentimenti.

Ma non lo farò.

Farò una cosa che non ho mai fatto prima, mi aprirò.

Abbastanza da perdere la verginità con il ragazzo che mi piace.

Dopo aver tentato la porta del bagno a pianterreno e averla trovata chiusa, Tyler si infila la mano nella tasca dei jeans e sale al secondo piano.

Mi guardo attorno per assicurarmi che nessuno faccia caso a noi e lo seguo sulle scale.

Tyler ha un anno più di me, ma è due classi avanti, perché è super-intelligente e ha saltato il primo anno. La festa di Holly potrebbe essere l'ultima occasione per fare la mia mossa prima che si diplomi tra poche settimane.

Anche il secondo piano è affollato. Tyler sale un altro piano e io resto indietro finché raggiunge il pianerottolo.

La casa di Holly ha quattro piani. I suoi genitori sono ricchi e la loro casa ha perfino un idromassaggio all'interno e un ascensore. C'è un milione di stanze da letto ai piani superiori. Non dovrebbe essere difficile restare da sola con Tyler.

Lui bussa alla porta del bagno al terzo piano ed entra, chiudendola alle sue spalle. La maggior parte della festa si svolge ai piani inferiori. Solo in pochi sono saliti agli ultimi due piani, quindi c'è privacy.

Vado in fretta in fondo al corridoio e sbircio in una delle camere buie. È vuota, quindi mi chino in avanti e appoggio la mia borsa a tracolla accanto alla porta, chiudendola.

Ho il cuore che batte come un tamburo. Mi premo la mano sul petto e respiro a fondo, cercando di calmarmi.

Ho percepito qualcosa tra Tyler e me. Non penso che respingerà quello che ho da offrire, ma sarà un'impresa rendermi vulnerabile con qualcuno che non sia Lewis o Zach.

Tendo a respingere le persone. Ma Tyler mi ha stuzzicato. Non mi prende troppo sul serio, come fa la maggior parte dei ragazzi. Non so come, ma rende più facile l'idea di aprirmi con lui. Vorrei avere di più con lui prima che parta, ma mi accontenterò.

Sesso… con Tyler.

Ed ecco, il mio cuore ricomincia a correre.

Deglutisco e cerco di assumere un'espressione impassibile, anche se non posso fare molto con l'organo vitale che sembra rimbalzare dentro il mio petto. Cammino lungo il corridoio e aspetto fuori dal bagno in cui è entrato Tyler, preparandomi mentalmente per ciò che sto per fare.

Passano alcuni secondi prima che Tyler esca con la testa china.

Adesso o mai più. Mi sposto, finendogli contro.

«Tyler» dico, fingendo di essere sorpresa. Lui mi afferra il braccio per tenermi in equilibrio, con la faccia a pochi centimetri dalla mia. Sorrido timidamente. «Se volevi toccarmi, tutto quello che dovevi fare era chiedere.»

Wow… Patetica. Devo lavorare sulle mie battute da rimorchio.

La sua espressione è illeggibile e per un momento mi chiedo se non ho fatto un pasticcio. Questa faccenda dell'aggressione sessuale è più difficile di quanto sembri.

«Mira.» La sua espressione si addolcisce, e mi fissa negli occhi con calore. «Pensavo di averti vista al pianterreno.» Sorride, e il mio cuore accelera ancora di più.

La maggior parte della gente ritiene che gli occhi di Tyler siano la sua parte migliore. *Sono* bellissimi, stupendi, ma io scelgo il suo sorriso. Tocca qualcosa di profondo in me, mi stordisce e mi rende un'idiota.

Quel sorriso è un'arma letale. Non riesco ad averne abbastanza.

Nel mio petto c'è qualcosa che svolazza, e muovo le labbra assumendo quella che spero sia un'espressione felice. «Come va?» dico, come se fosse la prima volta che lo vedo stasera, anche se l'ho puntato tutta la sera come una pantera.

«Bene. Sei qui da molto?»

«Da un po'.» Gli afferro la mano e lo tiro lungo il corridoio, mantenendo il sorriso tremulo. «Ti dispiace aiutarmi con una cosa? È proprio qui.»

Tyler mi guarda confuso. «Certo, qualunque cosa.»

Ecco un'altra ragione per cui Tyler è perfetto. Ha passato una quantità ridicola di tempo ad aiutarmi con la matematica, tanto che non solo mi sono messa alla pari, ma ho addirittura superato il corso a pieni voti.

Io? Un dieci in matematica? E tutto perché a Tyler importa, quando di me è importato a ben pochi. Come se vedesse in me un potenziale che in pochi credono che esista.

Apro la porta della camera ed entro. «Di qui.»

Tyler ridacchia nervosamente ma entra nella stanza dietro di me. La luce dal corridoio inquadra la sua figura alta e atletica. Si dà una tirata alla maglietta e si guarda intorno. «Allora, di che cosa hai bisogno?»

Allungo il braccio dietro di lui e chiudo la porta, facendo sprofondare la camera nel buio. Premo il petto contro il suo e gli metto le braccia intorno al collo.

«Solo di questo» gli dico e lo bacio.

Le sue labbra restano immobili all'inizio, il corpo rigido. Poi la sua bocca si muove, s'infiamma. Un bacio che mi manda un brivido in fondo al ventre.

La sua lingua stuzzica la mia, mi stringe le mani intorno alla vita...

Il mio respiro accelera. È un errore. Avrei dovuto scegliere un ragazzo diverso. Uno che non mi coinvolga come Tyler. Lui mi piace e quando se ne andrà...

Mi tiro indietro.

Tyler mi mette la mano sul fianco, senza lasciarmi

andare. «Mira, che cosa sta succedendo? Non che mi stia lamentando...»

Che cosa sto facendo? Sto rovinando tutto. È quello che voglio da tanto tempo e sto incasinando tutto.

Ovviamente si sta chiedendo perché la ragazza cui insegna matematica, sempre così distaccata, ci stia provando con lui. Pensavo di piacergli, ma non ne ero sicura al cento percento. Basandomi sull'intensità di quel bacio, penso che dal punto di vista dell'attrazione andiamo bene. Devo smettere di agitarmi e continuare.

«Va bene?» I miei occhi si sono abituati al buio. Mi alzo in punta di piedi e bacio la sua mandibola forte, scendendo poi lungo il collo, lasciando vagare le mani sulle spalle forti, il petto, i fianchi stretti fino allo stomaco piatto.

Il suo respiro accelera e mi tira vicina. «Sei sicura? Cioè... Non lo sapevo.»

Lo zittisco con un altro bacio, aprendo la bocca e prendendo tutto ciò che è disposto a dare.

Tyler è sul metro e ottantacinque e devo allungarmi per arrivare alla sua bocca, ma mi sta tenendo stretta e le sue labbra si muovono avidamente sulle mie, mandando altri fremiti in tutto il corpo, calmando corpo e nervi.

Più mi bacia, più quei fremiti si espandono e migrano, andando fuori controllo. Ha il fiato che sa di mentine, le labbra sono morbide e calde e mi accarezzano in un modo che mi fa tremare le mani contro il suo petto.

Normalmente, lascerei prendere il controllo al ragazzo, fermandolo quando vuole andare troppo oltre. Ma nonostante la bocca avida, le sue mani non si sono spostate dai miei fianchi.

È un bravo ragazzo; che cosa pensavo sarebbe successo?

Ovviamente dovrò fare io anche la prossima mossa.

Infilo le dita sotto la maglietta, sulla pelle calda e liscia, toccando i contorni del petto muscoloso, ottenuto con ore e ore di sport dopo l'orario scolastico.

Mi sto addentrando in un territorio affascinante quando Tyler si tira indietro. Le mie dita si bloccano e lo guardo negli occhi, che non sono più brillanti. Con questa luce sono scuri e torbidi, con una profondità insospettata.

«Mira, e dabbasso? La festa...»

Non devo pensare.

Per tutta risposta gli sollevo l'orlo della t-shirt nera. Lui alza automaticamente le braccia, permettendomi di passargli il tessuto morbido sopra la testa. La lascio cadere sul pavimento e lo porto verso il letto. «Va tutto bene. Non verrà nessuno.» Mi siedo sul bordo e lo tiro gentilmente verso di me.

All'inizio non dice niente. Potrebbe avere qualcosa a che vedere con il fatto che mi sono tolta il top. Sono nuda dalla vita in su, tranne un bel reggiseno nero che mi sono regalata quando era in saldo da Victoria's Secret.

Tyler tocca la mia spalla nuda. «Ahhh...?» I suoi occhi si fissano sul mio seno per un secondo, poi risalgono al viso e agli occhi. «Tu mi piaci. Non siamo obbligati a farlo stasera.»

È un anno che sogno come sarebbe essere la ragazza di Tyler. Se mi avrebbe portato al cinema, oppure se saremmo rimasti a casa sua con sua madre e la sorella di cui mi ha parlato. Ma è una fantasia.

Tyler non mi vorrebbe mai se sapesse da dove vengo e com'è incasinato il mio passato. Non possiamo essere più di quello che siamo, tranne che in questo unico modo.

Avrò almeno un pezzo di lui. Questo momento.

«Sono sicura. Ti voglio.»

Procuratevi la vostra copia di *Mai con la tua ex*!

Nota dell'Autrice

I Washoe (Wa She Shu) sono una tribù di Nativi Americani che vive nel bacino del Tahoe, in California e Nevada. Mi sono avvalsa della licenza poetica riferendomi ad alcune credenza culturali e mitologiche raccontate in *Mai con un donnaiolo*, specialmente durante la scena del nuoto alla Cave Rock. Lewis racconta una storia su un uccello gigante mangiauomini, chiamato Ong, che attacca chiunque entri senza permesso nella Cave Rock. La leggenda originale dice che Ong aveva il nido nel mezzo del lago, depredava gli abitanti dei villaggi finché un Washoe particolarmente intelligente lo aveva distrutto. Ho lasciato aperta la questione dell'esistenza di Ong e l'ho collegato alla Cave Rock ai fini della storia.

La Cave Rock è in effetti un luogo sacro per i Washoe, dove i guaritori, che si pensava possedessero il potere di curare il corpo e la mente, portavano doni per ottenere il rinnovamento spirituale. In questa storia, Lewis dice a Gen che Heavenly, dove c'è la pista di sci, è il posto dove vivono gli spiriti acquatici, ma in effetti la leggenda Washoe dice che si trovavano nei posti come la Cave Rock.

Qualunque errore riguardante il popolo Washoe e la sua cultura è solo mio, creato ai fini della storia. Se volete avere più notizie sulla tribù Washoe, potete visitare il sito: www.washoetribe.us.

342

Libri di Jules Barnard

I fratelli Cade

La tentazione di Levi

La sfida di Wes

La seduzione di Bran

La riforma di Hunt

Serie: Never Date

Mai con un amico di tuo fratello

Mai con un donnaiolo

Mai con la tua ex

Mai con il tuo miglior amico

Mai con il tuo nemico

Potete trovare la bibliografia completa di Jules Barnard sul sito: julesbarnard.com/i-libri-di-jules

L'Autrice

Jules Barnard è un'autrice bestseller di USA Today di romance contemporanei e fantasy romantico. Le sue serie contemporanee includono Mai frequentare e I fratelli Cade. Scrive Fantasy romantico sotto lo stesso pseudonimo con la serie Halven Rising che il Library Journal definisce "... un'eccitante nuova avventura fantasy." Che stia scrivendo di uomini sexy intorno al Lago Tahoe o di un mondo di fate inserito nel campus di un college, Jules racconta storie coinvolgenti, piene di cuore e umorismo.

Quando non è in tuta da ginnastica a scrivere, premiandosi con il cioccolato, passa il tempo con suo marito e i due figli in una cittadina sulla costa nordoccidentale del Pacifico. Dice di avere la capacità di leggere mentre corre sul tapis roulant o brucia la cena.

Per conoscerla meglio visitate il suo sito web:
julesbarnard.com/i-libri-di-jules